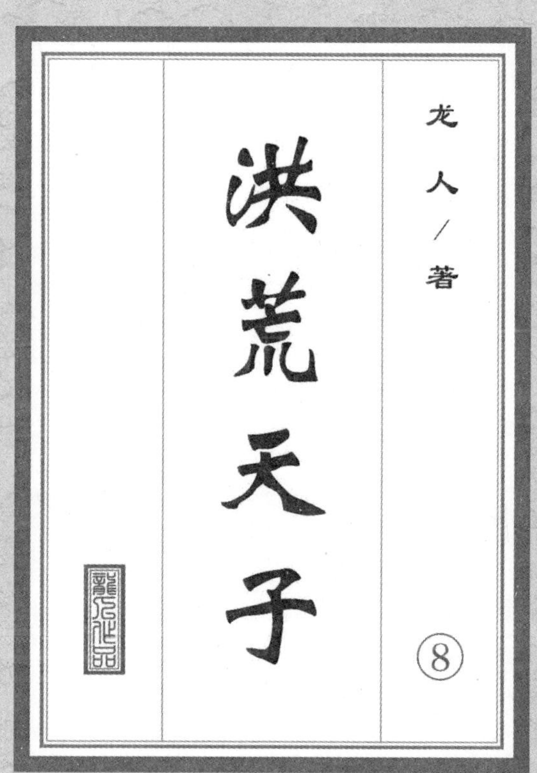

二十一世纪出版社集团
21st Century Publishing Group
全国百佳出版社

图书在版编目（CIP）数据

洪荒天子：全10册/龙人著. -- 南昌：二十一世纪出版社集团，2017.11

ISBN 978-7-5568-3103-6

Ⅰ. ①洪… Ⅱ. ①龙… Ⅲ. ①侠义小说－中国－当代 Ⅳ. ① I247.5

中国版本图书馆CIP数据核字(2017)第243742号

洪荒天子：全10册 龙 人 著

责任编辑 敖登格日乐
出版发行 二十一世纪出版社集团
（江西省南昌市子安路75号 330025）
www.21cccc.com cc21@163.net
出 版 人 张秋林
经　　销 新华书店
印　　刷 北京龙跃印务有限公司
版　　次 2018年2月第1版 2018年2月第1次印刷
开　　本 710mm × 1000mm 1/16
印　　张 160
字　　数 1731千
书　　号 ISBN 978-7-5568-3103-6
定　　价 498.00元（全10册）

赣版权登字—04—2017—745

目　录

第一百零六章　勇者深情

轩辕的肩头衣衫尽裂，更有一道如同火灼的痕迹，那是刚才奄仲一击的杰作，但是奄仲这一击的力道根本就无法让轩辕倒下。因为此刻支持轩辕的已不是肉体，而是精神和灵魂，这是绝不可能以武力能损伤的，因此奄仲倒下了，轩辕却没有。

风骚骇然发现，轩辕落脚之处，草木迅速枯死，如同被抽干了水分一般没有半点生机。

这是什么武功？风骚心头发寒，这是他从未见过的事，但是当他看见轩辕的眼睛之时，便禁不住心头发寒。

“风骚，你拿命来吧！”轩辕一字一顿，有一种说不出的魔异力量，仿佛有一把利剑将这些语气狠心地剖开，或是将这些字一个一个地划成碎片，然后狠狠地扎入风骚的心中……

那怪异的锁依然紧紧扣在轩辕的双手之上，而轩辕的双手同握一拳，横落于身前，与腰同高，微微下垂，配合着微微叉开的双腿，使人感到轩辕的重心落点是如此的均衡而无可挑剔。

风骚冷冷地望着轩辕，这个突然的变故确是他不曾料到的。轩辕以精神之力冲开封闭的穴道而击倒奄仲，若非他亲见，绝不会相信，但这却是事实。

猎豹似乎自剧痛之中醒了过来，那被生生撕下的两只断手正在风骚的脚边，但他没有半点力气，心神更是迷乱恍惚，或可说他此刻正处于半梦半醒的状态，看来他所受之伤确实太重了。

噔噔噔……轩辕一步一步地向风骚逼近，而那浓烈至极的魔焰也在不断地提升，强大无匹的气势，使轩辕像是来自地狱的怪物，杀意张狂，一重重死亡的气息如浪涛一般以无形的方式冲击着风骚。

风骚惊讶、骇异，此刻轩辕确实有了极大的变化，他竟在气势和心理上弱于对方，被沉重的压力压得有些呼吸急促。他知道，自己不能再等，不能再等轩辕蓄积气势，当轩辕气势蓄到巅峰之时，便将是他败亡之时，因此他抢攻而出了。

风骚的披风确实有些怪异，张开之时，如两只薄翼，滑翔而起，使其速度大增，不仅如此，这披风似乎还有抵消劲力的作用。风骚的攻势总是由上而下，如苍鹰搏兔般飞扑而下。

轩辕驻足，依然是最初而立的姿势，但在风骚扑至头顶丈许范围之内时，双手猛地上扬，如同轰天之炮般直向风骚撞去，毫无花巧。

轰……轩辕的身子微挫，风骚却被反冲上虚空。

轩辕赶上几步，如同等待天上掉下肥肉的狼，保持着姿势的不变，但双眼却死死地盯着虚空中的风骚。

风骚没让轩辕失望，落地之处，正是轩辕守候之地。于是风骚再次催运全身的功力，自高而下直袭轩辕。

历史似乎在重演，轩辕丝毫不让地硬撼风骚一击，然后赶上几步。他似乎完全算准了风骚的落足之处，不依不饶地与之以硬碰硬，像是一个不怕挨打的树桩。

风骚竟没有再落地的机会，双方连连硬拼了十击，几乎使他欲吐血，同时整个身形更犹如一个球般被轩辕抛来抛去，而每一次轩辕都准确地守在他下落的位置，使之不能不全力相搏。他也曾试图在空中移动位置，可落下来之时，轩辕依然在那里等候着，这几乎让他快要发疯。

轩辕似乎有意要将风骚震死于虚空之中，每一击都是那么疯狂，看不出有半丝力竭之状。

风骚不明白轩辕如何会拥有如此可怕的功力，更拥有如此精确的眼力，这使他后悔没在一开始便杀死轩辕，后悔想以轩辕去威胁龙族战士，可是此刻他唯有无奈。

轩辕的每一击都是以逸待劳，所以虽然双手被锁，却一点不影响其发挥，反而使攻击力更为集中。

在第二十八击之时，风骚终于受不了那无休无止的冲击力而喷出了一口鲜血。但轩辕像是拥有永远也使不完的力气，不杀风骚誓不罢休。

“轩辕……”花猛的惊呼似使轩辕清醒了一些。

轩辕扭头，却发现奄仲竟又爬了起来，只是已是满面血污，金衣之上的鳞片散落一地，神情凄惨至极。此刻他步履艰难地举着一柄自渠瘦杀手尸体上拾起的弯刀，缓缓向花猛和猎豹逼去，仿佛只要有一阵强风便可将之吹倒，而此时却偏偏没有强风吹过。

奄仲竟还没有死，这倒有些出乎轩辕的意料之外。是的，奄仲没有死，这是那身金衣的功劳，那金衣本就是一件护体的宝物，普通刀剑难损，不幸的是他遇上了轩辕这全凭功力取胜的人，以强大的劲气摧毁了金衣之内包裹的躯体和内脏。不过，金衣也卸去了一部分功力，所以奄仲还没有死，但其伤势之重也已是强弩之末，不堪一击了。只是，对于花猛和猎豹来说，奄仲绝对有杀死他们的力气。

轩辕吃了一惊，身形疾旋而回，以雷霆之势双手向奄仲狂砸而下。

“呀……”奄仲只有半声惨叫，脑袋便在那把怪锁之下被砸得稀巴烂，更别想再对花猛和猎豹行凶了。

风骚哪还敢再战？拖着伤躯迅速没入远处的杂草之中，连奄仲的尸体也不管了。

轩辕一看猎豹已奄奄一息，心中大痛，哪还有心思再追风骚？双手向下一操，抱起猎豹，实际上与捧差不多。

“抱住我的脖子，你们一定要坚持住！”轩辕蹲下对花猛道。

花猛忍着剧痛，抓紧轩辕的肩膀，由着轩辕一背一抱地飞奔回营地之中。那种姿势确实不雅，但轩辕双手被锁，只能做到这个样子。

猎豹的生命悬于一线，失血太多，伤势太重，虽然有岐富的灵丹妙药，但也只能暂时延续其生命，再由轩辕以金针护住其心脉。

花猛的双腿虽然被废，却没有失太多的血，生命自是无碍，但伤势也绝对不轻。

轩辕回来之时几乎吓坏了所有人，只见他身上满是鲜血，有自己的，有猎豹的，有花猛的，还有奄仲和风骚的，而且双手被一只古怪的锁给锁住，怎会不让人吃惊？

若救猎豹和花猛，唯一的希望只有歧富，但却没有人知道猎豹能不能等到歧富赶来的那一天。风骚的确是太过残忍了，竟然将猎豹的双臂生生地撕下。

轩辕已经说了十四次要杀风骚的话，但是很多人都失去了主见，像是全没有了办法一般。

遇到这种变故，确是让许多人失去了方寸。不过，有人拾回了猎豹的双手，抬回了奄仲的尸体和曲妙的尸体。那出事之地距桃红、陶莹所在的营地其实也并不远，只有十余里而已。不过让人无奈的是奄仲身上并没有开锁的钥匙，而那柄含沙神剑轩辕又还给了木青，而此刻木青却留守于熊城，这便像是贼老天与轩辕开了个玩笑。谁也不知道这怪锁究竟是什么金属，以轩辕的功力也无法将之震开或是熔开。不过，那条锁链却早已被轩辕体内的火劲熔断，却不能对这把锁造成任何损伤。可见，这确实是把质地特殊的玩意儿。

轩辕能够回来确实有些侥幸，所有人听了事情的经过都不由得捏了一把冷汗。谁能够想象，在十多个时辰之间，轩辕连连会过如此众多的不世高手，更让这些人铩羽而归！轩辕实应该感到骄傲了，如果这些消息传扬出去，轩辕的声威只怕会从此名扬天下了，但此刻的轩辕并不快乐。

轩辕不快乐，他并非不欢喜名扬天下，而是因为他从此将失去两个并肩作战的好兄弟。不仅仅如此，还有许多的事情让他头大，让他困惑。

为何鬼方和东夷的人都鬼使神差地聚于迷湖之畔？为何神门的消息会传得这么快？那盗走河图洛书的人究竟是谁？神门究竟是在哪个方位？是否已经被打开了呢？还有一些什么人也来到了迷湖？神门之中究竟藏有什么秘密？

许许多多的问题都挤到了一块儿，使轩辕的思绪有些乱，或者是因为他的心情并不好，身上也负有伤的缘故，众人都让他自己静静地想，没人敢来打扰。便连陶莹和桃红也没来打扰他，只是命人将奄仲、曲妙的尸体运去熊城。

轩辕翻动着手中的枷锁，竟找不出一点痕迹，制作之精巧实已达到了巧夺天工之境，而且没有人认出这是何种质地。或许，它与圣器金铃之类的东西相似，非金非木，质重而坚，刀剑难伤。却没人敢用斧头劈，以防将轩辕的手腕震伤。

在这个强者生存的乱世之中，双手带着一把枷锁，确实是一个累赘。

这一日间，蒙络又与创世大祭司所训的死士交锋一场，只是这一次蒙络尝到了苦头，身边的高手几乎死伤一半。

或许是因为蒙络杀死了齐威，因此创世大祭司也杀机大起，利用蒙络孤军在外的这个机会大肆追杀，这使蒙络后悔没有多带高手前来。由于他想保证行踪的隐秘，所以并没有带多少人，谁知行踪仍然落在别人的掌握之中，这使他只有挨打的份儿。

创世大祭司也够狠，似存心不让蒙络有机会返回熊城，而妙就妙在蒙络也绝不想离开迷湖这块地方。

同时，凤妮也传书来说，伯夷父答应助她游说各城主相助，对于身为蒙络和创世大祭司亲信的城主，则另行对待，这让轩辕的心稍安了一些。

另外，范林传来消息，已经将部分实力北转，以便能及时地协助轩辕在熊城的行动。而且屯马谷在陶唐氏的支持下建成，将屯马谷方圆数十里内的猎户尽数收服，大批龙族战士调入其中，更另有大批待驯的野马也迁入了其中。此刻他们的任务不仅仅是抓野马，更要养马、驯马，给马配种。当然，这些还处于最初的实验阶段，最主要的是能够迅速组成一支强大的骑兵。

轩辕确有信心控制整个有熊族的力量，只要能取得圣女凤妮、宗庙和伯夷父的支持，他至少已拥有了有熊族三分之一的力量，再在熊城内外制造一些声势的话，将来只要他威信一确立，就是蒙络和创世大祭司的末日。对于轩辕来说，他绝不介意不择手段，只要能够一统天下，任何的牺牲都是难免的。

第一步他已经走出来了，第二步便是要控制有熊族的力量。只有取得了这个强族的支持，他才有逐鹿天下的本钱，到时候西联陶唐，南合自己的龙族战士，立刻可以将东夷和鬼方分开，甚至可将东夷的力量切成几块。

当然，轩辕绝不会轻忽某些问题，比如鬼方拥有魔神刑天这样的高手，还有许多比曲妙、鬼三更厉害的角色尚未出现呢，至少曲妙只能排在第六。而东夷像风骚这般的高手又有多少？至少还有狐姬、帝大，还有一个更为可怕的高手少昊，只是轩辕对其人从未见过罢了。传说这是一个同太昊一样可怕的高手，而太昊又到底可怕到怎样一种程度呢？

一切的一切，只能等着慢慢解决，走一步算一步，谁也不知道前途会出现什么样的阻力，谁也不知道前方会发生什么样的变故，世界的本身就是要在摸索中求发展。如果说强大的神族是一个榜样，但也可以说是一个阻力。正因为神族的残余力量太多，太强大，为后来的统一者增添了无限的困难。

在最初，轩辕或许认为越到后来越容易，谁知道越到后来越复杂，也越艰难。不过此刻轩辕也不再幻想一切都变得简单，因为他已经深深地知道，他肩上的责任是何等的沉重，未来的路途是何等艰险。当然，他无惧！

“花猛他不吃也不喝，你去劝劝他吧。”桃红不知什么时候来到轩辕的身后，轻轻地叹了口气道。

轩辕自沉思之中回过神来，扭头望了望桃红，心中也暗自叹息一声。花猛是脆弱的，至少他的心灵很脆弱。轩辕似乎明白花猛此刻的心境，因为他们是好兄弟。

“他连药也不肯喝吗？”轩辕轻轻地问道。

桃红苦笑着点了点头，眼中尽是忧色。

轩辕终叹了口气，风骚做得确实很绝，花猛骄傲的是一双脚，他便废了花猛的双腿，使之从今往后再也不能用脚。猎豹引以为傲的是一对铁拳，他便卸下猎豹的双臂，可见此人的心性是如何的阴暗，是如何的狠毒。但事已至此，轩辕又能怎样？他只能让风骚以命相偿，可是……

是啊，这对花猛和猎豹的打击太大了，便等于是要了他们的命，或许比要了他们的命还要残酷。若是死了倒一了百了，再也不会为自己过去的骄傲而痛苦，再也不会去想往日的幸福，今日的凄惨。活着，像是一种负担，沉重的负担。相对于花猛来说，生命已经似是毫无意义，看不到希望，看不到乐趣和生机。多么年轻的生命，可是从此便注定会枯萎，注定要凋零。

腿，是花猛精神的支柱，一个生命没有精神的支柱，就会崩塌，崩塌成毫无意义的生命残渣。如果换了是轩辕自己，他会坚强地活下去吗？他会看着自己在病榻之上一辈子受人照顾吗？

轩辕不知道，他也不敢想，如果生命真的要以那种形式演变的话，他也不知道自己能不能坚强地活下去，能不能正视那命运的戏弄。因此，他心痛，为花猛心痛，为猎豹心痛。但既然还活着，总得要活下去，总得让生命拥有一点光彩，哪怕就只有一点点。

恍惚间，轩辕似有所感，也似有所悟，立身而起道："走吧，我们去看看！"

陶莹正在苦劝花猛喝下汤药，榻边还放有鲜果和粟饭，但这些一点都没有动。时间已经过去了一天，但是花猛连半口水和饭也没有进，这一天时间中，众人纷纷去采药，及与各方联络，甚至去熊城让木青送来含沙神剑，以切开那怪锁，想必此时木青也应快到了。

轩辕走入屋子之中，似也感受到了那种愁云惨淡的氛围。

陶莹扭头望了轩辕一眼，无可奈何地摇了摇头，神情微有些憔悴。屋中之人皆不语，人人面上都有愤然之色，轩辕知道这是针对风骚的。

轩辕来到花猛的床边，花猛的眼神空洞得让他心痛。两个眼圈也陷了进去，在一日之间竟似乎苍老了二十岁。

花猛未语，仿佛并未见到轩辕的到来，眼睛直直地望着帐顶，似乎可以透过皮帐望透天幕，看到一个异度空间。

"花猛！"轩辕叫了一声，但花猛并没有任何反应。

"花老大！"轩辕又叫了一声，花猛还是没有丝毫反应。

花战的眼泪便出来了，一把伏在榻边抓住花猛的手，唤道："大哥，轩辕在叫你呢！"

花猛这才似回过神来，缓缓地扭过头，目光依然有些呆痴，望着轩辕，脸上露出一丝比哭还难看的笑容，但却没有说话。

"来，把这碗药喝了，我要你看个把戏！"轩辕接过陶莹手中的药碗，在花猛的身边柔声道。

“我不想喝。”花猛吃力地道。

“不，你一定要喝，你还要亲手杀死风骚，不仅你，还有猎豹，风骚的命是你们两人的！”轩辕肯定地道，语气之中有种不容置疑的感情。

花猛笑了，嘴角微微地牵动了一下，但眉头又皱了起来，因为痛！每个人的心都为花猛的笑而抽搐，所有人都以为轩辕只是在安慰花猛，事实上花猛也是这么想的，所以他笑了，并非因为他真能杀死风骚，而是因为他有轩辕这样的兄弟，这样的朋友。

“来，喝下去！”轩辕拿起一个汤匙，把碗交给了陶莹，亲自动手相喂，花猛竟没有再拒绝。

众人的心头似乎放下了一颗石头，但是仍然无法轻松。事实上，谁能够真正轻松呢？看轩辕那锁在一块的手笨拙地拿着汤匙，每个人的心依然很沉重。

轩辕双手带锁喂汤药，本是一件好笑的事情，两手抓汤匙，动作极为生硬……可是没有人有心情笑，不过总算是让花猛喝下了这碗汤药。

“花战、燕五，你们抬花老大出去！”轩辕放下汤匙吩咐道。

众人一时之间有些不明所以，但既然轩辕这么说了，他们也便只好照做。于是众人小心翼翼地将花猛连榻带人一起抬了出去。

“花老大，从今天起，你是新的花猛，你要忘记过去，重新开始！只要你有勇气，风骚一定是你的！”轩辕来到花猛的身前诚然道。

众人不知轩辕要弄什么把戏，不过知道轩辕定有事要做。花猛涩然一笑，没有任何言语。

“燕绝，你准备好了没有？”轩辕突然问道。

“准备好了！”说话间立刻有两人抬出一副担架。

桃红微讶，难道刚才轩辕在来看花猛之时对燕绝吩咐的就是这些？她有些不解，众人都有些不解。

轩辕悠然坐上担架，双腿相盘，正当众人不解之时，他蓦地一声轻啸，双手在担架上一撑，身形如箭般蹿起，那被锁的双手在空中幻出千万道虚影，配合着腰身的扭动，直撞向一棵大树。

轰……那棵大树应手而折，轩辕的双腿相盘如故，却借树身的反弹之力倒扭射向一块突出的大石。

啪……轩辕的双手在石头上轻轻一按，又倒弹而回，以无比优雅的动作坐回担架之上，自始至终双腿都未曾有丝毫动作。

众人正在惊叹和不明其意之时，轩辕低喝道：“燕绝！”

燕绝双手一抄，横到轩辕的面前，轩辕弹身坐上燕绝的肩头，又如刚才一般，双手一振，整个人迅速弹起，在虚空中疾攻数招又迅速弹起，燕绝极为配合地游走着。轩辕每次都准确地落坐在燕绝的肩头，双腿根本就未曾着地，也不曾有丝毫的移动和攻击，所有的攻击全都依靠手、头、肩，每一个动作都流畅至极，劈、撞、顶、御、抓……有些动作因轩辕双手无法分开而不能完成，便就只是这些简单的动作也使众人目瞪口呆。

花猛的眼睛也亮了起来，所有人都明白了轩辕此举的意思，不由得大喜。事实上，轩辕是向众人证明，不需要用脚也照样可以将武功发挥至极致，照样可以战斗，可以杀人，只是形式和方式不同而已。

轩辕悠然落地，向花猛望了一眼，沉声道：“你应该知道，你是可以杀死风骚的，只要你有信心！”

花猛眼中闪烁着泪花，他点了点头。

“燕绝！”轩辕再次低喝道。

燕绝旋身而起，落坐在轩辕的肩头，轩辕双手合抄，整个身子弹起，带着燕绝疾奔一圈，而后低喝一声，燕绝身子掠出，如轩辕刚才示范的一般，但是轩辕也在同时间出腿！

轩辕的腿犹如风轮一般推进，踢得滴水不漏，更上下翻腾，好似蛟龙搅海，但是双臂始终反锁于背后不动一下。

燕绝倒弹而回之时，轩辕轻松接应，仍不忘出腿疾攻。于是燕绝自上攻，轩辕自下而攻，两人一用脚一用手，竟然打得天昏地暗，气势磅礴浩大，且时分时合，相互配合。虽然稍欠默契，而且轩辕和燕绝武功相去甚远，但却也足以惊心动魄，让人心神震荡不已。

半晌，轩辕才载着燕绝来到众人面前，豪情无限地道：“办法是人想出来的，只要我们有足够的勇气面对现实，创出奇迹也非难事！因此，请花老大相信，风骚终会落到你的手中！”

燕绝翻身落地，喜不自禁，他也为花猛伤心，此刻见轩辕想出如此妙法，来个相互合作，竟也有如此威力，他仿佛可以预见花猛重振雄风的样子，只要能够让他这位兄弟振作起来，他什么都愿干。

“谢谢！”花猛双眼有些湿润，双唇颤了半晌，终于道出了两个字。

花战不由得一阵欢呼。

“还不去为花老大准备鲜汤？”轩辕也欣然地喝道。

众人大喜，立刻各自去为花猛准备食物、补品，人人精神大振。

“大概只有轩辕才能想出这样奇妙的组合！”陶莹激动地偎着轩辕道。

轩辕涩然一笑，道：“我能做的也只有这些了，我不想看着他消沉下去，不想他如此消极地郁郁而终，但愿我不需要再去想这样的组合。”

陶莹听出了轩辕语气中的无奈，不由得安慰道：“天有不测风云，人有旦夕祸福，生与死总是难免，轩辕也不必深深慨叹。只要人活着，总会有希望，事情既然已经发生了，又何不去面对呢？”

“是啊，莹妹说得对，我们尽了自己的力便问心无愧了，虽然心中有苦，但这或许便是命运吧。”桃红也附和道。

“命运是什么？生命价值何在？意义何在？活着，到底为了什么呢？或许这也是一场梦吧！”轩辕轻轻地叹了口气道。

“或许吧，若只是一场梦还好，至少有醒的时候！”桃红似也有颇多感慨。

“命运就像这一湖秋水，没有风时，或许会平静得看不见它的流动，但有风之时，却浪涛汹涌，会使筏翻舟沉。而风何在？那就要看天意如何了。生命的价值大概也便是在天意的夹缝中偷生吧。”陶莹扬手将一颗石子甩入湖水之中，慨然道。

轩辕和桃红不由得听呆了，陶莹的陈述确实贴切至极。

“轩辕第一次听到这么精彩的比喻，莹莹看待事情真是透彻至极！”轩辕由衷地道。

“仅是心有所感而已。不过，莹莹应该庆幸能得轩辕赏识才对。”陶莹白了轩辕一眼道。

“为夫应该庆幸得到莹莹的赏识才对呀。”轩辕快意地道。

“是啊，有莹妹相助，何愁不成大事?”桃红也附和道。

“红姐也取笑我……”

“报首领，有个自称黑豆的年轻人要求见你!”一名龙族战士疾步而来禀报道。

“什么?!”轩辕噌的一下站起身来，几乎不敢相信自己的耳朵。

轩辕几乎是奔回营地，他的心快要沸腾了，弄得陶莹和桃红有些莫名其妙，但只好跟着轩辕回营。

黑豆所在的营外戒备森严，显然因这里并无有侨战士，因此没有人认识黑豆，这才人人小心戒备，以防黑豆乃是外来的探子。

轩辕几乎是冲进营中，营中光线微暗，但他依然看见一个极为魁梧的背影。

“黑子!”轩辕欢呼道。

那魁梧的背影一震，转过身来，蓦地发现立在门口的竟是轩辕，不由欢呼一声，快步赶上，当胸便给轩辕一拳。

轩辕不闪不避，喜不自禁地也给了黑豆一拳：“你都长这么高了!”

“我就知道你没死，否则怎会不托个梦给我?咦，你怎这样?犯了什么罪吗?”此人正是轩辕一别年余的黑豆，但此刻黑豆见轩辕双手被枷锁锁住，不由大惊。

“嘿，这些慢慢再说，咱们先去喝个大醉再说!”轩辕确是喜得无法控制，黑豆可谓真是他亲如手足的好兄弟，最为亲密的朋友，往日他心中不知道念了多少回，没想到故人今日突然至此，怎不让他大喜过望?

“你先别光顾着自己乐呵，你这样子，双手还能端酒杯吗?”

“嘿……才多长时间没见，你怎会把我看得扁成这样子?”

“对了，先别忙，今日并不只我一人前来。”黑豆突然神秘兮兮地道。

陶莹和桃红这时也钻进了帐中。

“快，来见过我这位最好的兄弟，黑子!”轩辕忙双手拉起黑豆的手，向陶莹和桃红介绍道。随即又向黑豆介绍了陶莹和桃红。

“黑子见过二位嫂子。”黑豆倒是很懂礼貌。

陶莹和桃红也赶忙还礼。

“哈，都是自家人，何须这么客气？黑子，还有谁跟你一起来，怎没在这里？”轩辕讶然问道。

黑豆望了陶莹和桃红一眼，吸了口气，正容道：“菲菲也来了。”

“什么？她在哪里？快带我去！”轩辕浑身一震，霎时心神大乱地扯住黑豆道。

“她不想跟我一起来见你，是以我先独个儿来了。”说完黑豆扫了陶莹和桃红一眼。

陶莹和桃红相视一眼，她们都是兰心蕙质，哪里还会不知道是什么情况？不由得一推轩辕，齐声道：“夫君，你快与黑子兄弟去把菲菲妹妹接来吧，我们在这里准备喜宴，快去！”

轩辕一呆，也似乎有点清醒，黑豆也微讶，感激地望了桃红和陶莹一眼，道：“轩辕，我们去吧！”

“好！”轩辕扭头又向陶莹道，“莹莹，你通知所有兄弟准备相迎！”

陶莹大方一笑，道：“莹莹明白，若你不把菲菲带回来，我们罚你三天不准吃饭！”

黑豆也不由得笑了。

轩辕从未有这一刻般心情急切，但心里又颇有些忐忑不安。

为什么菲菲不与黑豆同来相见？当然，肯定是因为菲菲知道他在此地拥有娇妻美妾而心生怨愤。

事实上这也是轩辕心中不安的理由，他欠雁菲菲的太多了，这是一笔无法计算的债务。

但轩辕能说什么呢？一时之间似乎不知道该从何想起，从何谈起……

他是否无情？

他是否薄情？

轩辕只能下定决心诚心请罪！若能以一种方式偿还这段债务，他可以不惜任何代价去做。

黑豆一路上无语，这使轩辕的心似乎更显沉重，黑豆似乎不想太多提及这之中的事情。

轩辕与黑豆并肩行了一段路，他发现黑豆的功力似乎比昔日不知精进了多少，行路之际，颇有一派高手风范，步履轻快写意，这使他有些惊讶。

“黑子，你的武功似乎比往日进步多了。”轩辕似乎不想再闷下去，打破沉默问道。

“你的沉稳和寡言的性格不是也改变很多了吗？”黑豆答非所问，却让轩辕无话可说。

“你怎么了，怎的一直闭口不语呢？”

“我刚才不是回答了你的话吗？”黑豆回应道。

轩辕觉得黑豆的言行确实有些怪，似乎与往日大有差别，不由问道：“是不是我哪里得罪了你，惹你生气了？”

黑豆没好气地望了轩辕一眼，恨恨地道：“我恨不得把你毒打一顿，要不是看在菲菲的面子上，我定要让你这花心的家伙好看！没想到才一年不见，你竟变了这么多，左拥右抱，还亏菲菲为你整日以泪洗面，受尽冷落和讥嘲。如果你还有一点良心，就应该感到脸红，应该感到羞愧！”

轩辕倏然停下脚步，脸上一阵青一阵白一阵红，愣愣地望着黑豆竟不知言语。

黑豆也停下脚步，无畏地对视着轩辕，冷冷地道：“怎么？我说错了吗？你不高兴了？那打我呀？你不是连曲妙、奄仲都有能力击杀吗？要赢我黑豆还不是一件轻而易举的事？”

轩辕愣愣地望着这个儿时最知心的朋友，心头涌起百般滋味，他不知道黑豆对他了解如此之多，连这刚发生的事情竟也知道，同时他也明白黑豆之所以在离开了营地后才这样，那是想为他留些面子。

“哼，没话说了吧？”黑豆见轩辕半天未语，怨气未消地冷哼道。

轩辕不禁低头叹了口气，道：“你说得对，我对不起菲菲，我欠她太多太多，请你告诉我，我该如何做才能够补偿这一切呢？”

“这是你们之间的事，如何做你比我更清楚。但不管你怎么做，也永远不可能弥补得了这一切。你知道吗？菲菲知道你未死，于是立刻便带着孩子满天下寻找你，一个女人呀！这是多么不容易，这需要多大的勇气、多大的毅力呀！而你，而你……”黑豆说到这里已气不打一处出，说不下去了。

“是的，我做了很多错事！是的，我也做了许多对不起菲菲的事！可是，我真的不是有心的，你以为我有一刻忘记过她吗？你以为我这一年活过来简单吗？是的，我多情，可这也是为了生存。我爱菲菲，但是那又能如何？每天都在死亡边缘挣扎，每天都像猎物般被人追杀，我需要刺激，我需要温情，我害怕生命就这样枯萎！”轩辕语气也变得激动起来，他瞪视着黑豆，顿了顿又道，“我知道，这样做对不起菲菲。可是你可曾知道，我心里也痛，也苦，我害怕去想她，我害怕想到她成为蛟龙新娘的结局，而我只是一个沦落天涯的浪子，一个过客。每个夜深人静之时，我都想放弃一切返回那个生我养我的姬水河畔，去找她，然后便在伤心的龙潭边筑个小家与蛟幽的在天之灵做伴。可是我害怕她已为人妻，而我回去只会扰乱她平静的生活。更不想让族人以一种嘲弄的眼光看我，看她，于是我立誓，如果我轩辕不能够出人头地，绝不再回姬水！我不怕流血，也不怕别人说我不择手段，我可以去杀人，可以去做很多往日都未曾做过的事。可是我没有想到菲菲竟在等我，竟在为一个死人守节，我本想今生便在争斗中死去，可是再见木青之时，我才知道，我欠了她太多，太多！”

黑豆被轩辕这一阵话给说愣了，一时之间也不知道该从何说起，只是对着轩辕干瞪眼。

“当我知道菲菲仍在等我之时，也恨不得身插双翅飞回姬水，但我不能，若是昔日，我定会不顾一切，什么义气，什么责任，我通通都不管了。可是此刻是根本不可能放下的，因为我不能让数千名兄弟失望，更不能抛弃他们，他们爱戴我，信任我，我怎能有负于他们？我怎能舍他们而去？这些日子以来，我想了很多，也明白了很多。是的，我可以不择手段，可以耍阴谋诡计，但却不会忘记责任，不会忘记情和义。如果我不顾一切撒手前去姬水，我想便是菲菲也无法原谅我这不仁不义之举。我并没有舍弃她，我爱她，所以才要活出个人样来，才会更认真地去对待每一件事情。于是我让白夜、竹山带人去接她母子俩，我要在这剩余的大半生中加倍偿还欠她母子的情和爱！”

说完轩辕再顿了顿，接着又道：“也许，我确实不太专情，我身边有多个女人，或有情或无情，我实无话可说，因为我对不起菲菲！若她真无法原谅我的过错，或许这就是命吧！”说完轩辕长长地叹了一口气。

半晌，黑豆仍有些愤愤不平：“你说得倒是很轻松，但谁会相信你？”

“你先不要质问这些好不好？告诉我，菲菲现在哪里？”轩辕微微有些气恼地道。

“即使告诉了你，她也未必肯见你。”黑豆吸了口气道。

“如果她实在不想见我，我也要知道她在哪里，我必须向她说清楚，若是她仍不肯原谅我，就当天意如此！”轩辕极为果决地道。

黑豆深深地望了轩辕一眼，也不由得嘘了口气，道：“好，我告诉你，但愿你表现好点，千万别与她顶嘴，打你也别还手，否则我也帮不了你！”

“你今天怎么这么多废话？”轩辕也有些气恼，“还不快带我……”说到这里，轩辕突然一怔，两眼发直地望着黑豆背后的林子。

林中密叶一分一合之际，一个窈窕的身影自林中缓缓行出，白裙飘飘，秀发如瀑，恍若凌波轻舞的仙子，只是神色间夹杂着少许幽怨。

“菲菲……”轩辕半天才呆呆地挤出两个字，人却如被木钉钉住了一般，一动也不能动。

雁菲菲似乎比昔日更高挑了一些，也更清瘦了一些，脸儿清白依然如水中清玉，虽美得不可方物，却多少有点清冷。一双凤眸亮如天上的寒星，却深邃得无可捉摸。

轩辕怔住了，雁菲菲变了，变得他再也不熟悉，在多了几分少妇的成熟后，更有一种无可捉摸的魅力，这种魅力竟似丝毫不逊于凤妮，不逊于曾经的君子国女王柳静，或许还可以与那妖异的狐姬相比。

“你，你……”轩辕一直张口结舌，竟直到雁菲菲行到他的身前仍未说出一句完整的话，他从未想过自己也有结巴的时候。

黑豆踢了轩辕一脚，轩辕这才回过神来，道：“你变了！”

雁菲菲悠然行至轩辕身前，眸子中的神采竟如流动的烟霞般，瞬息万变，显示着她内心的变化是何等的激烈。

“你也变了！”雁菲菲幽幽地道。

轩辕神色一黯，充满歉意地道：“我对不起你，菲菲要怎么责罚轩辕都可以!”

“过去的就让它过去吧，活着便好!”雁菲菲叹了口气道。

轩辕大喜，激动地抓起雁菲菲一只玉手，欢喜地道：“菲菲肯原谅轩辕了?”

雁菲菲涩然一笑，道：“如果我不肯原谅你，痛苦的是我们两人，这又何苦？或许这就是命运的安排。这些日子都已经过来了，又有什么不可以原谅的呢?”

“太好了!”轩辕激动之下，竟抓起雁菲菲的柔荑，便在手背上亲了一口，简直是有些忘形。

黑豆不由得大感好笑，轩辕那双手被锁在一起，又那般手舞足蹈的样子活像只大马猴。

雁菲菲也笑了，像云霞尽去，现出明静湛蓝的天空，有着无限的清雅和明媚，更有着让人心醉的风情和魅力。

轩辕不由得看呆了，雁菲菲确实变了，无论是内在情绪还是外在表情，都变了，再不是那种小女儿之态，举手投足之间，都显露出其圣洁不可侵犯的气质。那善良的本质铸就了她无可比拟的内涵，这是一种神之于内、形之于外的美。

是什么改造了雁菲菲？是什么铸就了雁菲菲？不过雁菲菲的确清瘦了，因为清瘦所以才显得更为高挑。

“菲菲，你瘦了!”轩辕吸了口气，微微有些心疼。

“或许吧，你的手怎会这样?”雁菲菲换了话题问道，同时也很自然地与轩辕靠在一起。

“咳咳……我去云娘那里看看悠远，你们先聊!”黑豆干咳两声道。

轩辕心神一动，问道：“悠远便是我们的孩子吗?”

雁菲菲点了点头，道：“他和云娘在林中，我们也去吧。”

轩辕大喜，欲拉雁菲菲，但双手被锁，极为不便，不由心中大恨已死的奄仲，竟然想出如此损人的招式，这叫有手不能用，个中滋味大概只有轩辕才知道，否则轩辕早就将雁菲菲搂在怀中大加怜爱了。可是此刻却只有干瞪眼，干着急，简直比挨刀子还难受。

第一百零七章 绝世神锁

雁菲菲一看轩辕的表情便知其是如何无奈，不由笑了笑道："此人真有先见之明，竟然弄出了这样一把巧锁锁住你这最不规矩的手，使你无法作恶使坏。"

"嘿……你还笑！"轩辕可真急了。

雁菲菲再笑，道："我试试，看能不能将它拉开。"说着一双柔荑轻搭于大锁之上。

"没用的，我试过好多次，若是可以，我早就拉开了！"轩辕摇头苦笑道，但旋即神色间显出无限的惊讶。

只见雁菲菲的十指如钩般搭在枷锁之上，指尖竟升起缕缕青烟。

轩辕确实惊讶不已，雁菲菲的功力之深竟已达到了顶级高手之境，只怕剑奴和偃金之辈也难望其项背了，这怎不叫轩辕吃惊？不过，轩辕知道雁菲菲绝不可能凭一已之力拉开大枷锁，不由道："我们一起来吧。"

雁菲菲倏觉双手所握之枷锁传出了让人心惊的热力，一股强大无伦的劲气由内向外无休无止地扩张，仿佛欲胀裂枷锁脱困而出，这股强大的劲气与她的阴柔劲气相斥又似相融，两股气劲竟以枷锁为中心疾旋而起，犹如飓风般向四面辐射，掀得两人衣裙飘扬。

雁菲菲吃惊也绝不小，她吃惊于轩辕的功力之强竟达到了深不可测之境，更浩瀚如无穷无尽、澎湃汪洋之大海。

枷锁变得通红，如同熔炉之中的熟铁，但是却并没有任何变形的迹象。

枷锁由红逐渐变得蓝色，这时才稍有些松动，但却只是伸长向两边缓缓延伸，并无半丝欲断裂的痕迹。

雁菲菲有些气喘了，额头竟渗出了点点汗珠。

“算了吧，硬拉是拉不开的!”轩辕突然开口道。

雁菲菲大惊，轩辕在这个时候仍能够开口说话，确让她有些惊讶。不过，她知道轩辕没有说错，硬拉是拉不开的，这枷锁不知是什么质地做成，竟然能够有如此好的韧性，她也只好放弃。

“让我的剑试试!”雁菲菲说话之间，一拂衣袖，一道亮彩如闪电般劈落在那枷锁之间，而此刻枷锁仍然通红。

叮……一声清脆至极的声音响过，轩辕和雁菲菲不由得都有些泄气了，枷锁之上只是留下了一道剑痕，余者什么都没有，更别说开裂了。

雁菲菲扬起剑来，看了看雪亮的剑刃，剑刃并没有任何损伤。

“这是什么做的?”雁菲菲骇然问道，显然对这个枷锁之坚韧大感惊讶。

轩辕苦笑道：“但愿我知道，我已经想了一天一夜的办法，都未能让它损伤一点，而你这一剑至少还在上面留下了痕迹，看来此剑绝非凡品。”

“不错，此剑名曰昆吾，乃是神族十大神器排名第三的利器!”雁菲菲道。

“什么?”轩辕脸色煞白，骇然呼道。

“你怎么了?”雁菲菲不解地问道。

轩辕涩然自言自语道：“完了，这下可真完了。”

“什么完了?”雁菲菲讶然问道。

“连你这昆吾剑都斩不断，那含沙剑拿来了也是徒劳，看来这辈子我只得带着这鬼玩意儿活着了!”轩辕几近哭丧。

雁菲菲一呆，也明白了轩辕此话的意思，半晌才安慰道：“也不一定呀，或许我们可以找到这把锁的钥匙，那不就可以打开了吗?”

轩辕苦笑道：“但愿能够如此!”心情却变得沉重至极，他根本就不知道这劳什子怪锁是否真有钥匙，但就算有，也在东夷人手中，东夷族这么多人，那钥匙又会在谁手中呢？若是在少昊手中，他又怎么可能夺得了呢？想到这些，轩辕几乎恨不得再去对奄仲鞭尸三百，这人也确实够绝够狠，竟身边不带钥匙，看来他只好去问风骚了。

“算了，先别管这些，去看看我儿悠远吧！”轩辕怔了怔道。

雁菲菲的眼睛也亮了起来，洋溢着一层幸福的光彩。母爱的伟大，可使每个女人更美丽，雁菲菲便是如此。

云娘，是个中年妇人，眉目清秀，看上去应是个极为精明的女人。

轩辕的目光却并未停留在云娘的身上，而是落在一个他绝想不到之人的身上。

“鬼三！”轩辕确实没有想到鬼三竟然会出现在此地，不仅如此，鬼三更似根本就无法动弹，只有眼神之中存在着惊惧之色，望向轩辕之时，目光极为怪异。

“我要告诉轩辕一个好消息！”雁菲菲望了轩辕一眼，神色之间有些兴奋和欢喜。

轩辕望了雁菲菲一眼，似乎明白了什么，不过他并没有出声。

“幽姐并没有死，而是被他给救走了，因此他一定知道幽姐现在哪里。而碰巧我在路上遇到他，便顺手擒下了。果然，幽姐已在鬼方。”雁菲菲欣然道。

轩辕心中一痛，他岂会不知道蛟幽现在鬼方？而且还知道蛟幽此刻已是天魔岁修绝的女人，以罗修绝的绝世武技，别说是一个轩辕，就是两个轩辕大概也无能为力了，而且就算是找到了蛟幽又能如何？她会再回来吗？她是否已经变了呢？虽然相隔只是一年的时间，但在这一年的时间中所发生的变故实在是太大了。轩辕知道，许多东西都是极为现实的，现实得哪怕只有一点作伪也会是个悲剧。

“你怎么了？”雁菲菲似乎看出了轩辕的神情不太对劲，不由问道。

“是的，那太好了！”轩辕不自然地笑了笑，似有点魂不守舍。

“你到底怎么了？究竟发生了什么事？是不是幽姐有什么不妥？”雁菲菲思维极为敏捷，立刻想到了问题的所在。

轩辕叹了一口气，道：“昨天，我也知道了这个消息。”

“那又怎么不高兴？”

“蛟幽此刻可能已是天魔罗修绝的女人，若要救出蛟幽，就必须杀了罗修绝！”轩辕嘘了口气，悠然道。

雁菲菲也一呆，她似乎也听过天魔罗修绝的名字和传奇，同时她也为轩辕的话给激得一时回不过神来。

轩辕心中却有着一个疑惑，何以雁菲菲的武功竟能达到如斯之境？虽然昨日鬼三受伤而逃，但以鬼三的武功却绝不是易与之辈，可是雁菲菲却能轻易手到擒来。不仅如此，雁菲菲一身功力也步入了当今高手之列，这不能不让轩辕感到惊讶。他是在这一年多时间中经历了无数的奇遇，又有龙丹和地火圣莲之助，才达到今日的成就，难道雁菲菲也有着类似的奇遇？这云娘又是什么人？怎么在有侨和有虢两族之中从未见过此人？而雁菲菲又是如何得到了昆吾剑的呢？

“这些我们回去再商量吧，来，先让我抱一抱儿子。”轩辕突然道。

“云娘见过公子！”云娘怀中以锦衣棉袍相裹着一个熟睡的婴儿，向轩辕施了一礼，同时将小孩交到轩辕屈起的臂弯中。她也有些惊异何以轩辕双手被这枷锁紧锁。

“不用客气。”轩辕小心翼翼地抱紧小悠远，道了声，目光却紧盯着小悠远红扑扑的小脸蛋，心头涌起了无尽的爱意，忍不住在那小小的脸蛋上亲了一口。

雁菲菲也凑了上来，伸手轻掀了一下小悠远脸旁的锦衣，似又恢复了小女儿家之态，紧依着轩辕，柔声爱恋地道：“看他多像你！”

“嗯，睡得可真香，这鼻子，可有点像菲菲了。”说到这里，轩辕又轻声唤道，“好儿子，快叫爹……”

黑豆和云娘相视一笑，提起鬼三便识趣地退到一旁。

轩辕和雁菲菲返回营地，倾营而出的龙族战士夹道相迎，桃红和陶莹更是卖力，且热情洋溢，似乎与雁菲菲是早就熟识的姐妹一般。而小悠远被惊醒后更是众人的焦点，桃红和陶莹尤其无限怜爱，一个个都兴奋异常，这种场面倒让轩辕和雁菲菲好笑不已，云娘和黑豆则干瞪着眼。

花战、燕绝这几个小子也在其中搅得不可开交，所幸小悠远不认生，见到这么多人反而乐得小脸红红的，一双乌溜溜的小眼睛瞪得大极了，像是看到了许多稀奇古怪的玩意儿，一双小手也四处乱抓，不时咧嘴一笑，确实是人见人爱。

“木青已在猎豹养息的营中等候轩辕!”柳庄禀报道。

“好，对了，你派一人去山海战士营把姬成和姬山叫回来。”轩辕似乎记起了什么似的吩咐了一声，这才排开众人，带着黑豆走向猎豹的营中。雁菲菲则被桃红和陶莹拉着去说女人之间的话去了，那群野性未灭的龙族战士则围着小悠远转来转去。

同木青一起来的有几名有侨战士和少典战士，还有一名金穗剑士及宗庙派来的两名高手。

“见过统领!”金穗剑士和宗庙高手极为恭敬地向轩辕点头施礼。

轩辕淡淡颔首，木青也自仍处于昏迷状态的猎豹身边站了起来，正准备向轩辕施礼，却发现了黑豆，不由大惊，问道：“黑子，你怎么来了?”说着大步走到黑豆的身边。

“当然是找来的，还有菲菲也来了!”黑豆笑了笑道。

“什么?”木青一呆，又看看轩辕，突地大笑道，“那太好了，难怪你一脸喜色，是不是白夜和竹山他们也回来了?”

“不，是黑子和菲菲独自来的，他们在路上根本就没有会着面。”轩辕笑着摇摇头道。

木青似乎有些难以置信，但又怪异地打量了轩辕一眼，目光却落在那把怪锁上。

“我把含沙剑带来了，不过你绝想不到我还带来了什么!”木青突然有些神秘兮兮。

轩辕微愕，反问道：“还有什么东西可带?”

“歧富前辈去过熊城，在你走后不久，他竟送来了一副太虚神甲及一柄尊神刀!”木青一把拉开衣衫，竟露出一件泛着幽光的软甲衣。

“这就是太虚神甲?”轩辕伸手摸了摸，只感质地光滑至极，更像是一层气流在其表面游动，没有半点受力的感觉。

“打一掌试试!”木青一挺胸道。

“我?”轩辕讶然问道。

“当然是你，不过可不能全力以赴哦。”木青提醒道。

“嘿!”轩辕笑了笑，运起半成功力出了一掌。

啪……木青只是外衣扬了扬，笑道：“别这么舍不得力气，搔痒也不是你这么轻!”

“那你注意了!”轩辕提醒道，于是以三成功力挥出一掌。

哧……木青的外衣裂成碎片而飞，但轩辕心下却是骇然，因为他击在那护甲表面上的劲气似乎全自一旁溜滑开了，木青的身子似乎根本就不受力。

木青身形晃了晃，他身后五尺外的两张木椅却哗地裂成碎木。

轩辕惊讶地望了望手掌，又望了望那太虚神甲，不由得涌起一股莫名的诧异。

“这神甲的优点是其自身便像是一个高手般可以自动卸开敌人的攻击力，十成功力至少有五成被卸开。因此，它不仅可以避刀剑，更可抗打击，确是不可思议的神物!”木青笑道。

“的确不同凡响!”轩辕以手指勾起太虚神甲一角，运力一拉，太虚神甲竟似有着无限弹性一般，被拉长三尺，却丝毫无损。

“哇……”黑豆也禁不住大为惊叹。

“这能叫甲吗?我看跟衣衫没有多大的区别，怎会这么柔软呢?”轩辕惊讶地道。

“谁知道，神族当年的强大岂是侥幸?拥有这些神物还不正常?”木青道。

“嗯，这太虚神甲就给你穿上好了，到时候让那些贼子尝点‘甜’头!”轩辕笑道。

“这个我可不敢要，乃是歧富前辈给你的，你可是关系重大的人物，不怕一万就怕万一，要是某天遇上了刑天那样的高手，也好与他大战一场，所以这东西一定要由你穿!”木青认真地道。

轩辕苦笑道：“我能穿上它吗?瞧我身上的衣服，想脱都难脱下来，这锁一日不打开，我就一日不可能穿上这劳什子护甲。”

“这还不简单？我带了含沙剑，甚至还有尊神刀，这把破锁还不是一劈就开？”木青兴致勃勃地道。

轩辕无可奈何地笑了笑，道：“没用的，如果含沙剑和尊神刀能够劈开这把锁的话，我此刻已经不用再戴着它了。”

“哦，难道轩辕试过？”木青讶然问道。

黑豆似有所悟，望了望轩辕手上的怪锁，似乎发现锁稍稍变长了一些，轩辕的双手也稍稍分开了一些。

“是的，连昆吾神剑都不能对这把锁有什么损伤，含沙剑和尊神刀也只是徒劳。”轩辕道。

木青这会儿也呆住了，他拥有含沙神剑，自然对昆吾剑的声名有所耳闻。同时更知道昆吾剑乃万剑之首，是神族十大神器之中排为第三的利器，比尊神刀只高不低，而含沙比之昆吾则还差上一个档次。

事实上，神族最初并未列出十大神器，而只列出八大神器，分别由上一代神族八圣掌管。后来族中发生了变故，神器收回由神族圣殿保管。于是天下间另有两件兵刃在八大圣器之外崛起，这便是含沙剑和辟邪剑，没有八大圣器相匹，它们便是最具声名的兵刃，当然也因其主人拥有超凡绝世的武学。再后来神族大乱，圣器失踪了两件，这才将含沙剑和辟邪剑也列入神族圣器之中，却只能勉强入列，仅排末尾两位。于是神族便有了十大神器之说，也使得十大神器中有三件是剑。

木青不由得怔了半晌，又道：“先让我试试！”

轩辕笑着伸手而出，淡然道：“试吧！”

含沙剑和尊神刀似乎也并不是众人想象的那么锋利，竟费尽了木青的全身力气也没能劈开这怪异的枷锁，轩辕也累得够呛，手腕差点磨出血来。若非他的功力绝世，恐怕一双手已断了千百次，骨头也会碎得不成模样。所幸，轩辕的筋骨非同常人，咬咬牙就挺过来了。但剑、刀与怪锁交击的叮叮当当脆响声却传出老远，犹如铁匠铺里打铁似的，引来了许多人。

众人见如此结果都禁不住心沉似铁，若是连这神剑、神刀也无法将这怪锁破开，那轩辕岂不是要一辈子戴着这只怪锁度日了？先不说其日常生活是如何的不便，即使武功也将会因此大打折扣。这对刚刚兴盛起来的龙族来说，确实是一个沉重的打击。

这些人实难想象，一双手被禁锢之后还能够有何作为？轩辕的盖世刀法没有这一双手，还能存在吗？他的绝世剑法没有这一双手，又能有何作为？是以，所有人的心都变得极为沉重。

陶莹和桃红更是花容惨淡，愁容满面，本来因雁菲菲到来的欢悦也都散去，反倒是轩辕毫无沮丧之意，朗声笑道："大家何必如此？就算是神器无法切开此锁，它也会有钥匙存在，只要找到钥匙不就可以轻松打开此锁吗？而风骚一定知道钥匙在哪里！"

众人一听，觉得轩辕此言也有道理，心中又稍缓了一口气，充满了希望。以这里的众多高手，想要擒住风骚并不是一件难事，那个鬼三不也被雁菲菲给擒来了吗？

鬼三和风骚的武功可以说处于伯仲之间，既然能擒下鬼三，便有办法擒住风骚。于是众人的心又活跃了起来，陶莹和桃红二女双双将目光投向了雁菲菲，她们实难想象雁菲菲竟可擒下鬼三。不过，雁菲菲确实是美得有些另类，那种气质大概只有风妮可以与之相比。

轩辕悠然一笑，又道："退一万步讲，没有双手的人照样可以活得很好，照样可以创业杀人。人，最重要的不是肢体，而是思想，是精神和斗志。只要我们拥有足够的信心，拥有一往无回的斗志，谁能够阻止我们前进发展的道路？真正的高手，真正的武者，他们绝不会因为手足的禁锢而消减斗志或实力！对于他们来说，身体的任何一个部分都是足以取敌之命的武器！"轩辕说话之间，十指微曲，轻弹而出。

噗噗噗……一串轻响，数丈外几根树枝应声而断，一截截如同剑削。

众人一看，斗志立刻再度升起，欢呼一声，龙族战士皆向轩辕鞠躬行礼，似乎全为首领的这番表现所感。

木青和雁菲菲诸人眼中也闪过一丝讶色，轩辕的指劲竟可隔空断枝，那指风明明如剑气一般犀利，难道说……

"轩辕已修成了禅剑？"木青骇然问道。

轩辕高深莫测地笑了笑，道：“天下武学，一理相通，一通即百通。所谓禅剑，亦为心剑。刀、剑只是一种形式，真正的武学是一种意志，一种境界，一种精神，更融天地之气为己用，这才是无坚不摧之刀剑。或许，这就是禅，也是剑！”

众人皆心神大震，而木青诸人尤感震撼，轩辕的分析犹如黑暗中的一道闪光，使他们仿佛看清了遥远而未知的武学之路。

轩辕和雁菲菲似乎有着说不完的话，相别一年的相思和苦楚便如同潮水一般淹没了他们所有的思绪。

爱，是这个世上最伟大的力量；情，是这个世上最为莫测的东西。爱与情相结合，便足以创造和改变一切的生命。

轩辕果然没有猜错，雁菲菲确有离奇的遭遇，但这却是外人所不知的。于是轩辕第一次听说了九天玄女门这个神秘的组织，更让轩辕无法想象的是九天玄女门竟然便在姬水之畔的神山之中，而九天玄女门之主九天玄女正是有侨族所供奉的姬水之神！

这像是梦一般，让轩辕惊讶，而使轩辕更为惊讶的还是雁菲菲此刻已是九天玄女门的新一代掌门人，新一代九天玄女，而昆吾剑正是九天玄女的身份象征。轩辕同时还了解到九天玄女门的来历。也只有此时，他才明白，这个世界是何其的辽阔，是何其的神秘，竟有那么多他从未曾听说过的事。此时，他才知道自己实是极为无知的。

九天玄女的身份几与女娲、王母一样久远，而且它正是属于王母一支。

那时候王母、女娲同属一门，乃是母系氏族最巅峰的时刻，直到伏羲和天神据比的崛起强大，后又有魔帝蚩尤的崛起，使母系氏族逐渐没落，其力量甚至被父系氏族给同化。而九天玄女便是在母系氏族最为没落之时才出现的，她也加入了王母和女娲一门。在强大的神族四分五裂之后，她也便同女娲、王母分离开来，由于王母和女娲系拥有根深蒂固的力量，她们各自组成了三苗中的两大强部。而九天玄女却因没有人拥戴而独行天下，如散仙般游遍天下名山大川，后终定居于姬水河畔。陪伴她的，只有神剑昆吾及几名婢女。

后来，有熊力量西迁出数千里来到姬水多少也受了九天玄女的影响，因为九天玄女与太阳乃是至交，在有熊子民迁至姬水后，她们便深居神山，神山也便成了禁地，九天玄女更成了众人供奉的对象。只是时日太久之后，人们反而忘了九天玄女之名，称其为姬水之神，甚至后来人们都当姬水之神是一个传说，事实上真有这样的人存在。

有侨族历代族长的流云剑道，便是来自九天玄女，只不过所学仅为皮毛而已。

而九天玄女门的延续都是自各地找回一些孤儿，后来那些遭到几大祭司用以祭天的女童们也为其所救，收为门人。因此，九天玄女门的人数并不多，更没有去扬名天下，只是默默地过着平淡的生活，并在暗中保护着有侨、有虢两部的安危。这也是鬼三为何在有侨静候了近三十年，却相安无事的原因。因为鬼三是知道九天玄女存在的人，更知道九天玄女的厉害。

每代九天玄女都生性淡薄，人人自小修行，所以禀性极纯，不会去沾惹是非和滥杀无辜，她们见鬼三并无伤害有侨和有虢两部族人之举，也便与之相安无事。

九天玄女门中人人皆是高手，但并非每个人的资质都可以继承掌门之位。要知九天玄女可算是王母和女娲的师妹，其武功之高绝不可想象，岂是凡夫俗子之流可以尽得真传的？不过，一代代相传下来，九天玄女门也显得势弱，每一代掌门虽资质不凡，却也有限。但九天玄女的武功仍然能在天下有数高手中立稳脚跟。当然，因其一向与世无争，所以天下没有多少人知道还有这样一群高手的存在，就像轩辕往昔还不知道广成子的存在一般。

当日蛟幽自天台上坠下之时，九天玄女便欲出手相救，但鬼三却快了一步，于是也就作罢。后来又见雁菲菲在姬水河畔以泪洗面，她自然对个中情形也有所了解，便破例收下了雁菲菲这名怀有身孕的女弟子。一是因为雁菲菲的善良，二也是因为雁菲菲那千里挑一的资质正是继承九天玄女门门主的最佳人选，三是因为雁菲菲的痴情。

当年九天玄女爱上了伏羲，但后来伏羲弃情而求天道，使得九天玄女心灰意冷之下远走姬水。因此，九天玄女所找来的弟子要么是孤儿，要么是有一段伤心经历，但每个人都知道祖师和伏羲大神的那一段情缘。因此，上代九天玄女对雁菲菲格外同情，这才毅然招雁菲菲为入门弟子。

雁菲菲习武是极为神秘的，族人根本就不知道，倒是哑叔和黑豆诸人因天天去照料雁菲菲的生活，因此他们隐约知道一些，但他们也只为雁菲菲感到高兴，根本不会外传。所以，族中很少有人知道雁菲菲今日会拥有如此不世的武学。

雁菲菲确实没让九天玄女失望，虽然这一年多时间来，她怀胎十月，但武功精进仍是一日千里，加上九天玄女为其洗脉通筋，以各种方式提升她的功力，在一年多时间中，雁菲菲似脱胎换骨般完完全全变了一个人。

雁菲菲并未正式接任九天玄女之位，但却已被定为其继承人，由于她急欲寻夫，所以九天玄女之位仍由其师所掌，而昆吾剑却在雁菲菲手上。

雁菲菲确实没有想过轩辕还有可能活在世上，一直都以为他就这样葬身蛇腹，可是后来竟传说有一个叫轩辕的年轻人名动天下，她像是心灵有感一般，便欲看看这个轩辕是否便是那个让她伤心魂断的轩辕，于是禀明师父欲远行。

黑豆与雁菲菲的关系特好，便像亲姐弟一般，因此黑豆知道雁菲菲习武之事，而九天玄女也不时指点黑豆的武功，使得黑豆这些日子来武功也一日千里，进步快速异常。是以，今日轩辕再见黑豆之时，顿觉他有着一派高手的风范。

雁菲菲要寻轩辕，自会与黑豆商量，于是黑豆便与之一起离开姬水，向东寻找那个轩辕的行踪。云娘乃是九天玄女门的人，可算是一路照顾雁菲菲的生活，更充作小悠远的奶娘。毕竟，带着一个小孩满天下跑并不是一件容易之事。黑豆一路上以打猎为生，供云娘和雁菲菲两人的食住。

一路之上，关于轩辕的消息似乎是满天飞，像是轩辕身上有演不完的故事，但轩辕所在的具体地址却无人能真正说清。黑豆几人只好一个个地方跑，后来终于有准确的消息说轩辕到了熊城，于是他们也便迅速赶到熊城附近。恰巧一路上遇到众多高手赶来迷湖，他们猜轩辕也应会来此，于是也随之赶到了迷湖，却没想到竟真的在此找到了轩辕。

雁菲菲找到了轩辕，但却也发现了轩辕身边的女人，满心的欢喜霎时全都凉了。若非黑豆苦劝，只怕她早已转身返回姬水之畔了。

雁菲菲对轩辕大战鬼三、曲妙看得很清楚，因此她擒下了鬼三，因为她去擒鬼三，便对后来发生在轩辕身上的事不太清楚了。直到有人将奄仲的尸体运走，这才知道轩辕还杀了奄仲，却不知道何以轩辕双手被锁。

雁菲菲认识鬼三，当日鬼三与歧富大战，而轩辕被吞于蛇腹，所以她一眼就能认出鬼三来，也便知道此人就是救走蛟幽的人，这才让她心生欲擒鬼三之念。不过，如果她没有去抓鬼三，或许花猛和猎豹就不会受如此重创，说不定也能抓住风骚而获得钥匙。当然，世事总不是想怎样就怎样，那些只是假设而已。

轩辕的经历也让雁菲菲心神震颤不已，在那些险恶的环境之中，轩辕能坚强地活下来的确不容易，雁菲菲也便释怀轩辕何以未回姬水见她了。

“轩辕，蒙络的人已经迁入了这沼泽之中，我们要不要给他来一手？”花战禀报道。

“不必，可有创世大祭司的动静？”轩辕问道。

“那老家伙很鬼，不知道他会否亲自出手。到目前为止仅发现一群神秘人对蒙络穷追不舍，倒似是与蒙络有深仇大恨似的，却不知道这是一群什么人物。”

“如果我没猜错的话，他们应该是创世大祭司的死士，有没有鬼方和东夷人的行踪呢？”轩辕又问道。

“是有几股神秘人物，但仍没有探明对方的身份来历！”花战想了想道。

“首领，木青求见！”帐外一名龙族战士禀报了一声。

“请进！”轩辕回应道，花战扭头向帐门口望了一眼。

木青与柳庄同时跨入帐中。

“木大哥有事吗？”轩辕讶然问道，他已吩咐木青带着花猛和猎豹去熊城治伤，却没想到木青这时又到这里了。

“我有一件事忘了说，总觉得其中有颇多可疑之处，是以才回来跟轩辕说一声！”木青想了想道。

“哦，何事？”

“我在前来迷湖的路上，发现了龙歌，我本以为他也定会赶来迷湖，但我却发现他竟是向壬城方向而去，似乎要出十大联城似的。他的身边只有秃奎、云英及十几名随他自西来的高手，行踪极为神秘！”木青禀道。

“他向壬城方向而去？”轩辕眉头大皱。

“他想干什么？难道说他会舍神门而不顾？”花战也有些讶异。

“我也是这么认为，所以我觉得这之中似乎有很多古怪和可疑之处，以龙歌的性格，怎肯将神门之秘拱手让人呢？”木青思量着道。

“嗯，确实有些古怪。难道他也想学风妮一样，游说各城主来对付创世大祭司和蒙络？”轩辕猜测道。

“的确有这个可能，否则他去壬城干什么？”花战附和道。

“谁说他的目的便是壬城？也许是别的地方也有可能。或是城外，或是城内。”轩辕又否定道。

“城外城内又有什么地方好去？”花战惑然道。

“先不用管他，木大哥带花猛和猎豹回熊城时一路上要小心，这里风云际会，说不定会遇上东夷或鬼方的高手。”轩辕提醒道。

“木青知道该怎么做，不会有问题的！”木青自信地道，同时又望了望轩辕的双手，道，“我倒是担心轩辕手上的这东西。”

“别没事瞎操心，你先去吧！”轩辕没好气地道。

望着木青两人行出，花战道：“要不要我们全体出去寻找风骚的下落？”

轩辕苦笑着摇摇头道：“没用的，如果我所猜没错，他应该与狐姬在一起，试问你们谁能够对付得了狐姬？”

花战笑容尽去，愁容又来。的确，对于狐姬，他可是闻之色变，那个女人实在太可怕了，或许只有轩辕才能够逃出其魔掌。如果风骚真的与狐姬在一起的话，他们只怕是有去无回了，没有男人可以抗拒得了狐姬的魅力，而他们当中又尽是男人，又有谁能够在狐姬的手下对付风骚呢？何况风骚是何等人物，乃是东夷有数的几大高手之一，能成为九黎之王，自有其过人之处。除非轩辕亲自出手，否则只怕没有人能是其敌。

“那我们该怎么办？”花战望了望轩辕，顿了顿又道，“我们已四处布下了眼线，别说神门，就是连可疑的地方都没有找出几个，难道我们真要在此等下去吗？”

轩辕的眉头也皱了起来，确实，迷湖虽然有方圆数十里大小，包括沼泽面积约有近百里宽，可是这里还真没有什么特别之处，而他们的手中又没有地图，要想找到神门的所在简直难比登天，除非他能够在蒙络的手中夺得河图洛书所译出来的地图。否则，他们只能跟在蒙络屁股后面跑，而且就算到时候找到了神门所在地，能不能打开还是另外一回事。而他却将如此多的高手屯聚在此岂不是一种浪费之举？且人多容易暴露目标，对己方是极为不利的，这岂不是失策之举？

“我看这样下去也不是长久之计，不如我们干脆就将人马屯在沼泽之外，只留下一些人在此监视各方的动静。反正我们有战马相助，若是流动起来也快捷异常，到时更不用担心有人跟踪，而且有什么急事也能够迅速赶到！”花战提议道。

“嗯，这也是一个办法。不过，我想我们的一些实力可以留在迷湖之上，建一些大木筏，以备急需之用，这样双管齐下可能会更好一些。”轩辕想了想道。

“这样更好，反正他们的水性足以应付任何突变，让一些人留在水上也好！”花战附和道。

雁菲菲亲审鬼三，她审鬼三只有一个目的，那就是想知道蛟幽的下落，而鬼三是绝对的知情者。仅以他在鬼方的身份，就有资格知道鬼方的一切。因为他是天魔罗修绝的第三大弟子，虽然并未掌权，却绝没有人敢小视。即使是曲妙和土计这一部之主也有许多时候要看鬼三的眼色行事，皆因天魔罗修绝在鬼方是至高无上的，鬼方之中唯一敢与罗修绝正视的人就只有魔神刑天，而刑天却是罗修绝最信任的人。

在鬼方之中，唯一可以继承天魔罗修绝之位的人也只有刑天，虽然罗修绝座下几大弟子的武功也都高绝无伦，但无论是智慧、武功和声望，仍要比刑天差上一筹。

这次鬼方确实出动了许多高手，罗修绝的三大弟子，鬼魅、鬼虎、鬼三全都出动了，就连刑天也亲自出手，另有沚曲族的曲妙、土方部的土计，几乎是倾巢而出，甚至连罗修绝的八妃也出动了其三。

这个消息让轩辕惊愕莫名，为何罗修绝如此不惜人力？他究竟想干什么？是什么让他如此重视？难道说就只是为了神门？

神门之中究竟有什么东西？有什么力量？是让罗修绝向往还是惊惧，这才会派出如此多的高手？要知道，天魔罗修绝的武功几乎登入仙境，名与利及手中所掌握的权力几乎已是无人能及。除少昊所掌管的东夷族可与之相抗衡外，便是太昊部下的力量也要比他逊色许多。一个拥有如此力量的人，为何还要对神门如此重视呢？

若说神门之中藏有什么盖世武学，那绝难对罗修绝造成多大的诱惑，若说神门之中藏有什么大的宝藏，这也许可以对罗修绝产生一些吸引力，但是他为何要派出刑天、鬼魅、鬼虎、鬼三、曲妙、土计及三妃如此众多的高手呢？无论这宝藏是何等的庞大，也用不着动用如此众多高手啊。当然，这也让轩辕想起了另外一个问题，狐姬曾说，少昊也会亲来，这是为何？

少昊亲来这将意味着什么？是什么有这么大的魅力？这也是无独有偶的异常。

或者可以说，他们对神门的在乎并不是有什么东西诱惑他们，而是有什么东西让他们害怕。因为他们害怕，所以他们才会倾出众多高手，甚至是少昊亲来！

如果事情真如轩辕所猜，那么木神曾说的神门之秘或是真的，只有像罗修绝和少昊这样的枭雄才真正明白神门之中会出现什么——那就是魔帝蚩尤！

只有魔帝蚩尤才会让天魔罗修绝担心，让少昊担忧，他们才会倾力而出，也可以说这次所要对付的乃是魔帝蚩尤。若是蚩尤一旦重生的话，罗修绝、少昊，甚至是太昊都难轻迎其锋，甚至要再受蚩尤的统治。

所谓的天魔罗修绝、魔神刑天都只是魔界一员，而蚩尤才是真正的魔中之王，因此天魔罗修绝绝不想蚩尤的重生威胁到他的地位，这才派出如此众多的高手前来迷湖。

让轩辕疑惑的还有另一个问题，也便是为何鬼方和东夷会对神门在迷湖的秘密知道得如此清楚，而且似乎比他自己这些人还清楚？狐姬早一步来到迷湖，其实便是一个很好的证明。要知道轩辕诸人乃是一知道这个秘密就动身而来，且距迷湖如此之近，这之间究竟是出了什么差错？

难道说河图洛书有另外的摹本？若真是如此，这些摹本又是自哪里来的呢？自龙歌和圣女凤妮？这似乎有些不太可能。

如果东夷和鬼方之人能够摹出河图洛书的副本，何以不盗走真品？他们还会害怕什么吗？这当然不可能。因此，若有副本也绝不会是鬼方和东夷人或奸细所摹。若说是人误传，那也不可能如此巧合，而且东夷和鬼方之人先到一步。

退一步讲，如果是施妙法师盗走了真正的河图洛书，他也绝不会想让太多的人知道神门的秘密，这样对他也会少一份危险和威胁。真正知道神门秘密之人，自然不会告诉别人神门真实的地址，那么这个秘密的地址是谁传扬出去的呢？还会有谁知道？

龙歌、凤妮、蒙络、创世这些人也是两天前才知道神门所在地，他们身边的人亦是如此，而他们是绝对不会将之传出去的……

那么，将有关神门的消息传扬出去的人只可能是熊城以外的人了，可事实真的如此吗？

轩辕的思绪有些混乱，许多问题都似乎找不到确切的答案。想到这里，轩辕心中也禁不住自问道：“迷湖真的是神门秘址所在吗？他们真的就能根据记忆中的河图洛书找到神门准确的地址吗？而这记忆中的河图洛书就一定精准吗？”想到这里，轩辕心头不由大震。

第一百零八章　群邪齐现

“快传始鸠来见我！”轩辕大步向自己的营中行去，对立于两边放哨的龙族战士吩咐道。

其中一名战士见轩辕神色不善，忙应声而去。

轩辕大步进营，陶莹和雁菲菲正在逗着小悠远。

“莹莹快去备齐所有的战马，我们马上要起程！”轩辕沉声道。

陶莹讶异地望着轩辕，被他这突然的决定弄得似乎摸不着头脑，愣愣地问道：“究竟发生了什么事？何以又要立刻离开这里呢？难道轩辕不准备去查神门吗？”

雁菲菲也不解地望着轩辕，她并不清楚这里的事，对于轩辕的生活和这些事情中间的厉害关系也是一无所知。因此，她选择不说话。

“我们可能被人耍了！”轩辕脸色有些难看。

陶莹又望了轩辕一眼，见轩辕不欲再多作解释，也便乖巧地立身而起，道：“你陪菲妹和悠远，我立刻去办！”

轩辕露出一丝笑意，陶莹确实是个极为难得的好帮手，更是个贤惠能干的好妻子。任何事情从不会问多余的话，也不会说太多的废话，办事干脆而稳健，也难怪在陶基众多子女之中，陶莹最受他喜欢了。

轩辕望着陶莹迅速出营，这才转身来到雁菲菲身边，曲起双臂对小悠远笑道：“来，让爹爹抱你！”

雁菲菲也笑了笑，将小悠远放到轩辕的臂弯中，这才柔声问道：“到底发生了什么事情，要这么急？”

轩辕亲了小悠远一口，才道：“迷湖可能根本就不是神门所在地，我们被人骗了！”

“哦？”雁菲菲也未再多言语，她知道，轩辕此来迷湖便是为了神门秘址，如果这里不是神门所在地，确不应再滞留此等险地了。

“哦，你还抓我，小爪子还……”

“报首领，始鸠到！”营外龙族战士高喊一声，打断了轩辕与小悠远的戏耍。

“进来！”轩辕将小悠远交给雁菲菲，回头道。

“不知首领找我有何吩咐？”始鸠大步行入，恭敬地道。

“立刻给我传信凤妮和壬城外的山海战士，让他们密切监视龙歌的行踪，并随时向我汇报！”轩辕沉声吩咐道。

“是，属下立刻去办！”始鸠应了一声，便要转身而出。

“慢，另外通知熊城的兄弟，要他们向壬城和辛城附近移动，随时听候调遣！”轩辕又补充道。

“明白！”

“难道轩辕不准备让一些人留在迷湖附近？”花战惑然问道。

“是啊，或者神门真的在迷湖呢？”尤扬也附和道。

“就算神门在迷湖附近，我们也绝对没有便宜可捡，无论是哪一路人马，都会让我们头疼，或者到时候会成混战之局，还不知道是谁得利呢。因此，无论迷湖是神门秘址所在的说法对与不对，我们都有离开这险地的必要，这是不容忽视的问题！”轩辕断然道。

“那首领准备让谁留下来呢？”韩雁也插口问道。

“这个我自有安排！”轩辕淡淡地道。

“轩辕，难道我们不去找风骚吗？”陶莹也忍不住问了一句。

轩辕眉头微皱，这确实是一件很麻烦的事情，他手上的枷锁无法打开，做任何事情都不方便。虽然他说这没什么影响，但实际上已使他的武功无法正常发挥，功力大打折扣。他之所以要那样说，只是想稳住众人的情绪。

若是以轩辕此时真实的功力，便是面对刑天也不会有丝毫的畏惧，自从龙丹的生机与之相融之后，他自身的功力几乎暴涨一倍。因为此刻他所兼并的不仅有龙丹本身的力量，更拥有龙丹自火山熔岩之中吸纳的力量，甚至还有地火圣莲的力量。这些力量一旦融合，所产生的力量是无可估量的。而在通过万花大阵化开龙丹生机之时，轩辕更学会了利用龙丹的生机去吸纳身边的生机而强化自身。因此，即使让他去面对刑天，他也不会有半点畏惧。可是此刻他双手被锁，如何能够去面对刑天这般高手呢？这使他也有些苦恼。但是想擒风骚也非一时之事，何况风骚身边有着众多的高手。

“风骚的事我们可以稍等，龙歌之事我们却刻不容缓，大家出发吧！”轩辕咬咬牙道。

凤妮在轩辕诸人赶到壬城之时，也赶到了壬城外山海战士的营地。

山海战士虽是新立之师，但在蒙络和宗庙的关照下，颇受看重。壬城城主兰庆乃是蒙络的亲信，但他并不知道轩辕与蒙络之间已经发生了许多矛盾，因此对山海战士仍很关照。而且，蒙络与宗庙之间并无不愉快的经历，甚至有相依的成分，山海战士乃是宗庙的人，壬城城主也不能将之如何。

再说，有山海战士在城外不远处的山谷之间训练，至少也算得上是一支速援之军，无论是对外敌还是对城内的民心都有所控制。使外敌入侵之时，不能不考虑到这队人马的存在，对民心又有一种稳定的作用。

当然，山海战士与壬城之间并无多大的联系，他们有自己的体系，同时也是为了保证能让山海战士的内部保持极度的机密。

凤妮收到灵鸠传书之时，身在壬城不远，又有快马，自然是极为快捷地赶到了壬城之外与轩辕会合。以凤妮的聪慧，自然从轩辕的话意之中察觉出了一些什么东西。因此，她不能不亲自来问一声，这才快马赶来。

凤妮乍见轩辕的样子，不由得也给愣住了，直到轩辕讲出这些日子以来所发生的事情，这才有些恍然，但也不由得有些忧心。

“各城城主都对轩辕的印象改观了许多，轩辕居然杀死了曲妙、奄仲和偃金这三大高手，便是熊城之中的创世大祭司和王叔的高手也都被你的气势给镇住了。七大营八大寨中有一部分本来在创世大祭司和王叔之间拿不定主意的人现在都忙着向宗庙示好，表示忠于宗庙。而那些战士们更不用说对轩辕是如何崇拜了，便是十大联城中的人也全都拿轩辕作话题。我看轩辕若乘势压下创世大祭司和王叔的气焰，并不是一件难事。”凤妮像是汇报一般道。

“那十大联城和七营八寨究竟有多少人愿意支持凤妮呢？伯夷父究竟有多大的把握劝服其他各城城主呢？”轩辕吸了口气，并无得意之情，认真地询问道。

“这个似乎在一两天之中很难寻求答案，因为并没有人敢肯定轩辕的影响力会对王叔和大祭司根深蒂固的影响造成多大的冲击力。但却可以肯定十大联城至少有一大半不会依附我们，八大寨也应是这样，至于七大营就很难说了。或许凭你的影响，能够争取到三大营或更多，至少，你可以影响七大营中的战士！”凤妮想了想道。

“我们很难再等太长的时间，因为此刻熊城所面临的敌人可能是前所未有的强大，我担心神门一开，蚩尤魔魂重生，那时候将会发生怎样的变故谁也难以预料。如果熊城没有作好充分的准备，很可能会被击得四分五裂，甚至是被鬼方和东夷所乘。因此，熊城目前最需要的是一个统一稳定的局面，只有所有人齐心协力方能够稳固自己的实力！”轩辕吸了口气道。

“轩辕认为神门之中真会是蚩尤魔魂？”凤妮不由抽了口凉气，问道。

“如果我没有猜错的话，应该是如此，木神曾向我提起过这些，但我却不相信一个人的肉身被毁后，元神还能封存百年不散。可是自鬼方派出刑天、鬼魅、鬼虎、鬼三及天魔三妃、土计、曲妙等高手来看，应该可以断定蚩尤魔魂仍在的可能性。要知道，天魔罗修绝与蚩尤有着极为密切的关系，他定可感应到某些异常，这才会派出如此多的高手前来。他们的目的也可能不是开启神门，而是毁灭蚩尤魔魂，但我有一个很不祥的预感，那就是蚩尤魔魂定不会那么容易便被毁灭，甚至他们会弄出大乱子来！”轩辕说话时眉头皱得极紧。

凤妮的神色也很难看，她自然知道魔帝蚩尤的可怕。传说之中，蚩尤之勇比之伏羲都要胜上一筹，若非女娲、伏羲甚至是王母联手，还无法毁灭其肉身封其元神，可见这魔人是多么可怕。昔日之天魔罗修绝和魔神刑天都是蚩尤所统魔族一员，而东夷更是蚩尤的本部，由于在众神与群魔大战之时，天魔罗修绝和魔神刑天突然弃蚩尤而去，这才使魔族大败，群魔尽灭。而天魔罗修绝和魔神刑天却统治鬼方诸部，成为鬼方之主，使鬼方的实力大增。众神也因此一战，死伤无数，再无力灭天魔罗修绝和魔神刑天。因此，如果蚩尤重生的话，很有可能会使鬼方和东夷合并，那样一来，熊城岂不是危矣？何况，谁能是蚩尤之敌？即使是太昊和少昊出手，也不可能独胜蚩尤，而少昊所统之东夷诸部本是蚩尤旧部，情况如何发展实很难说。因此，她也明白了眼下形势之严峻。

“那我们该怎么办呢？”凤妮吸了口气，问道。

“首先清理熊城之内的隐患，稳住熊城大局，同时我们也要阻止蚩尤重生！”轩辕断然道。

凤妮不语，她知道轩辕定还有话要说，否则的话，这个简单的问题谁都知道，还用得着轩辕说吗？

果然，轩辕只是顿了顿，身子向虎皮椅上靠了靠，充满杀意地道：“我们要好好地利用这个非常时期，最先做的就是要清理创世和蒙络的羽翼，对于不愿与凤妮配合的顽固之辈，我们只有让他永远地消失，不管是十大联城城主还是七大营八大寨中的头目，绝不能心慈手软！”

“轩辕是说要杀了他们？”凤妮吃了一惊，问道。

轩辕望着凤妮，淡淡一笑，道：“凤妮说得正是，只有放手而为方能得到最终的胜利！”

凤妮沉吟了一会儿，定定地望了轩辕半晌，才道：“轩辕认为可以轻易杀死这些人吗？要知道，这些人无一不是族中最顶级的高手，而且他们身边都有亲卫，要杀他们绝对不是一件容易的事，一个不好反弄巧成拙，那岂不是得不偿失？”

轩辕也微微皱眉，凤妮没有说错，十大联城城主以伯夷父的武功最高，他是凭真正实力坐上城主之位，余者虽多少靠些关系，但是每个人的武功在熊城之中也是首屈一指，至少也是齐充这个级别的人物，除非轩辕亲自出手，否则谁能够将他们暗杀？何况这些人身边都有亲卫高手，岂是好相与的？而此刻轩辕双手被锁，即使亲自出手也不一定能够成功，那又有什么人能够担当此任呢？

龙族战士之中自是找不到这样的人选，如果贰负出手，或许可能有几成希望。当然，那是不可能的，龙族战士的一切事务还得由贰负亲自打理，如果贰负出了差错，那轩辕岂非要遗憾终生？而轩辕身边的高手虽然有剑奴、木青，但这些人仍不足以担此重任，唯一可担此重任的可能只有满苍夷了。

想到满苍夷，轩辕心中松了口气，道："如果让满苍夷担此重任，你看能不能行得通？"

凤妮眼中闪过一丝异样的神采，她可是亲眼见过满苍夷修为的人，自然知道满苍夷的厉害，最厉害的还是满苍夷那神出鬼没的速度，如果由她充当杀手，确是最为合适的人选。何况她还有极乐神箭在手，更是如虎添翼。

轩辕见凤妮点了点头，便道："那我就将这个任务交给满苍夷，现在你给我开出一些名单来，我就让这些人永远消失！"

"可是，如果他们齐心对付我们，只凭我们的实力能行吗？而且到时候恐怕连宗庙也难为我们开脱了。"凤妮担心地道。

轩辕自信地笑了笑，道："这正是我所说的非常时期，我们的行动叫浑水摸鱼，此刻蒙络和创世正斗得不可开交，创世所派的死士杀得蒙络在迷湖边四处逃窜，而蒙络更已经杀死了齐威，两人的斗争已经发展到了白热化的地步。如果此刻十大城主之中有几人有什么损伤的话，他们的脑子里定会联想很多，甚至都怀疑是对方下的毒手，而根本不会怀疑到我们的头上来。一来，他们根本就没见过满苍夷，更不知道我们会有满苍夷这一着棋；二来，他们根本就不会料到我们敢铤而走险，就算是满苍夷露出了一些破绽，他们也不能肯定是我们所为。何况此刻熊城内外风云际会，有这么多的高手出没，甚至会有人想到是鬼方高手或是东夷高手干的呢。"

凤妮一想，事实或许真是这个样子。

"这样做只是将伤亡减少到最低程度。而我们也要准备好这群人的合适接替人选，绝不能再让这些城主之位落到创世或蒙络的手中。这些必须与宗庙达成一个默契的配合，方能够趁蒙络和创世不在熊城的时候，将十大联城的力量稳固下来。到时候蒙络和创世即使抽身回熊城也是回天乏术，我们再也不怕蒙络和创世能弄出什么大乱了。因为只要占着一个‘理’字，他们就不可能煽动得了城民。而几股主要实力又控制在我们手中，他们也不可能造得了反！”轩辕又补充道。

“一切都由轩辕安排好了。”凤妮吸了口气，道。

“凤妮不用担心，这样做绝对不会损伤有熊的根本。这次迷湖之行，蒙络和创世都不想对方返回熊城，而且神门对他们的诱惑极大，他们也绝不会轻易放手。因此，他们两人定会将自己的实力大部分集中在迷湖一带。两大势力这一轮拼杀下来，损失的都只会是他们的亲卫和亲信，反而有利于熊城内部的控制。若是创世和蒙络到时候想反，我们干脆就先下手为强，将他们全部制住。到时，由宗庙和十大联城城主及七大营出面，所有的纷乱必会迎刃而解！”轩辕似乎看出了凤妮的担心，不由安慰道。

凤妮笑了笑，轩辕说得确实有些轻松，而且条理清晰，不过她知道这之间定然存在着许多凶险，许多问题，一个不好就可能满盘皆输。毕竟创世和蒙络在有熊族的实力已根深蒂固，轩辕才入熊城不久，虽名声大噪，却无法与创世、蒙络的声望相提并论。

当然，人生就在于一个“赌”字，生命的魅力也在于一个“赌”字。凤妮不能不赌，除非她愿意坐视有熊一天天没落，除非她愿意看着这种自相残杀、钩心斗角的场面永远延续下去，而有熊族所面临的外敌威胁更是让她不能不赌。是以，她支持轩辕，她也知道轩辕明白这“赌”的意义和必要所在。她相信轩辕，相信轩辕绝不会做太多多余的事，绝不会是个盲目的赌徒……

而轩辕又何尝不知道这样做的危险性？如果他还有选择的余地，就绝对不会这样做了。蒙络和创世都不是好惹的人，一个不小心，反会被这两人给算计。但除了这个机会，他不可能制造得了更好的机会。时机稍纵即逝，一统有熊是刻不容缓之事。若等到鬼方和东夷的注意力全由神门转移到有熊事务之上时，他就不会再有任何机会，甚至会被外部势力所乘。因此，他必须此时趁所有人的注意力全都集中于神门之上时，以迅雷不及掩耳之势清理有熊内部矛盾。当然，他也作好了最坏的打算，是以他将龙族战士的实力北移，在必要时，他不惜以武力让龙族战士参战，在伯夷父和宗庙的配合下，将蒙络和创世的余党全部剿灭，甚至请陶唐氏派高手相助。即使最后满盘皆输，也不会出现不能自保的问题，大不了由他领着人去范林或常山。因此，这场赌博若赢了便是王者，但输也不会输得很惨，在一个不怕输的赌局之中，谁都敢下大注，轩辕就是这么想的。

成功固然好，但即使不成也不会亏！当然，轩辕也绝不能不对有熊族负责，就因为凤妮，他就不能放任，不能不对每一步小心谨慎地去考虑。

有熊是块大肥肉，谁能吞下它，谁就能够有一统天下的资本。对此，轩辕是必争！

“我找凤妮来，还有另外一件重要的事情需要证实。”轩辕顿了顿，道。

“是不是我王兄的事？”凤妮敏感地问道。

轩辕点了点头，道：“不错，正是龙歌之事，同时也是有关于河图洛书之事。”

“河图洛书？”凤妮也有些讶异，反问道。

“难道凤妮不觉得河图和洛书被盗都有些古怪吗？”轩辕反问道。

凤妮稍怔，望了轩辕半晌，才试探着问道：“难道这与我王兄有关系吗？”

轩辕心中也有些欣慰，与凤妮说话似乎不用费什么力气，说了第一句，凤妮便知道了第二句，看来其思绪的确很敏捷。

“龙歌并没有去迷湖，而是率领自己的亲信直奔壬城方向而来，凤妮觉得这之间可有疑点？另外，鬼方和东夷的高手似乎比我们还要先一步知道迷湖是神门秘址，在我们赶到迷湖之前他们便早已抵达迷湖，这些又说明了些什么？”轩辕淡淡地道。

凤妮的眉头微微皱起，神色间不无思索之意。

“如果神门秘址真在迷湖的话，那个盗走河图洛书的人绝对不会将之传扬出去，就算此人盗书之后被杀，那河图洛书也不会被东夷和鬼方同时得到。至于我们更不可能将这个秘密外传，事实上，也来不及外传。因此，鬼方和东夷先我们而知神门秘址，这是一件非常不可思议也非常矛盾的事情。”

“会不会是有人先一步仿摹了河图洛书?”凤妮一提出这个问题，立刻又自己给否定了，因为这是不可能的事情。摹写河图洛书必须用正本，如果这些人有机会接触正本，哪还会不盗走?

“可这能说明什么?”凤妮又问道。

“这个问题可大了，因为这只能代表两个结果。要么，迷湖真是神门秘址所在地，而鬼方和东夷各得了一份河图洛书或者是摹本，且他们先我们而破译了河图洛书的一切；要么，迷湖是神门秘址所在地本身就是一个错误的说法，而且是有人故意引导我们认为迷湖便是神门秘址所在地，更向鬼方和东夷传出谣言，将鬼方和东夷的注意力全引向迷湖，而真正得到河图洛书的人便可以轻松地去独得神门之秘。除了这两种可能之外，再难找到第三种说法。”轩辕认真地分析道，顿了一顿，又接着道，“可以想象，如果鬼方和东夷都获得一份河图洛书的摹本，这是不现实的，几乎不可能。对于一个从未见过河图洛书的人来说，想如此精确地仿摹出河图洛书最少也需要六天时间，而按摹本之上的图样找出迷湖，没有几天时间也是不可能的，而东夷和鬼方更不可能共着一个真本同摹两份。因此，前后没有二十天时间绝无法让东夷和鬼方集于迷湖，二十天是最少的估计，但是龙歌的河图失踪至今仍不到二十天。可想第一种假设是不成立的，那么东夷和鬼方只可能是自别处听到的谣传，也就是说第二种可能性是完全能够成立的!”

“那这又与我王兄有何关系?难道说王兄会与施妙法师合谋，但是这又怎么可能?王兄与我们一同研究河图洛书，而那地图乃是由段赋和段艺兄弟两人所画，那地形经你证实是迷湖，难道这会有假吗?”凤妮仔细一想，又觉不对，不由讶然道。

“凤妮说得是，但是如果仔细深思，这之间也有许多漏洞存在。”轩辕提醒道。

“漏洞何在?”事关龙歌，凤妮也不能不将事情弄清楚，虽然她对轩辕不抱任何怀疑，但血毕竟浓于水，她只有这个哥哥，世上也只有这唯一的一个亲人，她自然不希望龙歌出现任何差错。

“漏洞所在，一是，谁也不知道你的洛书是谁调了包，龙歌的河图究竟是谁偷的，而对凤宫和卧龙宫最熟悉的人想来还不能将施妙法师算进去。如果真是施妙法师所盗，他欲出城并不是一件容易的事，因为当时你和你身边的人正受蒙络和创世的监视，所以他想出入熊城不被人发现确实很难。要知道，你入熊城之后，所有你身边的人的活动都受到了限制，因此即使施妙法师有心想去查探卧龙宫的秘道也不是一件容易的事，更何况他又怎知龙歌能回来？如果想探查卧龙宫定会在龙歌回返之后，可是这段时间龙歌实早已回到了熊城，岂会不对自己所住之处在意？当然，这不必细说。我说的漏洞，是在找神门之时的漏洞。第一，谁能够肯定河图是完全真实的？”

轩辕说到这里顿了一顿，望了凤妮一眼，微带歉意地接着道：“或许我不该如此猜测，但事实却不能不让我将许多事情联想到一起。如果我的猜测没有错的话，龙歌在绘出河图之时，定将最重要的一部分稍改了一下，因此使所有人的目标都聚集于迷湖附近，而我们和蒙络甚至还有创世都被这更改的结果给迷惑了。而龙歌甚至在决定这件事情之前就已经想好了以迷湖作为幌子，因为真正得到河图洛书的人正是他！”

凤妮脸色大变，她自不会去反驳轩辕的这些话，但是轩辕这番猜测让她有些难受，也不知是因为龙歌还是因为轩辕。

“凤妮或许不知，龙歌其实至少是在云英诸人进入熊城前的一个月便回到了熊城，而这一个月时间，足够他将一些秘道和地形了解透彻。是以，他能够带着我们如此娴熟地进出蒙王府的秘道。其实还有些问题，我仍未对凤妮说，那就是龙歌在出了蒙王府之后，就去了创世的祭司府，神门秘址在迷湖便是他告诉创世大祭司的，而且他与创世之间的关系更非同一般，他去祭司府所走的便是绝对机密的秘道。当然，你应该知道龙歌是绝对不会轻易依附蒙络和创世的……”

“我知道，但我们也不能凭这一点就断定王兄便是那个得到河图洛书之人呀？”凤妮打断轩辕的话。

“或许我的话是有些武断。不过，龙歌此刻不往迷湖而去了釜山，这是我刚在路上收到的鸿雁传书，此刻已有人跟去了釜山。如果我没有猜错的话，神门秘址应该在釜山附近，因为龙歌绝不会无故去釜山。当然，我也可能猜错，不过，凤妮此刻的心情我十分理解，我也不想事情变成这样。其实，就算我说的变成了事实，这也不能代表什么，龙歌如此做法也是为了有熊族的强盛，在这种局势之中，他根本就没有选择！”轩辕淡淡地道。

“王兄真的去了釜山？”凤妮吃了一惊，问道。

“自然不假，我早已下令壬城方向的所有兄弟注意龙歌的行踪，这绝对假不了。这也是我为何要将人马全体调出迷湖沼泽的真正原因！”轩辕肯定地道。

凤妮沉吟了半晌，她终是聪慧之人，有些事情一旦冷静下来深思一番，便立刻会洞察秋毫。她也清楚龙歌的性格和手段，如果龙歌真的是远离迷湖而去釜山的话，这之间还确存在问题，也难怪轩辕有些怀疑，而结合前后所发生的事，龙歌确实无法摆脱嫌疑。

谁也不知道卧龙宫失火是不是龙歌自导自演的一曲戏，而故意挑起蒙络和创世之间的嫌隙，让他们之间相互猜疑，这种可能性确实存在。

龙歌绝对是个聪明人，在没有外援的情况下，他只能巧妙地利用创世和蒙络之间的一些问题为自己的行动作掩饰。或许一直以来，众人都低估了龙歌这个人的智慧。

说到用诡计要手段，伏朗比之龙歌似乎还差了许多，虽然伏朗也很聪明，但他的心眼太小，目光更没有龙歌那般高远；说到心狠手辣，龙歌则更胜一筹，只是龙歌平时颇有大将风度，待人接物比伏朗更是厉害多了，更不会感情用事。

龙歌是自私的，这一路之上，便可清楚地看出，他确实是个极为自私的人。为了不让自己多受一点威胁，他宁可多牺牲那群尊敬他的各部战士，更背着凤妮认贼作父。实则，在他的心中只有自己而不会容纳他人，为成就自己的事业，不惜牺牲任何人，更会不择手段。对于这一点，轩辕也不能不承认龙歌确有过人之处。

轩辕虽也有些不择手段，但比之龙歌而论，仍有些差距，至少他没有龙歌狠，更不会牺牲自己无辜的兄弟。

凤妮岂会不知道，龙歌怎么可能放弃对神门的寻找？如果神门真在迷湖，龙歌绝对不可能不去迷湖而往釜山。而在迷湖竟出现鬼方、东夷各部的高手，这很明显是有人故意安排的一切，他是希望这些人借此机会相互大杀一通，而这些人的实力大减对他来说，确实是一件极好的事，最好是几路人马全都元气大伤。

轩辕所有的分析都极为有理，虽然没有太多的证据，但在这种环境中，许多事情本来就不可能存在太多的证据，也不可能去讲求什么证据之类的东西。因此，这个世界是智者和勇者的天下，只有身具大智慧方能看透一切，身具大勇气才能控制一切。

所以，这个时代，崇拜英雄！

英雄就像神一般受人所尊重！

熊城近些日子来发生了几件大事情，首先是祭司府出现了神秘高手，竟然破了祭司府的大牢，放走了其中的许多重要嫌疑犯，这使得杜修诸人的脸面大失，甚至连向来神秘的死士教头吴回也发了一通脾气。当然，关于吴回的消息只是传闻，谁也不会真个当真。不过，杜修、齐充大发雷霆倒是真的。

没有人知道祭司府中关着什么重要的人物，也没有人知道这神秘的高手究竟是哪路神仙，竟能在祭司府中进出自如。也因此许多人都知道创世大祭司已不在熊城之中了，至于上了哪儿，没人敢问。

另外一件大事却是蒙王府中的几位客卿高手竟在城外暴尸，其尸体是八寨之中巡视的战士发现的。同时发现的还有伏朗身边的两大高手风际和风游，这可确实不是一件小事情。

伏朗几乎恨得牙痛，他心中寻思着究竟是什么人干的，但是他又能怎样？根本就无法找到证据。何况凤妮、轩辕、龙歌似乎在突然之间消失，而且这件事与蒙络大有关系。听说轩辕和凤妮是在蒙王府内失踪的，这使他也产生了许多的疑惑。倏然之间，伏朗发现自己竟然是极度的孤立，根本就没有外援，他所有的计划因为轩辕的出现，凤妮的失踪而成为泡影。

伏朗恨，恨轩辕，也后悔当初没有一下子结束轩辕的命，而种下了今日的后患。可是此刻他后悔也已来不及了，因为他根本就不是轩辕的对手，对于这一点他还有自知之明。而且此刻轩辕属下高手如云，他却人单势孤，只要凤妮不再向着他，熊城已不再是他的久留之地了。

伏朗要走，他知道自己永远地失去了凤妮，可是这能怪谁？怪凤妮？怪轩辕？还是怪他自己？只有老天才知道。但不可否认，伏朗绝不甘心，绝对不甘心！他居然会败给轩辕，以他的心高气傲，怎咽得下这口气？

伏朗带着自己的亲信要离开正值多事之秋的熊城，这也是一件大事。不过，熊城之中已没有多少人对他有太多的好感，或许轩辕的光芒在一夜之间已使得伏朗黯淡了，更使人遗忘了伏朗的存在。因此，伏朗走时，几大长老只是稍稍客气了一番，便任由他走了，走时竟连相送的人也没有，这确实是一种悲哀。

伏朗是个聪明人，他也想等凤妮回来之后再辞行，但却知道那样会更难看，他可不想再与轩辕并肩由人去评论。

熊城的另一件大事却是由轩辕所创下的，东夷的不世高手奄仲、鬼方的第六高手曲妙两人的尸体被运回熊城，使得熊城内外军心和民心大振，轩辕的名气扶摇直上，在军民心中英雄的地位更是牢不可破，也是第一次让人亲见他真才实料的本领。熊城之中对东夷、鬼方的有数几大高手都听说过，却没有料到轩辕一出手便干掉了两人，还有一个偃金。一时使得熊城许多原本对轩辕不屑的人，也不得不对其刮目相看。

蒙王府和祭司府的高手更是心下骇然，他们比任何人都更清楚轩辕所杀之人的分量。更何况，还盛传轩辕重创风骚，生擒鬼三的消息，若事实真是这样，只怕连蒙络和创世也给比下去了。

宗庙之人和太阳战士更是对轩辕万分推崇，皆因轩辕就像是熊城的救星，尽管熊城仍未到岌岌可危的地步，但也已是风雨飘摇，难以长久了。而轩辕的到来如夏天的习习凉风，给他们服了一颗定心丸。在鬼方、东夷与有熊交战的漫长日子中，有熊何曾主动攻击过？何曾能够让鬼方和东夷同时损失这如此多的不世高手？这实是有熊族多年来从未有过的胜利。

七大营八大寨的战士也无不欣喜，当然也有人忧心忡忡。

宗庙迅速将消息传遍十大联城，元贞长老自然明白，这正是为轩辕大造声势的最好时机，只有轩辕的声势越高，才有更大的本钱助宗庙取得有熊的控制权。轩辕的山海战士实是一着奇兵，也是对许多人的一种有力威胁。

元贞也明白，此时正是宣扬轩辕的最好时机，而轩辕将几具尸体送回熊城也便是这个意思。此时蒙络和创世都已离开熊城，宗庙办起事来根本没人可阻，这一点元贞和轩辕心里都明白。而且此刻六大长老都对轩辕极为看好，包括无咎长老在内，都极为卖力地为轩辕宣扬。

轩辕知道这次的烦恼来了。叶七负伤而至，竟告诉他，两百山海精锐战士竟被一个疯子杀了八十余人，剩下的一百余残兵也伤势轻重不一，全都赶到了壬城外蛟龙的营地之中。

一个疯子在杀了八十多名好手之后又扬长而去，就连叶七也受了伤，这到底是什么人？

轩辕和凤妮心中都禁不住大为惊骇，究竟是鬼方的高手还是东夷的高手？谁有如此可怕的修为？

山海战士的这两百精锐战士乃是自七大营中抽调出来的，以两百人战一人仍无法取胜，可想而知那人的武功是何等可怕，连轩辕的头也大了。

“如果这个人不是疯疯癫癫，在我们败亡之时不加追杀，只怕我们这些人能够赶来见你的没有几个了。”叶七苦笑着道。

轩辕倒抽了一口凉气，他带着人来巡视剩下的一百多名拖伤带血的残军，只见人人面如土色，显然是被那个疯子给吓破了胆。

“那疯子用的是什么兵刃？”轩辕不由得问道。

“赤手空拳！”叶七无奈地道。

“赤手空拳？”轩辕身边的人都忍不住惊呼出声。

“不仅是赤手空拳，而且我们的兵刃根本就近不了他的身。我的剑刺入距他身体三寸之时，就再也刺不进去了。这人的功力之高几已达到了骇人听闻的地步！”叶七吸了口凉气，摇头苦笑道。

“这疯子简直不是人，而是个魔鬼！”一名幸存的山海战士脸色极为难看。

“的确是个魔鬼！我们从未见过那样的眼神！”几名山海战士也响应道。

轩辕的眉头皱了起来，这个神秘的疯子究竟是谁？当世之中拥有这般功力的人，除了太昊、少昊、罗修绝之外，还有谁？只怕刑天也无法让叶七的全力一剑无法近身吧，这是何等的功力？

如果说这人是敌人，为何不对山海战士继续追杀，如果说这人不是敌人，为何又要对山海战士大开杀戒？难道这人真是疯子吗？当世之中又有哪个疯子身具这般可怕的力量？又有哪个疯子能够做到这一点？对于这些常识，轩辕也觉得自己极为欠缺。天下的高手太多，而他所知极为有限，如果有歧富在此，或许会知道这个疯子是什么人了。

“我还得亲自去一趟迷湖！”轩辕吸了口气道。

“首领要去找那个疯子？”有人担心地问道。

“那疯子自然要找，但迷湖的动静必须要监视！”

“我们也去！”陶莹和桃红道。

“不，莹莹要助凤妮去釜山看看，那里的事情更重要！”轩辕断然道。

“就让菲菲陪夫君同去吧。”雁菲菲突然出言道。

轩辕望了望众人，神色间微微露出了一丝温柔，点点头：“有菲菲相助，定会顺利很多。这次返回迷湖的人数不能过多，只需十余人便足够，多了反易暴露目标，不便行事！”

“报，外面有个自称蛟梦的人求见！”一名山海战士前来禀道。

“哦，快请！”轩辕大喜，看来定是满苍夷未负所托，而此刻轩辕正盼着满苍夷的到来。

“是梦伯父！”雁菲菲也有一种他乡见亲人的感觉。

“通知蛟龙。”轩辕向身边的花战吩咐道，同时领着大队人一起出营相迎蛟梦。

蛟梦瘦了很多，看来这些日子确实吃了不少苦头。当蛟梦再次看到轩辕之时，仿若隔世，而当他发现轩辕身边立着的英姿飒爽的雁菲菲之时，更是惊讶不已，而雁菲菲及黑豆诸人立刻上前施礼。

轩辕带头施礼之下，众人自然全都施礼。

“你们怎么也在这儿?”蛟梦一把扶住雁菲菲，望了望黑豆，惊奇地问道。

“容侄女待会儿再向伯父细禀，还请伯父先入帐休息吧!”雁菲菲欢喜地道。

蛟梦放开雁菲菲大步来到轩辕的身边，重重地拍了拍轩辕的肩头，感慨地叹了口气：“你真的已经长大了，能见到你有今日的成就，我死也无憾了。”

“梦伯何须说这话？今后大家都会好好地活着!”轩辕心情也微微有些激动，毕竟蛟梦仍是他不折不扣的长者，而此刻蛟梦似乎老了很多，两鬓都有些花白了。

“爹!”蛟龙闻声快步奔跑而至，大声呼道。

“龙儿!”蛟梦放开轩辕，扭头望向蛟龙。

“爹!”蛟龙在来到人群中时刹住跑势，大步而行，眼中竟欢喜得闪动着泪花。

蛟梦乍见蛟龙，心中不禁微微有些震动，蛟龙变了，无论是气势还是脾气都似乎变成了另外一个人。从那自信而稳健的步子之间，他可以感到蛟龙再非昔日轻浮躁进的蛟龙，而已成长为一个顶天立地的男子汉了。

“爹，你回来了就好！孩儿无时无刻不在挂念爹爹!”蛟龙紧攫着蛟梦的双手，激动地道，那一片赤子之情流露无遗。

蛟梦乍见亲儿，这些日子来的感慨一时之间竟塞到一块儿，说不出话来，只是紧紧地拥着儿子那宽厚的肩膀，眼中闪烁着泪花。是的，他重生了，自由了，可是这几个月之中，一切都改变得那般快，他身边的每个人都似乎在改变，而且改变极大，甚至包括他自己。如今他也老了，这个天下已完全属于年轻人的了，不过他能看着这一辈的年轻人成长起来，也便成了一种享受。

父子二人相拥半晌，蛟龙才推开蛟梦来到轩辕身前，深施一礼，诚恳地道：“谢谢轩辕!”

“我们之间的任何话都是多余的，难道不是吗?”轩辕扶住蛟龙意味深长地反问道。

蛟龙望了轩辕一眼，不由得笑了起来，轩辕也与之相视而笑。黑豆此刻一下子插到两人中间，一手揽一个，笑道：“我们进帐吧！”

蛟梦老怀大慰，蛟龙确实变了，但他知道，这是因为轩辕。能看着这对曾经的冤家和好，大概是他重获自由的最好礼物。于是他便在众人的簇拥之下入了大帐，而轩辕似一句也没提起他如何被创世收押之事，他也知道轩辕不欲在这种情况下提起，也就闭口不谈。

得知近日来所发生的一切，蛟梦不由得感叹不已，对雁菲菲所做的一切更是大感欣慰。而他所听到的消息几乎都是高兴的事，虽然惊险不已，但却皆无不利之处。更感欣慰的却是轩辕竟能将族人带着渡过难关，在熊城之中能占一席之地。

由于蛟梦的身份特殊，所以在这里极受尊重，不过许多人并不知道他便是从祭司府中所逃出的人之一，这之中的情由只有少数人明白。当然，所有人都知道蛟梦就是有侨族的族长。

第一百零九章 痴者无敌

原来，当日蛟梦与天祭司率一干好手去救木青，他们相救木青也是想在速度上快一筹，赶在鬼三、曲妙等人之前出手，因为他们并没有把握能在鬼三和曲妙的手中救出木青。也因此所带之人并不多，余者去牵制鬼三和曲妙。

蛟梦计算得很准确，也因有确切的消息，他们杀了沚曲人一个措手不及，但在混战之时，由于人手太少，蛟梦也受伤不轻，却侥幸救出了木青。不过，木青当时正昏迷未醒，蛟梦伤重之余跑一阵子便休歇一会儿，但他却没有想到天祭司竟然在这种时候暗算于他，不仅暗算了他，还杀死了幸存的一位兄弟。

蛟梦几乎不敢相信这是真的，但脑门上的昏眩和身上的痛楚却让他明白这是事实。他还挣扎着以仅有的清醒，愤然问道："祭司，你为何要如此做?"

天祭司也有些吃惊，这一记重击竟未能让蛟梦昏死过去，不过此刻他并不害怕，因为蛟梦根本就无再战之力，只能受他摆布，这里又是安全之地，便是鬼三和曲妙追来也不会追到这里。

"这就只能怪你自己了，谁叫你要主张相助龙歌?而任何相助龙歌的人都只有这个下场，你也不会例外!"天祭司冷酷地道。

"你……你不是代表有熊的力量吗?"蛟梦更惊。

天祭司不由得大笑道："不错，我代表的是有熊的力量，但我只忠于创世大祭司，而龙歌这小子回到熊城将会威胁到大祭司。因此，只要是相助他的人都难逃一死，不仅你，便是虎叶和神农之辈也全都不会有好下场，你就认命吧！”说完再给了蛟梦重重一击。

当蛟梦醒来的时候，发现自己已经在一个地牢之中，其余的事情他就不知道了。后来知道这个地牢乃是在熊城之中，他根本就不知道自己怎会被糊里糊涂地送到熊城中来，所幸在地牢之中并没有受到太大的折磨，只是心系木青、蛟龙诸人的安危，使他日渐心力憔悴。在吃喝方面，也不算太坏，能够有资格被关进地牢之中的人都不是身份简单的人，否则的话，创世大祭司何必要花这么多冤枉粮食供养，一杀了之不就得了？

蛟梦在地牢之中几乎是度日如年，他也不敢想象这几个月的时间是如何度过来的。本以为永远都只会待在那阴暗的囚室之中，但此刻竟然有人可以从祭司府中将他救出来，这简直是个奇迹。

满苍夷的轻功确实已达到了超凡入圣的地步，而蛟梦也深感满苍夷的武功根本不是他所能比拟的，他本来还在猜想，这个女人要把他带到哪里去，却没有料到，满苍夷竟是奉了轩辕之命专来救他，这确实让他激动。

此刻得知一干人等都安然无事，而天祭司已被轩辕诛杀了，蛟梦自是大为欢喜。后又得知天祭司竟然找个人来冒充他，他恨不得再将天祭司的尸体捅几刀。

蛟梦得知一切皆是轩辕作出的安排，而且他已是此地的主帅后，便主动请命愿意接受轩辕的调配，他曾亲见轩辕独拒鬼三和曲妙，明白今日的轩辕再非昔日之轩辕，能为自己的亲人出点力，对他来说也是一种安慰。

轩辕见蛟梦是诚心请命，不好意思拂他之意，只好让其助凤妮去釜山，而他则领着剑奴、雁菲菲、黑豆及花战诸人前往迷湖。小悠远由桃红和云娘带着留在壬城外的大营之中。

桃红最爱小悠远，是以也乐得留于此地，此刻山海战士营中有五百余人，自保足足有余，何况还有壬城相护，根本就不可能有大批敌人来袭。

轩辕联系上不愿多见人的满苍夷，将凤妮所列出的名单交给她，他相信只有满苍夷才能完成得了任务。

满苍夷根本就不说二话，轩辕更将太虚神甲交给满苍夷，却被满苍夷给拒绝了。她从不习惯凭借这些东西，她自信凭自己的身法不可能有人能够拦住她。何况她还有极乐神弓，虽然极乐神箭只剩下几支，但用其他的雕翎箭也同样能够发挥出别人无法想象的威力。因此，对于做一个杀手，没有人比她更合适。

在轩辕的仔细叮嘱下，满苍夷迅速离去。轩辕知道，熊城的权力之战，这一刻真正拉开了序幕，他与创世、蒙络三者之间，只有一个人能够主宰有熊，绝不会容下第二个人。轩辕对自己是绝对有信心，甚至包括击败龙歌。这个世界本就是残酷的，如果龙歌不能够与自己好好合作，他也不会顾忌凤妮的情面。虽然不至于杀了龙歌，但也会让龙歌无力与他争夺，到时或是流放、软禁之类的。

想到软禁，轩辕不由得又想起了君子国王子柳洪。这个世界只要有斗争，就总会有人为之牺牲，为之流血，这是不可能避免的。

轩辕在猜想，那个疯子究竟是什么人呢？为何拥有如此可怕的功力，连叶七的剑也无法刺透其护体真气，如此之人，轩辕也自认为无法拥有这般可怕的功力。但他从没听说过太昊、少昊、罗修绝和刑天是疯疯癫癫之人，那这人绝不会是太昊、少昊或是罗修绝，也不会是刑天，那这个人究竟是谁呢？

迷湖似乎仍是那般平静，但轩辕却知道，这一切都只是外在的现象，迷湖周围每一处都几乎是暗藏杀机，一不小心都有可能步进死亡的陷阱之中，而此刻他绝不能有失。

当然，轩辕并非想来找那个疯子，他来此的目的主要是寻找风骚，只有找到风骚，他才有可能找到枷锁的钥匙，此事刻不容缓。他本欲让叶七的那群精锐山海战士密切监视迷湖和沼泽之中的动静，伺机对东夷人进行捕获，但是山海战士却被一个疯子打得稀里糊涂，使他不得不亲自出手擒拿风骚。只有将手中的枷锁打开才能够放手大干，应付一切可能发生的危险，无论他是一个多么自信的人，但是此刻他也无法真正地提起自信，未来的困难谁会知道究竟有多少呢？

让轩辕感到欣慰的是，在始鸠、灵鸠的相助之下，他们很快便找到了鬼方好手的居住地和东夷战士的居住地。

鬼方和东夷人绝对没有想到，他们的行踪会被一只飞鸟所暴露。

轩辕自然不欲先惊动鬼方的人，在他的双手未获自由之前，他还不想去与鬼方人正面为敌。想到刑天，他就有些头痛，而鬼方的高手还不知道有多少在营中。但轩辕必须要找东夷人算账。

东夷人的营地距鬼方之营不过十余里，当然，在这荒无人烟的沼泽之中，十余里已是一段不小的距离。东夷营地旁倚一条小河，小河之水直通迷湖，不过此刻已是汛期早过的日子，河水并不湍急，河面也不甚宽阔。

轩辕领着十余高手暗暗渡河而过，竟没有发现哨卡，这让轩辕感到有些惊讶。

轩辕极为小心，以其超乎寻常的灵觉，小心地探索周围的一切，但让他奇怪的却是，东夷营中一片死寂，像是根本就没有人住一般。

"有些不对劲!"轩辕小声道。

"我嗅到了血腥味!"黑豆的鼻子翕动了一下，神色凝重。

"血腥味?"轩辕微微有些讶然，反问道。

黑豆几个悄然起落，来到一丛草边，惊声低呼道："这两个东夷人被杀了，看来已有人先我们一步来到了此地。"

轩辕也悄然赶来，一看两具尸体，不禁骇然。这两人的死状甚为可怖，竟是头顶之上各有五个指洞，显然是被人一手一个，以犀利的爪法抓破了头颅。只看那五个血洞之匀称，便可以想象此人的指力是如何的可怕，功力是何等高绝。

"好狠的手法!"轩辕不由得低声道。

"啊……"一名赶上前来的龙族战士一声低呼，脸色唰地变得苍白，像是从未见过死人一般。

众人都不由得将目光全都投向了他，讶然问道："你怎么了?"

"疯子，就是那个疯子，那个疯子杀人的手法就是这样，专抓人脑壳!"那名龙族战士神色极为怪异，他正是那两百山海战士之中仅存的几个龙族战士之一。轩辕此次将之带来，也是想让他们来辨出那个疯子，却没想到在这里，这么快便会遇到此人。

"你可以肯定?"轩辕也有些惊疑不定，问道。

"我不知道，但这太像了，太像是那疯子杀人的手法，他便像是一个怪物。”那龙族战士心有余悸地道。

“有我在此，你何用惧怕？如果你害怕，立刻给我滚回范林！”轩辕见那人之状，不由得有些不高兴，叱道。

“是，属下再也不敢如此了！”那人一惊，忙跪下请罪道。

“生死有何惧？大不了便是一死！龙族战士只有无畏战死的，绝没有怕死的！你要好好地反省一下自己！”轩辕语气极为严厉。

“是，属下知罪，请首领处罚！”

“知错能改就好，下不为例。否则，休怪我不客气！”轩辕望了望数十丈外的东夷营地，低低地冷喝道。

“谢谢首领教诲！”

“那里的血腥味更浓，想来也定是发生了什么大的变故！”黑豆指了指远处的营地，突然又道。

“走，我们过去看看吧！”雁菲菲有些不忍心见到这些尸体，提议道。

“大家小心一点！”轩辕提醒了一声，领着众人向营地之中靠去。

黑豆没有说错，东夷的大营之中四处都是尸体，这些人的死状都极惨，要么是脑门开洞，要么是胸前开洞，内脏洒得满地都是。

轩辕对此也大为错愕，营内营外都是尸体，不知是什么人下手如此之狠？

“是不是与那疯子的手法有些相似？”轩辕扭头向那名龙族战士问道。

“不只是相似，简直是一模一样！”那名龙族战士环顾了一眼，神色仍有些不自然。

轩辕皱了皱眉，伸手沾了一点鲜血，血液似乎尚热，事实上那些伤口仍在流血也足以证明这些人是刚刚经过一场大屠杀的。如此看来，这个所谓的疯子应该不会是东夷的人，那么这人很可能是鬼方的神秘高手，这才会只选择攻击山海战士和东夷人，但他究竟是什么人呢？

“那边有声音，我们过去看看，不过千万要小心，这人是个绝世高手！”轩辕侧耳细听，似乎听到遥远的地方有些声音传来，不由道。

众人自是不反对，轩辕的决定就是他们的决定。

声音越来越清晰，是一阵阵怪异的笑声，其中还夹杂着惊怒的惊呼之声，那惊呼声竟是个女人。

“就是那个疯子的笑声！”那龙族战士吃了一惊，道。

“是狐姬，想不到这妖姬也会遇到麻烦！”轩辕不由得笑了。

“那我们还要不要去看看？”花战疑问道。

“当然要去，我倒要看看这疯子究竟是什么人，如果风骚在这里，那便更好，省得我们四处乱找！”轩辕肯定地道，说话之时，他已领头向声音传来的方向奔去。

当轩辕赶到一看，他不由得呆住了。

不错，正是狐姬在苦苦挣扎，她的身边还有几名东夷族的高手，地下更有许多尸体。不过，并未见到风骚，显然风骚并不在这个营地之中。

花战认识这些正在狐姬身边的高手都是神谷中地位尊崇的元老们，平时养尊处优，这一刻动起手来，便像是别人手中的玩物一般，一个个如同没有脑袋的苍蝇。此刻他们像是被一股强大的气流牵扯得到处乱撞，只有狐姬仍咬牙苦战，但已花容失色，失去了昔日那雍容华贵，让人心颤的魅力，而她的对手只有一个人。

是的，只有一个人，一个将东夷这如此多的高手杀得横尸遍地狼狈不堪的人，虽然此人身上也挂了彩，但自其疯狂的状态之中，可以看出他似乎仍有着无穷无尽的力量。狐姬诸人战死是不可避免的，只是时间上的问题。

众人所过之处，每一寸草都被化为飞灰，地面似乎变成焦土，树木花草无一幸存，可见这几大高手交手是如何激烈霸道。

花战诸人不由得看呆了，但轩辕却并非因此而呆，他呆是因为那个疯子，大笑而疯狂的疯子。

剑奴的双唇翕动了一下，半晌才自抖动的唇间迸出两个字——圣王！

轩辕几乎不敢相信自己的眼睛，是的，剑奴并非在叫他，而是呼唤那个疯子。因为那个衣衫褴褛可怕的疯子竟是君子国的上一代圣王跂通。

这是多么不可思议的事情，跂通的武功竟然变得这般可怕，那是因为什么？在这几个月中，在他身上究竟发生了什么变化？既然跂通在此，那么柳静呢？他不是与柳静一起留下对付出世的火神祝融吗？为何他会如此疯癫，而且出现在这里？

轩辕知道自己并不是在做梦，而是事实，即使跂通化成灰他也认识。他可以肯定眼前之人正是跂通，虽然那一头乱发和乱糟糟的胡子似乎数月未剪，但那身形，那举止，那声音仍然丝毫未变，这个人就是跂通！

跂通何以不去常山找他们？何以会来迷湖？为何大杀山海战士？若说是杀东夷人倒可以讲得过去，因为东夷人对君子国的毁灭也要承担一点责任。

“呀……”又有一人被跂通一抓击杀，狐姬似乎也有些疯狂，那彩带舞动之间更是风雷隐隐，仿若行云布电一般，但是跂通穿插其间似乎根本就不受羁绊，杀得狐姬岌岌可危。

轩辕虽然自信，但却不敢想象自己在对付狐姬时能像跂通一样挥洒自如，他知道自己和疯狂的跂通仍有一个差距。

“圣王，我来助你！”剑奴乍见跂通，不禁大喜，仗剑向狐姬飞射而去。此刻他的功力也非比寻常，足以列入超级高手之列，这一声暴喝，也惊动了场中的所有人。

跂通似乎身子震了一下，扭过头来，两眼之中神色一片凄迷，似乎根本就不认识剑奴。

砰……跂通被狐姬重重击了一掌，一个踉跄之后，竟未倒下，倒是凶性大发，目光犹如是疯了的恶龙一般，见人欲噬。

“剑奴，小心！”轩辕大惊，他感到跂通已经不认识剑奴，甚至要对剑奴进行攻击，忙呼道。

剑奴再见跂通，心神大喜，正欲仗剑直击狐姬，谁知跂通打横而至，怪笑着张开沾满鲜血的十指直朝他的心脏插来。

剑奴大惊，呼道：“圣王！”

砰……剑奴横剑一挡，身子如中巨杵般踉跄着暴退八步方立稳身子，手中之剑不停嗡鸣，几欲折断，但总算是挡开了跂通这要命的一抓。

“剑奴，小心，他已经认不出我们了！”轩辕说话之时，身子横插而入，双掌疾推，硬阻跂通抓向剑奴的第二爪。

轰……轩辕被震得倒翻出三丈才踉跄立稳脚跟，跂通的身子也被震得退后三步。

“咦……”跂通似乎有些惊讶，以浑浊的眼神打量了轩辕一眼，再大吼一声，向轩辕扑到。

狐姬没想到正在这要命的时候，轩辕竟来插手救了自己一命，不由得对轩辕多望了几眼，正欲退去之时，却倏然发现退路已被一女娃所封住。

此人正是雁菲菲，雁菲菲淡然以对，她知道眼前这个女人是东夷族的重要人物，或许在其身上可以找到那把怪锁的钥匙，她又怎么可能会让对方安然而去？

而跂通的疯癫对场中打击最大的人莫过于剑奴，同时更是吃惊非小，只见他大声喝道：“圣王，是自己人！”但是跂通根本就不听他的呼叫，带着势如怒潮的气劲直袭轩辕。

轩辕无暇多想，但他也不想与跂通以硬碰硬，他知道，在功力上跂通要胜上一筹，这还是在跂通已经战得疲惫之时，若是平时，跂通的功力只怕更为骇人。他不明白，跂通如何会具备如此霸道的功力，在这几个月之中的进境比他更猛更强。

跂通没有死，这本就是一个意外，而此刻跂通却似乎根本就不认识他们，是不是受了某种刺激？难道是因为柳静死了，他悲伤过度才会这样？这没有人知道。

轰……轰……轰……跂通连续三记重击都被轩辕躲开了，此刻轩辕的身法已不会比满苍夷逊色多少。他不欲与跂通正面交锋，何况此刻他的双手被锁，根本就不能灵活地发挥，若是被跂通伤了，那确实不划算。而他若伤了跂通，也不好，因此他只好选择避让。

跂通无法击中轩辕，不由得更是大怒，暴跳连连，如同张牙舞爪的魔鬼，但却找不准轩辕变幻莫测的身形。

剑奴也是触目惊心，两代圣王交起手来，他夹在中间也不知如何是好，不过他也明白跂通已经失去了理智，要帮，只会帮轩辕。

轩辕此刻似乎并不需要帮助，如果突然多了一个剑奴夹在其中，只怕会碍手碍脚，剑奴心中正是这么想的。但他这个想法刚刚生出，便听跂通一声狂吼，双臂自外向内一抱，一股有形有色的气流竟然自四面八方涌入他的怀中。

轩辕吃了一惊，他倏然发现自己的身形似乎被一股强大的气旋给吸扯住，绵绵不绝的气流自四面八方向他冲击而来，他竟然不知该往哪个方向走避。

跂通怪笑连连，那有形有色的气流在他怀抱之中翻腾激涌，竟然凝成了五彩的花形，如同几株竞相绽放的莲花……

“地火圣莲!”剑奴忍不住惊呼，轩辕也同样在惊呼。

那有形有色的气流竟在跂通的怀抱之中凝成了三朵五彩缤纷的地火圣莲状，他们是亲眼见过圣莲的美丽，正是眼前的五彩之色，但是这以气流自然凝成的圣莲体比真实的地火圣莲更大。

四面八方的生机似乎无休无止地涌向那圣莲状的气团，使得地火圣莲不住地涨大。

“嘿嘿……”跂通似乎陷入了无限的疯狂之中，刺耳的怪笑只让场中每一个人心神大颤。

雁菲菲和狐姬的心神也被这怪笑所震，目光同时凝于那绽放涨大的圣莲气团之上。

“轩辕快退开!”狐姬竟然最先开口呼道，她竟然也关心轩辕。

雁菲菲微讶，也为跂通的疯狂之态给惊住了。

轩辕不由得苦笑，此刻他想退开也是不可能了。就是因为他的闪避激怒了这个疯子，使得跂通凝聚了全身的功力将轩辕罩在其中，只要轩辕稍一移动，将会受到无比疯狂的一击，而这一击绝对是致命的。

凭轩辕的感觉可以知道，此刻跂通的功力足以摧毁他，而跂通的功力可能便是来自地火圣莲。而且，跂通很可能并不止服食了一朵，至少也是三朵，而以跂通的身体根本就承受不了这三朵地火圣莲所释放出来的能量，以至于神志被冲得一片混乱，甚或是神经错乱，这才陷入了疯狂的状态，而其身体内的力量无法排泄出来，这才引起了无限的杀戮。只有在战斗中一点点散去体内冲击的力量，才能使自己的身体少受一点折磨，这种感觉轩辕也有过。那是在东山口吸纳了地底真火后的感受，他当时也陷入了昏迷状态，硬对鬼三、土计、风绝和童旦四大高手的联手一击，这才捡回一命。是以，轩辕立刻明白跂通为何会这样，但是知道又能如何？他根本就没有办法避开跂通这疯狂的一击。

“要想轩辕活着，我们必须联手，否则的话，我们都难逃一死！”狐姬扭头对雁菲菲沉声道。

雁菲菲望了狐姬一眼，眼中闪过一丝讶异，但她仍坚定地点了点头。

“出手吧！”狐姬低喝声中，身形在空中一个倒折，绸带如同无数柄利剑带着风雷之声向跂通攻去。

雁菲菲绝不甘落后，昆吾剑化成一道经天之长虹直扑跂通。

剑奴也看出了险情，哪敢怠慢，也全力扑向跂通。他深深地感到跂通这必杀的一招并不是轩辕所能够承受的。

花战和众高手自也不想闲着，十余名高手同时联手出击。

轩辕也一声长啸，被锁的双手猛地举起。

铮……一声犹如金铁交击的清响声中，轩辕的双手之间竟多了一柄长约丈五，宽达半尺的巨型气剑！

剑身闪烁火焰一般的红芒，流窜着夺目的华光，竟与那三朵圣莲气团争夺虚空中流动的生机。

“我要将你们统统诛杀！统统诛杀！”跂通疯吼着振臂一挥，顿时天地色变！

轩辕巨剑自上而下，以无与伦比的气势狂劈而下，火热的气劲仿佛将虚空扭曲、塌陷，而气流则尽被巨剑扯动，以奔雷之势迎向跂通。

虚空杂乱一片，电光顿闪，天顶之上云飞风走，日月无光，唯呼啸而过的劲气发出刺耳的鸣叫。

所有人在刹那之间都仿佛陷入了另一个无法理解的空间，在无边的黑暗中挣扎，作无休无止的反抗，已经找不到对手所在，分不清敌我，但却不能不倾尽全力出招。若不如此，只可能在这场无情的风暴气场中被撕成粉碎。

没有人能够想象，这究竟是怎样一种场面，或许是因为每个人都已置身其中，根本就无法触摸事物的真实所在。

轰……似乎天地在一刹那之间崩裂，天塌地陷，每个人都感到自己的身体在飞坠，无休无止地飞坠，像是永远都无法着地。但黑暗却逐渐散去，天上的厚云竟一裂为二，如同被一柄巨剑给从中切开，阳光自切开的云隙之间透射而出，刹那间照亮了视线混淆的林间废墟之地，也让所有人的视线再次清晰起来。

花战和燕绝诸人衣衫尽裂，口角溢血，他们刚才根本就未能够接近跂通，便被一股强大无伦膨胀的气团震飞，那股气团便如同一个炸弹爆炸之时所散发出来的冲击波，也具有着无与伦比的毁灭力量。所以，花战和燕绝诸人或多或少地都受了伤。

轩辕、雁菲菲、剑奴、狐姬的样子也极为狼狈，衣衫不整，须发凌乱，一道道眼神之中尽是惊骇之色，而且都在大口大口地喘息着，仿佛是自深深的矿井中爬出地面，快要窒息的奴隶苦力。

跂通，依然静立，静立如一堆被风化了的岩石，那本来破烂的衣衫此刻更是无法掩住那雄壮的身体。但在跂通的表情之中，此刻也只有错愕，而没有疯狂的病态表情。

所有人的目光都投向了跂通，不知道下一刻将会发生什么事情，也不知道这个疯子是伤还是未伤。不过，在这些不世高手联手的攻击之下，跂通仍能够屹立不倒，这确实有些骇人听闻，简直是不可能！即使是刑天、少昊之辈也不敢硬接这四大高手联手的一击，而跂通却是照单全收了，这是何等惊世骇俗，简直不可思议，所以众人的目光不能不投向跂通。

轩辕长长地嘘了一口气，以双手拄地，撑起身子，迎风而立，在他的身前是一个巨大的坑，几有五尺之深，五丈见方，而他与跂通、雁菲菲、狐姬、剑奴五人都围立在深坑的边缘。这显然是刚才几人劲气所激的缘故，这里的泥质松软，根本就无法承受那惊天动地的破坏力。

跂通脑袋扭了扭，目光仍有些惊愕，望了轩辕诸人一眼，仿佛是一个做梦未醒的人，目光有些空洞，却没有了最初那张狂的杀气。

剑奴以剑拄地，他也没什么话好说，或者是说什么也没有用。

雁菲菲关心地望了轩辕一眼，见轩辕并没有事，也就放心了。刚才轩辕一人承担了跂通的主要攻击力，几乎是一人承受了一半的力道，以让雁菲菲得以安全，这使雁菲菲便成了四人之中受伤最轻的一个。

跂通突地转身，一言不发地向远处荒草林中走去，如一个梦游之人，只让在场所有人心头发寒。

谁也不知道跂通是否已经受伤了，更不清楚跂通究竟欲做什么，所有的人都已被跂通刚才那一击给镇住了，便连轩辕也不敢再去招惹这个人。

事实上，轩辕并不想挡下跂通，挡下跂通又如何？难道要他杀了跂通？就算能杀得了跂通，此刻他也不能下手，至少跂通曾是君子国的一代圣王，对他有恩情。何况，他根本就没有把握能够留下跂通，跂通的功力实在是太可怕了，这些大概便是地火圣莲的作用。

当日地火圣莲共有九朵，满苍夷抢去一朵，柳静拿去的一朵下落不明，轩辕得了一朵，仍剩下六朵地火圣莲，后来封神台上只有柳静和跂通，想来，跂通是拿了最后的几朵地火圣莲，这才使自身的功力暴涨。

而事实也确实如此，当日柳静送轩辕诸人离开封神台后，仅跂通一人留在封神台上，在经过一番心理挣扎之后，跂通尽摘剩下的圣莲而去。到柳静返回封神台之时，跂通已经不见了踪影，包括那些地火圣莲。倒是火神祝融出现于封神台，柳静当时只以为是火神杀了跂通，毁了圣莲，这才心生与火神祝融拼死的决心。但柳静万没想到，跂通并不是被火神所杀，而是在火神出现之前便已离去，而且逃过了火山爆发的劫难，潜伏了数月之久，这是外人所没有料到的，轩辕更是不知道。

雁菲菲和轩辕对望了一眼，见轩辕无意相追，也就只好望着跂通远去。剑奴是没有力气再追了，他不敢想象如果跂通再来这么一击的话，后果会是如何。跂通变了，变得他完全不认识了，但是他又能说什么呢？

花战诸人挣扎着站起身来，他们还没有这么狼狈过，竟连对方的身都没有靠近就受了伤，若是在这之前，他们无论如何也不会相信。可是此刻，他们不能不信，对于跂通这个怪人，他们连一点点拦截的勇气也没有了。

狐姬回过神来，悄然欲转身而去，但是轩辕察觉到了。

“请留步！”轩辕悠然轻喝道。

狐姬驻足，扭头悠然一笑，伸手一拂额角那微显凌乱的秀发，无限风情地反问道：“你想留下我？”

“还没谢过你出手相助之恩呢!”轩辕缓步逼上，淡然一笑道。

“你救了我一命，我出手再还你一次，也算是我们之间互不相欠了。”狐姬吸了口气，淡然道。

“如此甚好，既然我们之间已经互不相欠了，那我也就不必心有不安，即使要出手对付你也不必落个恩将仇报之名了。”轩辕狡黠地笑了笑。

狐姬一呆，旋又无限风情地笑了起来，便连剑奴也看呆了，幸好此刻狐姬是神情微有憔悴，甚至说有些凄惨。否则的话，只怕这里所有的男人都有些受不了。

轩辕犹如铁石心肠般，一点也不为所动，仿佛什么都没有看见。

“你会对付我吗?”狐姬反问道，神态之间没有一点低级媚俗的味道，反有一种说不出的楚楚可怜之状，让人见了忍不住心疼，包括雁菲菲在内都觉得如果对付狐姬会是一种罪过，不过雁菲菲并不知道狐姬的身份。

轩辕也不能不承认这个尤物的魅力几乎是不可抗拒的，不过，他唯有强咬牙根狠下心来，以最为平静的声音道：“如果你肯与我合作的话，我自然不会对付你，但如果双方谈不妥的话，说不得，我只能对不起了!”

“哦。”狐姬缓缓地转身直面轩辕，目光在轩辕身上扫视了一眼，妩媚地一笑，她虽然明白轩辕的意思，但仍不紧不慢地道，“要我合作其实很简单，但这对我有什么好处?”

轩辕一怔，这一点他倒是没有想到，一时之间他也不知道该如何回答，半晌才淡淡地问道：“你想要什么好处?”

狐姬似乎是故作神秘状，打量了轩辕一眼，又扫视了雁菲菲一眼，吸了口气，道：“其实我要的好处很简单，一不违道义，二不犯天理，而且对大家都有好处，但不知轩辕能不能出得起?”

轩辕一怔，忖道：“这妖姬究竟弄什么鬼？在这里故弄玄虚!”但却不能示弱，悠然一笑道：“你何不说出来听听?”

“你先说能不能答应?”狐姬一副有恃无恐的样子。

“我不知道你是何条件，又如何答应?”轩辕也有些气恼，问道。

“我的条件你一定可以做到，而且是很轻松便可以做到，更不会对别人有所伤害。不过，究竟要怎么表示，我还得仔细想想，下次才能告诉你。”狐姬高深莫测地笑了笑，道。

雁菲菲也被弄得莫名其妙，不过，她对狐姬也是大有好感，一开始便是两女联手相助轩辕。因此，她对狐姬并无恶意，而狐姬又美艳绝伦，那天下无双的媚功不管是对男人还是女人，都有着极为强烈的感观刺激，而且那我见犹怜的动人之状使雁菲菲也起了恻隐之心。

“那你可知道我要你如何跟我合作?”轩辕反问道。

“我想应该不难猜出。”狐姬自信地笑了笑。

“那你是愿意与我合作了?”轩辕又问道。

“那要在你承诺答应我的条件之后。”狐姬寸步不让。

轩辕想了想，道：“如果你的条件真是我轻易能够做到的，又不违道义天理，不害别人，我又有何不可答应的?”

狐姬笑了，道：“一言为定!”

“一言为定!”轩辕肯定地道。

“好，你所要的合作可是一把钥匙?”狐姬反问道。

“不错，打开这把枷锁的钥匙。”轩辕扬手道。

“五日内，我将钥匙交给你，但请别忘了，你答应我的话！不过，我可以告诉你，这把锁天下间只有两件东西可以打开，一是神匙，二是神族十大神器之一，盘古大神的开天斧！只是此斧如今在刑天的手中，因此你也别指望了!”狐姬并不隐讳，悠然道。

“开天斧?”轩辕一怔，他自然知道传说中盘古始祖以此神斧劈开天地，清气上升化为天，浊气下沉便为地，清浊二气之间的阴阳之气则化出天地万物。因此，开天斧乃是神族十大神器之中排列第二的神物，仅在太虚神甲之后。

太虚神甲的传说则是被开天斧所劈开的天地最初相连的物质，融阴阳之气化成一种极为柔韧的物质，乃是天地之间最为精华之物。

“话尽于此，下次再会!”狐姬说完悠然而去。

“轩辕相信这妖妇的话?”花战走上前来，担心地问道。

轩辕苦笑道：“我只有相信她!”

众人一阵默然，谁能够对狐姬下得了手呢？除非像跂通那样，神志不清，思维混乱，而且狐姬的表现也让众人惑然，似乎今日的狐姬特别温顺，所谓伸手不打笑脸人，轩辕确实难以下手。

花战和燕绝也从未见过狐姬对人如此客气过，她居然主动相助轩辕，这不能让他们不惊讶，而且狐姬竟留下了一个让人猜不透的条件，也不知道其葫芦里卖的是什么药。

轩辕并不担心这个问题，他也感到狐姬没有敌意。当然，以狐姬那天下无双的媚术，就是想杀你也会让你死得稀里糊涂，不明不白，又怎会让你感到她的杀机和敌意？

雁菲菲对狐姬的印象极为不错，不过她并不怎么言语。毕竟，她对敌的经验不够丰富，而且心地也比较单纯，虽聪慧过人，但也难以平常之心去度人心之诡诈。因此，她选择不说话，反正这里的事情由轩辕做主。

“这女人确实是个难缠的主儿，谁还真个舍得与她动手呢？”黑豆插口道。

轩辕不由得笑了笑，他知道黑豆尚不知道狐姬的真正底细，还将狐姬当成了普通女子。不过，这也不能怪黑豆，任谁看了狐姬也不会怀疑她是一个杀人不眨眼的女魔。

此时，众人都聚于那巨坑之旁，禁不住全都触目惊心，由此可以想象刚才那一击是多么疯狂。

燕五和燕绝抖抖手臂，刚才的气劲冲击差点没撞折他们的手臂。不过，直到这一刻，胸腹之处仍有些发闷，他们知道，那是因受了一些震伤。

“真是太可怕了，只怕这疯子比太昊还要厉害！”花战嘀咕道。

轩辕神情也有些涩然，道：“但愿太昊和少昊不会比他更厉害，否则我们真的是不够打了！”

雁菲菲也有些心有余悸，道：“此人的功力比我师父都高，真想不到世上竟会有这么可怕的人。”

“怎么会这样？难道他吃下了那剩下的几朵圣莲？”剑奴自言自语道。

“我想应该是这样的，否则他的功力如何能够增长这么快？而且其功力之中含有圣莲那至阴至柔之气，这才会将这些泥土旋起，而他的气劲已经表明了这一点。只不过，不知道他一口气吞食了几朵地火圣莲!”轩辕吸了口气，道。

“如果他真的将剩下的圣莲全吞服了，天下间谁还能够制伏他呢？要是他四处乱杀，只怕没有人能阻止得了!”剑奴担心地道。

“先不要为这件事心烦，这得慢慢想办法，我们必须先离开这里，如我估计没错的话，刚才的交手一定惊动了周围驻扎的高手，很快就会有人赶来此地的!”轩辕说着便欲领着众人离开，但在他转身之时，却呆住了。

雁菲菲十指微张，她也感到了一股浓烈的杀机如潮水般漫涌而来。出于一个剑手的本能，她曲指成抓剑之势。

“刑天!”轩辕的口中轻轻地迸出两个字，心神在倏然之间变得平静。

来者正是魔神刑天，轩辕虽然仅在癸城惊鸿一瞥，但他在匆忙之间已经记下了刑天的模样，是以此刻一眼就认出了这个出现得极不是时候的对手。

轩辕没有想到刑天竟如此快赶到了这里，这是他此刻最不想遇到的人之一，但命运却总喜欢与人开玩笑，现实也往往事与愿违。

“你就是轩辕?”刑天缓缓开口，一袭闪烁着幽光的青衫无风自动，如同水中的巨蛇在扭动，那是一种刺眼而阴冷的光泽。就像刑天那瘦长的马脸，冷峻而白皙，高耸的鼻子如鹞鹰之喙，大耳阔嘴，却有一双比鹰更亮的眸子，斜挑的双眉如同展翅欲飞的苍鹰，更添了几分冷厉的气势。看上去，他似乎只有四旬上下。

刑天的身后紧跟着一胖一瘦两个面容古怪的汉子，每人背上背着一个鼓鼓的包袱，硬硬的棱角分明，却不知究竟是何物。而刑天的身边还并排立着两位白发老者，只看那气势便可知没有一个不是顶级高手。事实上，能与刑天并肩而立的人，其身份地位在鬼方绝对不低，至少也是一部之首。

轩辕明白，眼前的形势注定只有一战，刑天绝对不会放他安然离去，这是可以肯定的，不仅仅是因为当日他杀了刑月。尽管刑月并不是一个争气的人，更无法拥有刑天一般超凡入圣的武功，但血浓于水，刑月毕竟是刑天的弟弟。

刑天也非常疼爱刑月，因为刑月自小受了极大的刺激，而使其武功永远无法攀上高峰。因此，刑天自幼便对刑月特别照顾，二人虽为兄弟，却像父子一般。同时，更因轩辕杀了曲妙，甚至鬼三也失踪，这使得刑天绝不可能放过他。

既然一切都是不可避免的，轩辕也决定豁出去了，只听他长笑一声，朗声回答道："不错，本公子正是轩辕，想来你就是鬼方第二高手刑天了！"

刑天突然也爆出一阵长笑，笑声之中饱含着无尽的杀机，显然他对轩辕可谓是恨之入骨。此刻倏遇轩辕，禁不住有种得来全不费工夫的感觉。

刑天长笑良久，只让花战诸人耳鼓发麻，那笑声如根根钢针扎耳，一个劲地往脑子里钻。

轩辕也长啸而起，声音形成声波与刑天的笑声相抵，他知道如果刑天这样笑下去，那他身边功力较弱且刚才又受了轻伤的花战诸人会受不了，不由得出口相扰。

花战诸人果觉压力一轻，但却也神色为之大变，刑天这杀人于无形的功力确实是惊人至极，魔神刑天果然名不虚传！

第一百一十章　魔神刑天

刑天刹住笑声，目光如破空之箭直射轩辕，似欣赏，也似怨毒：“轩辕果然名不虚传，也难怪能如此之快便名噪天下，便连曲妙、土计也会栽在你的手中，年轻人实有骄傲的资本！”

“魔神也果是名不虚传，功力绝世，竟可以音杀人，让轩辕大开眼界。”轩辕不为所动，不过此时他感到了雁菲菲的不安。

雁菲菲心中确实有些不安，她也听过魔神刑天之名，天下高手之中，此人可排在第五，仅在西王母、南太昊、东少昊、北天魔之下，便是她师父九天玄女也没有半点取胜刑天的把握。当然，如果能尽得祖师九天玄女之真传，那又另当别论。但是却没有一代九天玄女能有那种资质，尽悟祖师之武学。

雁菲菲不能不担心，她不是第一次面对刑天这般高手，虽然刚才的跂通也是个无与伦比的高手，但毕竟是个疯子，而且在名气之上无法与刑天相比。当然，雁菲菲并没有害怕，也没有害怕的必要。至少，还有轩辕能够成为她的依托，能与轩辕在一起又有什么可怕的？

“我找了你很长一段时日，却没想到竟会如此巧地遇上，不知这是你的幸运，还是你的不幸！”刑天意味深长地道。

“何幸之有？我不觉得遇见你有何幸运之处和不幸之处！”轩辕淡笑着若无其事地回应道。

花战、燕五诸人全都向轩辕身边靠拢，只待一旦有变就立刻出手，尽管刑天的名头足以震慑天下的大部分人，但是他们不怕死，不怕死又何惧刑天？

刑天对轩辕的表现并不意外，换了是别人，只要拿出刑天的名头，便足以让其折服，但轩辕却只相信实力。

轩辕只相信实力，即使是面对太昊或少昊也不例外，他已经被奄仲和风骚算计了一招，若非他把太昊看得太神，奄仲如何能够锁得住他的双手？他又如何会受这等窝囊气？若非如此，他自信与刑天有一战之力。不过，此刻他却不敢有此自信，双手被锁，根本就无法自由地发挥，顶多也只能发挥出七成的攻势，这对其他人或许还可以一战，但他此刻的对手是刑天，一个魔神级的人物，当世仅有的几位超级高手之一。

“如果你愿意归降于我，这就会是你的幸运，我可以不计较你过去所做过的一切，但如果‘不’的话，这将会是你的不幸，因为明年的今天就是你的祭日！”刑天的话竟直截了当，更带着一股强大的自信，仿佛轩辕已是他囊中之物。

轩辕冷笑一声，傲然道：“轩辕只相信自己，从不会臣服于别人，任何想降伏我的人，都必须拿出足够的力量，虽然魔神刑天名震天下，但我却不认为每个名声在外的人都有着与名声相匹配的力量。或许，长江后浪推前浪，已是一代新人换旧人了，若轩辕没有记错，魔神如今也有一百八十余岁了……”说到这里，轩辕只是眯起眼来瞪着刑天。

刑天不怒反笑，轩辕的话正是欲激怒他，但他是何等人物，怎会轻易上当？以他的修为，早已达到心静如止水的地步，虽然他对轩辕起了杀心，却不是因为心中有怒。

“不错，本座今年已度过了一百四十七个春秋，可算得上是一把老骨头了，已经好多年都没有遇到一个如此有胆色的年轻人，希望你的功夫与你的豪气一般，不要让本座失望！”刑天淡然自若地道。

轩辕与众人皆大吃一惊，谁也看不出刑天已有一百四十七岁，那样子便像是一个只有四十七岁的中年人，头发依然青黑，脸上皱纹只是依稀可见，却有一百四十七岁，若非亲见谁会相信？

轩辕知道，刑天说自己有一百四十七岁绝对不假，这几大魔神都乃当年神族存在时的厉害人物，这种人能活一两百岁实属正常。而女娲娘娘和伏羲大神及魔帝蚩尤都曾活到三四百岁才登天而去，相对来说，刑天才多大？这些人已得天地造化之功，得以驻颜有术，甚至是纳天地日月之精华可得道飞升。

世上之事的确无奇不有，洪荒之中一切的奇事都可能发生。不过，轩辕却知道，他将会迎来最艰难的一战，对手却是比神族八圣更为可怕的魔界第二人，是以，他不语。

轩辕沉默以对，他已经感觉到了刑天的气势如同潮水般自地面和虚空之中向他涌到，刑天真的动了杀机，而且已经准备出手了，对轩辕出手！

花战倏然发现自己的手心不知何时渗出了汗水，像是有一股无形的重压压得他喘不过气来，他的心没来由地跳得厉害。

啪……轩辕身上的关节竟自动爆出了一串脆响，身上更似在陡然之间笼上了一层淡淡的火焰，随着衣衫无风自动，犹如炼狱中飞出的巨大火鸟，但他的目光却变得无限幽远，仿佛进入了另一个空间之中。

刑天丝毫不为所动，缓步向轩辕逼来。

“魔神且慢！”刑天右边的老者突然出言道。

刑天微讶，驻足回望，却未出声。

“如此黄毛孺子，何须魔神亲自出手？就让我鬼魅来代劳好了！”那老者说话间抢步而出。

刑天望了鬼魅一眼，淡漠地一笑，并不阻拦，但身上的杀意却消减了不少。

剑奴微微吃了一惊，他可以猜到另一位老头定是鬼虎，这两人乃是鬼三的师兄，其武功之高自然在鬼三和曲妙之上，绝不好对付。而且此刻轩辕功力消耗甚巨，能不能应付得了这般高手实在很难说。

“出手吧！”鬼魅与轩辕相距三丈而立，白须白发无风自动，一袭淡黄的长衫拂动之间，如秋风中的黄叶，使人感觉不到一丁点来自鬼魅身上的气势，仿佛此人只是一件虚物。

轩辕微讶，他绝对不敢轻忽此人，直觉告诉他，此人并不比刑天差多少。

“对付你何用我夫君亲自动手，就让本夫人送你一程好了！”雁菲菲跨步至轩辕身前，傲然道。

“哦?”鬼魅微感讶异，同时也大感兴趣。

轩辕也微惊，低唤了声：“菲菲!”

“夫君放心，我不会做傻事的!”雁菲菲回头向轩辕嫣然一笑。

轩辕想不同意也不行，在这种情况下，一战是不可避免的。但他却很不放心雁菲菲独战鬼魅，不由得小声传音道：“一有机会立刻离开此地!”

雁菲菲又是一笑，这才转身面对鬼魅，锵的一声拔出昆吾剑，对着骄阳反射出一道耀眼的亮彩，气势如虹，扬声道：“出手吧!”

鬼魅微惊，在雁菲菲出剑之时，他已经感到一股森杀的剑气直逼他而来，这让他不能不对雁菲菲重新估量。

“娃娃手中可是神器昆吾?”鬼魅淡淡地道。

“算老鬼还有一点见识!”雁菲菲毫不在乎地道。

“今天之后，此剑便是老夫的了!”鬼魅冷笑一声，快步而上，急跨三步之后竟似一股气般消失得无影无踪。

鬼魅消失之际，雁菲菲的面前倏现一片凄迷的爪影，疾如风雨。

雁菲菲脚下不动，神剑斜挑，在虚空之中合着身体抖出一道完美得炫目的弧迹，直划向疾如风雨的爪影。

昆吾剑也在倏然之间亮起，阳光凝于剑身，形成一道长达三丈的匹练，以剑迹的弧度做曲线绕动，犹如飞舞的彩带，绕成一圈圈，蔚为奇观。

“好剑法!”剑奴忍不住呼道，便是立在八丈之外的刑天也禁不住轻赞。

确实是好剑法，轩辕也为这等炫丽夺目的剑法喝彩，这让人实难想象，一个人居然能将阳光如此完美地利用起来。

事实上，那炫丽如彩带的剑芒并不只是阳光反射的结果，更有着强大的杀伤力，所过之处，树木尽被绞得粉碎，摧枯拉朽般将周遭的树木全都切断，竟也似昆吾剑一般无坚不摧。

漫天的爪影顿时被切成一块块，但这一块块的爪影竟也不停歇地向雁菲菲抓到，使人根本就分不清哪是真哪是假，虚实难测间挡无可挡。

雁菲菲一声轻笑，身子一扭，竟不管空中漫天的无数爪影，横剑下切，直刺地面。

雁菲菲的怪异动作让花战诸人大吃一惊，谁也没有想到雁菲菲竟然不挡，反而做出这种毫无意义的动作。

轰……一支怪手破土而出，竟正迎向雁菲菲的剑锋。

鬼魅的身形破土冲出，虚空中的爪影尽消失无影。

叮叮……鬼魅骇然暴退，雁菲菲竟然找到了他这一击的真实所在，而且先一步切断了他的所有攻势。

雁菲菲如影随形地直逼飞退的鬼魅。

花战诸人大惊，他们无论如何也没有料到鬼魅竟也如土计一般自地下攻出，空中的爪影全都是惑敌之举。而鬼魅那种人至地下，地面上的爪影却仍在攻击，这也不能不算是奇技。但雁菲菲竟然能够看破鬼魅的攻击，这使得众人大感放心。

轩辕也微感放心，他知道为何鬼魅选择这种攻击方式，那是因为鬼魅忌惮雁菲菲手中无坚不摧的昆吾神剑，根本就不敢与之硬接，只好欲以诡异的战术先夺下昆吾剑，却没想到雁菲菲也精明得可以，竟识破了其企图。

鬼魅留了许多年的珍贵指甲被削得一点不剩，这叫偷鸡不成反蚀把米。昆吾剑的犀利，使鬼魅的护身真气根本就没有半点用处，完全无法阻挡神剑的锋芒。

鬼魅一时之间畏手畏脚，由于有些忌惮昆吾神锋，自然难以尽展所长了，反被雁菲菲杀得团团转，在剑芒之中穿插而无法接近雁菲菲。

刑天看得大为皱眉，但他也知道昆吾剑乃是剑中之母，岂是鬼魅血肉之躯所能相抗的？不由得向身后那瘦汉使了一个眼色。

那瘦汉似乎立刻会意，取下包袱交到刑天的手中。

刑天提手一抖，竟露出两根棒形折叠的怪兵刃，刃尖乌黑，犹如一支大笔却又非笔，似枪而非枪，在尖端又有一个似环扣形的暗槽。

“鬼魅，先借你一用!”刑天一抖手，那根铁棒飞射而出。

鬼魅一见大喜，倒射而回欲抓棒枪之时，倏觉身边人影一闪，一只手抢在他之前抓到，竟是轩辕。

“小子好狂！”刑天一声冷哼，身形已经出现在那棒枪之旁，横掌一切。

轰……一声巨响，轩辕竟被震得倒翻而回，鬼魅这才抓紧棒枪，与此同时也被剑气削下肩头一块皮肉。

刑天身子微晃，他见轩辕已动手，哪会再客气，逼攻而至。

当……昆吾剑与那怪棒相接，擦出一溜火花，雁菲菲竟被震得倒翻而出，昆吾剑竟斩不断那怪棒。

鬼魅嘿嘿一阵怪笑，双手一抡，将折叠之处抖直成一根长达八尺的长棍。

“娃娃，让你尝尝震天棍的厉害！”鬼魅精神大振，斗志狂涨，霎时整个人如同年轻了二十岁。

轰……鬼魅手中的震天棍向地面一记重砸，地面如同被一串密集的炸弹炸开了一般，泥土四射，带着疯狂的气劲一直奔袭向雁菲菲的脚下，甚至连雁菲菲脚下的地面也炸开了，威势之猛似山崩地裂。

轩辕后退的身形尚未稳住，刑天的攻势已铺天而来，仿佛四面八方的气流回流，自千万个方位挤压轩辕的身体，甚至将攻势之中的空气也挤了出去，那是一种窒息的压力。

轩辕退无可退，避无可避，如被封在一个四面以钢板夹起的囚笼之中，他只得再次出手，倾力出击！

轰……轩辕的双臂几乎被震得发麻，身子再次倒跌而出，刑天的功力之高至少要胜他两筹，而且他刚才在与跂通交手之际已经耗去了不少功力，此刻更是有些不济。痛苦的是，他的双手根本就无法分开，因而使不出灵活的招式将刑天的气劲引向一边，所能做的便是双手并出，以硬碰硬。但这对他来说却是一件绝对不利的事，这也是他极不想在这种情况下遇上刑天这类高手的原因。可遗憾的是，越害怕的事往往越会发生。

刑天的攻击几乎是没有一点瑕疵，他似乎也明白轩辕此刻的状态，竟也以硬碰硬，看来是欲将轩辕震死方才甘心。

“老魔休狂！”剑奴身子横插而过，他也明白，轩辕与刑天之间仍然差上了一截，自不能再让刑天对轩辕施以杀招，这才倾力而出。

刑天眼角闪过一丝不屑之色，尽管剑奴的剑法和功力高绝，但在他的眼中依然是不堪一击。

面对如此阵仗，黑豆诸人自不欲再闲着，也没有必要闲着，在这种时刻，唯有一拼！他们共有八名好手，就不相信会对付不了对方剩下的三人，只要轩辕和剑奴及雁菲菲撑上一段时间，他们或许便可以将那三人干掉也说不定。

当然，任何人的想象总会是美好的，但事实总喜与人作对。

当黑豆八人与对方交上了手才发现，那本来与刑天并肩而立的老头厉害得可怕，绝不会比鬼魅差，而那一胖一瘦两人也都是极为可怕的高手。

黑豆诸人的确有些小看了对方这三人，那一胖一瘦二人乃是跟随了刑天多年的左右神将，武功得刑天亲传，一身修为自然是极为惊人，而那老头正是鬼虎。这一战，几乎让黑豆诸人叫苦不迭，皆因他们在此战之前，或多或少也都受了点震伤，武功发挥起来要打些折扣，所幸他们之间相互配合还是非常紧密，若非依赖阵势，只怕个个都已挂彩了。但如果这样继续下去的话，也不能支撑多久，更别说去解轩辕之围了。

铮……剑奴倏然发现，自己的剑竟似在刑天的指缝间生了根，倒像是插入了一个铁板的缝隙之中。

叮……剑奴手中之剑突然崩折，刑天身子一矮，手肘如疾雷般直撞向剑奴的小腹。

剑奴大骇，侧身暴退，他怎也没有想到自己竟在一招之间败退，看来刑天的功力之高实是达到了骇人听闻的地步。

轩辕的速度也是快绝，双手一插，以手中的枷锁挡开刑天这要命的一肘，同时出脚，化出漫天腿影，四处声涌如风雷贯耳，使得这一片空间的氛围极为惨烈。

刑天闷哼一声，他虽功力绝世，但是手肘乍遇那坚硬至极的枷锁，也被震得几乎麻木，这枷锁不知是何种质地，仿佛可以反弹击在上面的功力，这也是刑天吃亏的原因。

刑天根本没有任何思虑的余地，轩辕的脚已经直奔他的胸间。事实上，像刑天这样的高手，根本就不会作任何思索，出招收招便如同呼吸一般自若，没有任何人可以相阻半刻。刑天的手，似乎无处不在，无处不到，一刹那前，在攻击剑奴，一刹那后，又封挡轩辕的脚，灵活得像是他并不只是两只手，而是千千万万只手。

噗……轩辕的脚踢在了刑天的手掌之上，不仅如此，刑天还以快得不可思议的速度紧扣住了轩辕的脚踝。

轩辕的脚快，快如疾电，如石火，但他却无法快过刑天那变幻莫测的手，仿佛亘古以来，刑天的手便在等待着轩辕踢来的脚，等待着在瞬间张合下紧攫轩辕自以为快得不能再快的脚。

轩辕的目光如炬，事实上，他也看清了刑天的动作，看清了刑天手动的弧迹，那种感觉便像是看水流，看瀑泻，似缓似沉，却又避无可避，躲无可躲。刑天的武功已经完全突破了人类思维的模式，以另一种矛盾而诡异的形式存在着，这或许是轩辕的悲哀，是武者的幸运。

刑天在抓住轩辕的一只脚时，轩辕的另一只脚已到了他的面门，仅隔五寸，这种速度足以惊世骇俗。但刑天没有惊，世间已经没有任何事物可以让他心惊，事实上，五寸的距离足够插入一只手掌。

是的，五寸距离足够插入一只手掌，此刻刑天的手掌便在这时以不可思议的角度和速度插入了轩辕的脚与他的脸之间，掌背贴脸，掌心对着轩辕的脚，两人便像是在演戏一般。

轰……轩辕和刑天同时一震，轩辕的身子突地曲了起来，像弯起的龙虾，上身向两脚之间以疾速相靠，双手划过一道绝美的弧迹，狂吼一声："天变——"

"天象大变，云集北面，依属下之见应是神门初现才会引起天变！"段赋神情有些激动，指着北方天空那处被乌云紧压，电闪雷鸣的地方，兴奋地道。

蒙络和众人都看得神色惊疑不定，因为他们观看已不止一时，天空之中的乌云一分一合地变换了数次，而且那一团乌云确实也极怪，只限于那么几里见方，四周是阳光灿烂，甚至连乌云之顶的天空也呈青乌之色，而在乌云之中电光闪烁，雷声之响数十里之外也清晰可闻。

那团乌云更是翻滚不定，如涛涌浪翻，又如潮涨潮落，更似是自火山口喷出的暗云，有时电火自四面而落，将乌云自身也包裹在其中，像是一只硕大无比带电的异兽。或是有时电火集束，如一道巨大的光柱，张牙舞爪，电光的尖端错杂相缠，如古树之根，但色彩之明亮足以让人心颤神摇。

“看，那是什么?”段艺骇然指着那乌云中间一道突然闪过的亮彩，惊呼道。

不用段艺说，所有的人也都已经看见了这一点。那是一道奇异的幻光，如一抹凄艳的霞光，闪烁着火焰一般的光彩，竟在那层涌动的云团中划开了一道裂隙，仿佛是一柄奇异的刀将云团切成两半，而这两块云团之间射下了一道金色的阳光。自远处观望，那种景色之瑰丽实是难以形容，众人从未想过，竟会有这样奇异的天象出现。

“那是哪里?”蒙络惊奇地问道。

“那是沼泽深处!”兰彪因为神门的事，对沼泽和迷湖周围仔细勘察了一遍，甚至还找了许多出入在迷湖附近的猎人渔夫询问，连湖中的小岛也绝不疏忽。

“那会是神门秘址所在地吗?”蒙络吸了口气，问道。

“如果不是神门秘址所在地，怎会有如此天象奇观?天显异象之地必出奇物，想那神门乃是伏羲大神借五行八卦，融阴阳凭天地之威所设，只有神门才有可能引发如此天象。蒙王何必再迟疑?”段赋对天象极有研究，可是对于此刻的天象奇观，他却无法理解，但立刻便想到了神门秘址，此刻见蒙络仍有迟疑，不由得有些急了。

蒙络眉头微微皱了皱，淡淡地望了兰彪一眼，问道：“彪儿对那异象有什么看法?”

兰彪微讶，他不明白蒙络此话是什么意思，仔细望了望那雷电交加的北面天空，半晌才道：“确实是太奇怪了，段大先生所言很有道理。”

蒙络却高深莫测地笑了笑，对着天空嘘了一口气，道：“难道你没有感觉到来自那片天空的杀气吗?”

“杀气?”众人皆惊，便是兰彪也有些讶然。

“好重的杀气，竟可传出数十里之外，如果这真是神门所在之地，想来，定会有凶物出世!”蒙络望了望远处暗淡的天空，道。

“蒙王是说那里传来了杀气?”蒙祈也吃了一惊，问道。

“我从未见过如此重的杀气，而且这股杀气的形式却像是由一股吞噬生命的力量所形成，仿佛要将周围所有的生机全部吞噬，那是一种代表死亡的生机。”蒙络悠然道。

段赋和段艺不由得面面相觑，他们虽然智慧过人，但在武功之上，却是十分平常，自然不明白这之间的道理，更感受不到什么杀气的存在。倒是感觉到那股怪异的天象给他们的心理造成了一种异样的压力，但他们并不知道何为杀气。

“父王是说这异样可能……”说到这里，兰彪脸色大变，惊道，“难道传说中，神门之中藏着蚩尤的魔魂是真的?”

“或许吧，不过，既然来了，我们总得要去看一看!”蒙络吸了一口气。

“蒙王，我们已经发现了创世的所在!”庄义悠然来禀道。

“先不必去管他，你立刻给我将准备在沼泽之外的两百亲卫召来，今日之举定会有许多凶险，绝不能有失!”蒙络沉声命令道。

庄义应声而去。

此刻创世也与蒙络的心态一样，这天象所出现的时间似乎有点巧合，且极为让人惊讶，使人不能不联想翩翩。

事实上在这局势极为特殊的时候，任何一点异常都可能会影响人的疑心和猜测。

创世身边的高手众多，感受到了杀气的人至少有两个，但是他们也为这天象的奇观而感到惊讶、震撼，而那群战士更是议论纷纷。

“究竟是什么人能够拥有这么强大的力量?”创世似乎在自言自语，他自身便是一个不世高手，对于他来说，所见的事情太多太多了，其中许多事情并不值得奇怪。

“大祭司，我们要不要去看看?”出言的是另一位几乎与创世同样年长的老者。

“吴回兄可是觉察到了什么?”创世淡然一笑，反问道。

创世的态度极为客气，竟与那老者称兄道弟，而在熊城之中，仅有一人能够享有此等荣耀，这个人就是死士总教头吴回。

熊城之中最为神秘的人便是吴回，此人的武功之高传说已可直追创世，只是从未有人亲见其出过手，或是见其出手的人都已死得差不多了。更有人传说此人乃是火神祝融的亲弟弟，当年因火神祝融被囚封神台，吴回则神秘失踪而逃过了神族和君子国高手的截捕，却没想到他会潜居于熊城之中。对于这样一个重要的人物，创世怎能不重视?怎能不客气?

“天人交感，如果我没有猜错的话，那里定有绝世高手相搏，当年太阳大战罗修绝时，便有此天人交感之象。听说伏羲与蚩尤神魔大战之时，飓风惊起百里，天地五日不明，尘埃三月不绝。而如今这异常之天象定也是高手相搏的结果，我看这些高手的一身修为应皆不在你我之下，真想不到会是谁与谁在相搏。”吴回淡然道。

“真想不到，在这小小的迷湖，竟聚有如此众多的高手，如此精彩的相斗，我们怎能错过?”创世大祭司悠然一笑。

“如果我估计没错的话，蒙络也一定不会漏过这场好戏，到时候我们也便可以见机行事了!”吴回淡然道。

轩辕与剑奴双战刑天，确是惊天地、泣鬼神，但轩辕知道，他和剑奴不可能胜得了刑天，他几乎将所有的招式都用尽了，天变、地陷、山裂，但几乎全被刑天所破。

当然这是因为轩辕双手被锁，根本就无法发挥出全部的威力。不过，这也够刑天受的了，轩辕的功力浑厚至极，内力悠长，刑天本想以疾攻快打将之击成重伤，但是中间却夹杂了一个也足可成为顶级高手的剑奴，总使得他不能一气疾攻，让轩辕得到了缓气的机会。而最让他惊讶的却是，轩辕的武功层出不穷，各式各样，杂七杂八，一时是剑宗武功，一时又是自创的绝世刀法，一时又成了逸电宗的杀招，更不时有木神荀芒的武功，还有一些不知名的流派的武功，比如轩辕学自歧富的不世武功，还有什么流云剑道和学自陶莹的枪法也在其中。

轩辕的功力足以以气化兵刃，这些武功无一不是绝妙一时，而且各人有各人的特点，比如青云的无上剑道和青山的神山鬼剑是两种完全不同的境界，轩辕使将出来却又融入了自己的见解，因此每一式都奇奥绝伦。

刑天也禁不住惊讶轩辕的天分，更惊讶轩辕的体能和功力，竟似乎可以吸纳身边周围的生机而提升自己的斗志。更让刑天惊讶的是，轩辕中了他三掌，竟像是不受影响似的，虽然这三掌未曾击实，但也绝非人体所能承受的，而轩辕仿佛浑然未觉，这使他禁不住暗怒。

剑奴和轩辕两人根本就占不到先机，处处是挨打的局面，两人只是你解我之险，我解你之围，总在最险之时化开刑天必杀的一招，几乎被压得喘不过气来。幸亏轩辕和剑奴都习练过神风诀，在速度上能够互补，否则只怕早已落败，但处境也好不到哪儿去。剑奴的功力可不像刑天和轩辕那般深厚，更不可能无穷无尽，交手近百招，已经累得够呛，这都怪刑天追着他们打。

这还不说，雁菲菲也被鬼魅杀得香汗淋漓，处于下风，她失去了神剑的优势，在功力和体力上要逊鬼魅一筹，自然被杀得险象环生。

而黑豆诸人已是挂彩多处，他们也是苦不堪言，但不得不强撑着，还要抗拒那来自刑天和轩辕诸大高手交手时的强大气势压力。若非其意志坚韧至极，只怕早已倒下。但若如此继续下去，败亡，终究是免不了。

轩辕心里有苦难言，此刻是欲罢不能，欲攻难成，真有些后悔不该出手救狐姬，而与跂通交手，这是一个最大的失算。因为他根本没有料到会遇到刑天这个煞星，同时也后悔自己没多带些人来，可是此刻后悔又能如何？为了不惊动东夷高手，他将战马全都藏了起来，否则在一开始见到刑天之时驰马便逃，即使刑天追来也不会落得这般苦战的僵局，但是此刻再多的后悔也没有用。

事实也的确如此，除非他会舍弃剑奴、雁菲菲、黑豆诸人独自逃生，那样他或可凭借身上所穿的太虚神甲逃走，但他能这么做吗？他做得到吗？这答案是肯定的，他绝对办不到，即使是死，他也要死在雁菲菲身边。

死亡当然并不是一件可怕的事情，但轩辕觉得自己仿佛有许多事情都没有去做，就这样死去确实有些不甘心。

“呀……”最先崩溃的还是龙族战士的防线，他们实在已经支持不住，双方交手的时间过长，在一直处于劣势之下，终难免有失手的时候，而在这种精疲力竭之时，一旦失手所付出的便是生命。

一人殒命，立刻换来了全线崩溃，花战、黑豆纷纷中招。

鬼虎的攻势之狂确实是风雨不透，哪怕只有一点点的松懈，都可能是致命的，如果不是花战、燕绝、黑豆诸人的武功今非昔比，只怕早已死了一百次。

鬼虎的武功比之鬼三似乎还不止胜上一筹，而事实上，在鬼方之中，鬼魅和鬼虎的武功排名为第四和第五，在鬼三和曲妙之上，其实力自然不容怀疑。

黑豆与花战诸人之间并不能靠阵势联合，几人毕竟相处的时间太短，不能达到长久的配合，一旦失去了联手的威力，所凭的便是各人的硬功夫，所幸黑豆的武功不俗，比之花战、燕五和燕绝几人都要强，但是在长时间的交手之下，也是受不了那暴风骤雨般的冲击。

砰……砰……又有两名龙族战士倒下，这两人乃是为了给花战和黑豆挡招，受挫于刑天的两大神将。

“无知小辈，去死吧!”鬼虎已经十分惊怒了，以他的身份，竟被这几个无名的小娃娃给缠了近百招，怎叫他不怒？不惊？此刻，他全身已是杀机如潮。

事实上，此刻所有人的杀机已经都融合在一起，包括轩辕、剑奴、雁菲菲、刑天和鬼魅，这许多高手的杀机全都纠集在一起，这才使得天怒地怨，带着死亡气息的杀机远传数十里之外，更带动天变，形成天人交合的异常天象。

轩辕心中暗叫自己这回真是要完了，他想救黑豆诸人已是无能为力，刑天绝对不会给他任何机会。若黑豆诸人一去，鬼虎抽身来对付他，那自己更是凶多吉少了。这一分神，刑天已一掌击在他的腹间。

轩辕几乎无可抗拒地飞跌而出，虽然有太虚神甲护体，但这一掌击实，也差点让他的五脏俱裂。

“夫君！”雁菲菲一惊之下，也挨了鬼魅一击，这老鬼也真够狠的，对女人亦丝毫不留情。但所幸雁菲菲避得快，但也是一个踉跄，几乎跌倒。

“小子去死吧！”刑天斜步越过剑奴，曲指便向轩辕眉心点到，他也感到轩辕身上有些古怪。因此，出手便直攻轩辕的眉心。

轩辕的五脏翻腾，哪想刑天的动作如此之快？不由暗呼：“吾命休矣！”但他绝对不会束手待毙，运足全身的功力猛然向刑天重击而去，便是死也不会让刑天好受，至少也要让对方受点小伤。

剑奴大惊，挥剑欲挡，已是不及，何况他手中之剑已只剩下半截了，根本就无济于事。此刻他已是疲惫不堪，功力大退之下，速度也难以跟上步伐，想救轩辕也是心有余而力不足。

“夫君！”雁菲菲不顾一切地回头扑向刑天，连鬼魅对她的攻击也不理了，她绝不能看着轩辕就此死在刑天的手中，哪怕用她的生命相换，也在所不惜。

“菲菲小心！”轩辕大惊，他没有料到雁菲菲竟这般玩命，不顾自己的性命来救他，这怎不叫他心胆俱裂？

鬼魅心中暗自高兴，忖道：“老夫绝不会介意这般杀你，就让你们做对同命鸳鸯好了！”

轩辕奋身而起，不知是哪里来的力量，整个人如同巨大的熔炉爆炸开来一般，双手疾推而出。

刑天冷哼一声，轩辕虽作垂死的挣扎，但在他的眼中与将死之人并无区别，反是雁菲菲侧挥过来的昆吾神剑使他不能不有所忌惮。如果只是普通利剑根本就不放在他的眼里，但这柄剑乃是剑中之祖，昆吾神锋，即使是他的身体也不敢硬抗。于是，刑天不得不放弃诛杀轩辕的机会，改攻雁菲菲。

雁菲菲似乎根本就不知道身后鬼魅那致命的一击已经随之而来，她便如一头杀红了眼的母狮，绝不允许刑天伤害轩辕。她爱轩辕，尽管她为轩辕受了那么多的苦，尽管轩辕身边有许多女人，但是她爱轩辕，那生离死别的日子使她比任何人都深刻地明白什么叫作刻骨铭心，什么叫作柔肠寸断，什么叫作痛不欲生……

她再也不能失去轩辕，再也不想与轩辕分开，哪怕是死也要与轩辕死在一起。因为她知道轩辕也同样爱着她，也同样爱得那么深。在她善良的本质之中，爱，代表着一切，代表着等同于生命价值的最高境界。因此，她的眼中，她的心里，只有轩辕，甚至忽略了自己。

叮……刑天退了两步，但他也避开了昆吾剑的锋芒。不过，却放过了轩辕。

“轩辕……”雁菲菲一声凄呼，鬼魅的震天棍重重地砸在她的脊背之上，令她狂喷出一口鲜血后，娇躯如败革般倒下。

“菲菲……”轩辕一声绝望的长呼，双手带着沉重的枷锁竟以丝毫不防守的姿势直砸向鬼魅。

鬼魅吃了一惊，身形疾退。

轰……轩辕一击砸空，疯狂的气劲使得地面炸开一个巨坑。

“菲菲……”黑豆也凄呼。

轩辕一击不中，悲呼着扑向雁菲菲的躯体，一把抱住奄奄一息的雁菲菲，几近哭号：“菲菲，你振作一些！菲菲……”

“小子，就让老夫成全你们这对同命鸳鸯吧！”刑天的攻势再至。

“我跟你拼了——”剑奴也杀红了眼，霎时之间不顾一切地出击，完全是一副同归于尽的打法。

“哼，你还不够资格！”刑天曲掌一扫，竟将剑奴的攻势引向一旁，身形依然毫无阻碍地滑向轩辕。

此刻轩辕像是忘了所有的危险，曲起双臂抱紧雁菲菲的躯体，泪水不能自控地滚落下来，哪里还记得回手抵抗刑天的攻击？

刑天也知道此刻是击杀轩辕的最好时机，如果不趁轩辕大悲若死之时击杀他，只怕待会儿还要多废一番手脚。刑天实不想将战局拖下去了，他怎会不知道，此刻天象大变，岂能不惊动这片沼泽中的其他各方高手？那些人定会赶来看个究竟，迟则生变。是以，他必须速战速决，他可不想在稳操胜券之时生出意外，以至前功尽弃。

要知道，轩辕对他不能说不是一种威胁，此刻的轩辕便厉害如斯，若再假以时日，那还了得？只怕到时候鬼方是人人不得安宁了。是以，他必须杀死轩辕，至于其他人则并不是太重要。

“菲菲，你不能死……菲菲，你不能死……”轩辕像是疯了一般，只顾低头自言自语，更不住地亲吻雁菲菲仍淌着血水的樱唇，像是这样，雁菲菲就可以不死一般。

“轩辕——”花战悲呼。

几乎所有人都在惊呼。

“休伤我兄！”一个惶急而浑厚的声音倏然划破虚空。

刑天陡觉头顶风声一紧，他双指仅距轩辕半尺，却不得不抽手上击。

好强的气势，刑天心中暗惊，那股气势如同地心之火一般灼热难当，又似是在地底潜伏了千万载，一朝爆发的火山，使得刑天不得不回头上击。他绝不想以自己的生命换取轩辕的小命，哪怕只是受重伤他也不干。

轰……刑天身子一震，竟然破天荒地被震退三步。

呼……一道黑影自虚空中倒射而出，正是与刑天对击一记之人，他也身不由己地被震退。

那黑影一退即进，再进之时，竟化成一团熊熊的烈焰，使天地霎时一片光明，火影如千万条巨舌，上接乌云引发雷电，下触地面化成一片焦土，以无与伦比之势撞向刑天。

“烈火神功！”刑天吃了一惊，低呼道。

“火神祝融……”鬼魅也惊呼，天下间除了真正的火神祝融，谁还能够将烈火神功修炼到如此接天触地的境界？

来者竟是火神祝融，神族八圣之首的火神祝融！这怎叫刑天不惊？怎叫鬼魅不惊？

刑天不惧，事实上，便是神族八圣也都比刑天小一辈，是以他无所畏惧。

“老鬼，你是我的！”一声低吼，另一团烈火也破空而至，却是撞向鬼魅。

鬼魅吃了一惊，这攻向他的人在气势上虽然不如火神祝融，但也浩然无匹，那沛然的火劲，未至已经灼面生痛，想来也是火神祝融身边的不世高手。

轰……刑天再退一步，而火神祝融身上的火焰大弱，竟滑退两丈。

“你不是火神祝融！”刑天讶然出言道，若对方是火神祝融，其功力绝不止于此。而对方的烈火神功虽然在气势上已达到了接天触地之境，却并不纯熟。但刑天还未来得及细想，已有一股白茫茫的水汽迎面而至，如九江之水尽倾而下，来势狂野而无尽无期。

“水神真诀——共工！”刑天又吃了一惊，这次自侧面攻来的人竟是水神共工的武功，而且那气势也已达到了水神真诀的最高境界——九江尽泻的地步。

黑豆诸人也料定自己必死，鬼虎和那两名神将倾力攻来，但此时却突地杀出两个美艳至极的女子和一名白须白眉的老者。

“琼妹——燕琼……”燕五和燕绝差点没喜极而泣，来人竟是那一直在青云剑宗习武的燕琼和褒弱及青云剑宗之主青天！

第一百一十一章　情深义重

望着雁菲菲那失去神采的脸，轩辕低声呼道：“菲菲……你不能死……不要离我而去……”泪水不住地滑落在雁菲菲那洁净却略显苍白的脸上。

雁菲菲竟奇迹般地醒了过来，“咳咳……”竟又咳出几口血来，那微显惺忪的眼睛，已经失去了那夺目而亮丽的神采，但乍见自己是躺在轩辕的怀中，禁不住又闪出了一丝亮彩。

“我……我还没有死吗？”雁菲菲的语气极为虚弱。

轩辕心如刀割，拼命地摇头，虎目含泪：“不，不，菲菲不会死的，你的伤不重，会好的，我这就带你去找歧伯，天下没有他治不好的伤……”

“你哭了……咳咳……”雁菲菲似乎无限心疼，眸子里尽是柔情，更挣扎着抬起无力的手，轻轻地拭了拭轩辕眼角的泪水。

“不，我没哭……”

“你不要骗我，人总……总是要死的，我知道，我的伤很……很重，你不必为我伤心……”

“不，菲菲，你不会有事的，歧伯会治好你的，他一定会治好你的！”

“那你……为何要哭？”

“因为我高兴，你醒过来了，你没事了，所以我高兴，我高兴就流泪了……”

雁菲菲的嘴角泛出一丝苦涩的笑容，有种说不出的凄婉和无奈。

“答应我……好好照顾悠远！”雁菲菲轻抚着轩辕的脸，虚弱而又热切地道。

“嗯!”轩辕拼命地点头，极力地控制不让泪水涌出来。

“我会的！我一定会的！我还要与菲菲一起看着远儿娶妻生子，还要……”

“别傻了……”雁菲菲涩然笑了笑，打断轩辕的话，“我知道自己不行了，我已感到……生命渐渐远去，我希望，最后你能……能答应我……一件事……”

“我答应，什么事我都答应！只要你不要离开我!”轩辕心在滴血，他痛，他恨，他悲！直到这一刻他才发现，自己爱雁菲菲是如此之深。

“好好爱惜……幽姐，你答应我!”

“我答应，我一定会找回幽儿，好好爱她!”

雁菲菲脸上又浮出一丝笑容，但笑容有些痛苦，似乎是牵动了身上的伤，半晌才悠然如置身梦境般，道：“你知道吗，第一次见到你时，我就觉得，你是那么特别，冷静、深沉，我感到，你是那么孤独，又那么富有。

“孤独似无一个朋友，富有至拥有整个天地。那时，我就想走进你的世界，走进你那封闭的世界，于是幽姐成了我最好的朋友。后来才知，那时我便爱上了你……”

“菲菲——”轩辕如同呻吟一般呼唤，他似乎忘了整个天，忘了整个地，忘了周围的一切，忘了生与死，忘了那激烈的厮杀……他的心中只有痛，只有雁菲菲，只有那揪心的情。他吻着雁菲菲的脸，那有些冰凉的脸，他多想再给雁菲菲一丝力量，可是他能吗？他只能以自己的真气保住雁菲菲那已微弱的一口真元。

哪怕只能让雁菲菲多留一会儿，他也愿意付出哪怕是所有的代价。

雁菲菲的伤实在太重了，鬼魅那一记重击，不仅砸断了她的椎骨，更破坏了她的五脏，此刻能说出这么多话全赖轩辕的真气相济。

“爱你……我不后悔！真的……我从来都……都没有后悔过……”雁菲菲幽幽地道。

“是我对不起你……”

“轩辕……你能……能告诉我，生命是……什么吗?”雁菲菲突然问道。

轩辕一呆，心中更痛，禁不住自言自语道：“生命，生命是什么？生命是什么？

“是呀，生命……究竟是……是什么呢？

“如果我是躯体，那你就是灵魂，生命……生命便是躯体和灵魂结合才存在的东西。菲菲，你明白吗？所以，你一定要挺住，一定要坚强地活着，如果我没有了你，生命将会是残缺的，你明白吗？”轩辕突然激动地道，同时眸子中充满了无尽的希翼和柔情。

雁菲菲的眸子里也闪过一缕奇光，低低地念叨着轩辕那句话，激动地道：“菲菲……好高兴……咳咳……”

“菲菲……”轩辕一急，忙将功力更多地输入雁菲菲的体内，将她的躯体抱得更紧。

雁菲菲的气息稍稍平复，但呼吸有些急促：“如果有……来世，你……还会……会爱我吗？”

“会的！无论是多少轮回，我都会爱你，像爱惜自己的生命一样爱你。”

雁菲菲笑了，笑得气息有些急促，脸上更泛出了一片红潮。

“如果有来世……我还愿在……美丽的姬水，那里好美……”

“是的，那里好美，像我的菲菲一样美！”轩辕点头应道。

雁菲菲又笑了，伸手抹了一下轩辕吻她时留在嘴角的血迹，似乎是叹了口气，目光悠悠地仰望着那透过乌云的一缕阳光，微微笑道：“其实，残缺……何尝不是……一种……美？看啊……多美的……阳光……”

轩辕心头一颤，也抬头望了望那一缕阳光，却在此时，他感到雁菲菲的手无力地自他的脸庞滑下，轻轻地垂落于他的手臂间。

“菲菲——”轩辕一声凄呼，绝望而悲切的声音如利刃般冲破乌云直上九霄……

“菲菲……”轩辕痛哭失声，只知不住地亲吻雁菲菲那已经冰凉的脸，而在此时他倏然发现雁菲菲手中的剑。

剑，被那一缕透过乌云的阳光照亮了，反射出刺目的光彩映入轩辕的眸子之中，这才将轩辕自那似乎不真实的噩梦中惊醒。

轩辕怔住了，他突然之间不再哭泣，只是怔怔地望着那柄剑，像是在一刹那之间忘记了雁菲菲，忘记了周围的一切，他的灵魂之中只有那柄剑，他甚至忘记了自己，忘记了……

轩辕缓缓地、轻轻地放下雁菲菲已经变冷的躯体，再以最温柔、最小心的动作轻轻地在雁菲菲的额角吻了一下，像是害怕惊碎了雁菲菲的美梦，温柔得让人心碎，而此时轩辕的眼神空洞得可怕。

轩辕再轻轻地将雁菲菲双手搭放在她胸间，以衣袖温柔地拭去她嘴角的鲜血，然后静静地注视了雁菲菲半晌。

“菲菲，你安息吧，我一定会完成你的心愿!”轩辕望着雁菲菲自言自语道，说话间再吻了一下雁菲菲的额角，同时抓紧了昆吾剑，缓缓地站直跪着的身躯。

轩辕默视良久，才缓缓地抬起头，印入眼帘的竟是黑豆那挂满泪水的脸，还有花战、燕绝、剑奴、燕五与一名龙族战士，每个人的眼角都挂着泪水，每个人的神情都是那么肃穆和悲伤。

“她睡了，不要惊动她!”轩辕语气竟显得无比平静，黑豆的泪水却忍不住哗哗流得更欢了。

轩辕眼中再次闪过一缕晶莹的亮光，但他很快转过身去，目光投向那正在与烈火神将火烈交手的鬼魅。

烈火神将的功力更胜当初在君子国夺地火圣莲之时，显然那次他夺了两片地火圣莲的花瓣起了不少作用。

那日满苍夷抢走的地火圣莲少了两瓣，而这两瓣正是被火烈所夺。他并不是一个贪得无厌之人，或许可算是识时务者，明知无法夺得，便退而求其次，抢了两瓣圣莲就走，自然没有人拦他。但两片圣莲的作用也颇大，这不能说火烈不聪明。

火烈是什么时候出现的，轩辕根本就不知道，场中的局面是何时改变的，他也不知道。但他认识火烈，这个人曾与他交过手，但为何如今火烈会帮他，他不知道，但也不想知道。不过，这加入战局之人，他都认识，竟是久别的燕琼、褒弱、青天，而与刑天交手之人竟是叶皇和柔水。

是的，轩辕没有看错，虽然叶皇被笼在一层火焰之中，柔水被罩于一层水汽之中，但却无法阻挡轩辕的目光，这两人正是叶皇和柔水。此刻他两人联手竟可让刑天占不到丝毫便宜，甚至先机尽失。

是什么改变了叶皇和柔水？是什么让他们变化如此之大？轩辕不想细想，不想知道得太清楚，也不想去思索太多的问题。此刻在他心中和脑子之中只盘旋着一个念头，那就是——杀！

轩辕恨、悲、心痛，所以他想杀，要杀，而第一个要杀的人就是凶手鬼魅！

是的，轩辕要杀鬼魅！就是他夺走了雁菲菲的生命，就是他造成了轩辕永远的遗憾，让轩辕的生命从此残缺。

“残缺也是一种美丽。”这是雁菲菲生命里的最后一句话，但是，事实真是这样吗？残缺真是一种美吗？

不知道，轩辕不知道，他只有痛苦，却不想去思索痛苦的源泉，他只有恨，但却会把恨变成杀机。

这杀机好野，好浓，如烈酒一般弥漫流淌在虚空之中。刑天感觉到了，剑奴感觉到了，柔水和叶皇也感觉到了，鬼虎、青天、燕琼、褒弱以及这里的每一个人都感觉到了，而感受最为深刻的人却是鬼魅，因为他感觉到这股杀机正是冲着他而来的。

霹……一道亮闪的电光如同银蛇一般击落在轩辕的身上，跟着便是一个炸雷。

黑豆发现轩辕连眼皮也没有眨一下，那张脸犹如铁铸，深沉如枯井，没有半点表情，只有一成不变的冷漠。

轩辕踏前两步，每一步都是那么缓慢而沉重，但每一步都似乎夹着扣人心弦的震慑力，更似有一个无声的声音，应和着他的脚步响在每一个人的心头，是那么沉重。

火烈仿佛在突然之间明白了什么，竟停住攻击。鬼魅也在刹那之间明白了什么，他也不再出击，而是变得小心，变得凝重，因为他已经感觉到了有生以来最为强大的威胁，而这个威胁却是来自轩辕。

“他是我的！”轩辕说话了，语气出人意料的平静，但在平静中透着一种不容置疑、不容辩驳的力量，平静得让人有些心寒。

火烈望了轩辕一眼，身上的火焰尽灭，他竟没有多说一个字，似乎明白了轩辕所有的意思和心情，这连他自己也觉得有些惊讶。

事实上，任何人都可以自轩辕的眼中读懂许多东西，甚至是一切。这种情绪是不用隐瞒，也不用遮掩的，就像初生的婴儿一般赤裸得纯真、坦然而实在。

鬼魅竟没来由地紧张起来，这简直有些像一个笑话，他竟会对着一个比他小七八十岁的娃娃紧张，这是多么滑稽的事情。要知道，他是何等身份，鬼方排名第四的高手……但事实终归是事实，是不容置疑、不容掩饰的，他紧张了！因为轩辕！

青天的武功似乎要比鬼虎稍逊一筹，虽然他身为青云剑宗之主，但武学修为在他三兄弟之中却是最低的，或因其资质有限，对于剑道的禅悟仍不够。

燕琼和褒弱的武功确实已是让人刮目相看，虽然单论两人的剑术并不是十分精奇，但两女联手，其气势竟暴涨，仿若有数十人联手一般。两人剑路相反，互补互助，相交相融，从而使其杀伤力大增，更弥补了两人功力上的不足，对付刑天的两名神将也不露丝毫败象。

刑天的两名神将根本无法破除燕琼和褒弱的联手之攻，事实上，若是以一对一，只怕燕琼和褒弱都不是两神将的对手，毕竟她们习武时日尚浅，在招式上或可胜敌，但在功力之上，却仍有很大的欠缺。

而此时的剑奴再也不想愣住，鬼魅不用他出手，刑天也不用他出手，在喘了口气之后，他的斗志又重新找回，挺剑便与青天呈合围之势双战鬼虎。

黑豆儿人都受了或轻或重的伤，虽然心中悲愤，但战斗力却极弱，只能守在雁菲菲的尸体旁，极力恢复功力。

刑天的境况也并不好，叶皇和柔水一刚一柔、一阳一阴，水火相济相融，竟产生出让他无法想象的威力，使得他第一次尝到被人欺的滋味。不过，他几乎已是水火不侵之躯，叶皇和柔水也不能对他造成伤害，只是在气势上暂时将他压倒而已。

“鬼魅，你死定了！”轩辕话意冷极，并向前轻跨了一小步，手中的昆吾剑竟自爆出一团璀璨耀眼的光亮，甚至将轩辕的整条手臂都罩在了其中。

鬼魅冷哼一声，神色却有些微变，在轩辕放下雁菲菲尸体之时，他便感觉到轩辕变了，变成了另一个更为可怕的人，这种可怕并不是如刑天一般给人一种外在的压力，而是来自内心的恐慌。

轩辕身上所散发出来的气息便让人恐慌，那像是死神的召唤，又像是使人面对着无知的死亡沼泽。或者可以说，这种恐慌是没有任何原因的，就像是人们面对未知可怕的事物所生出的幻想一般。

这种恐慌是来自意识，来自灵魂深处的战栗，而恐慌的源泉便是轩辕。

爱，可以拯救一个人，也可以毁灭一个人，可以让一个人变得可爱，也同样可以使一个人变得可怕。

火烈缓退，他也有些窒息之感，他在惊讶，何以轩辕周身竟然也拥有如此的热力，像是一个巨大的熔炉，同时更闪烁出一层似乎带着蓝色的火光。

天仍然很暗，但在这暗淡的天空之下，却有几团奇异的光彩，而轩辕是最为抢眼的一个。那蓝色的火光与昆吾剑的亮彩与整个天地形成了一个鲜明的对比。

“三昧真火！”火烈几乎是惊叫，他终于想起来了，这闪烁在轩辕身上的异样火光，正是他这一生所梦寐以求的极致——三昧真火！

这是一种燃烧自灵魂和精神的不灭之火，乃是一种将精神和意志发挥至极致的表现，便像是星球爆炸一般，由内核向外辐射，因阻力、摩擦，到了星球表面则表现为火光，然后再无休止地向外爆炸……而三昧真火也正是这个原理，精神和灵魂意志便是内核，而将这无形抽象的东西突破人体的限制转化为能量，这种能量便是所谓的三昧真火。

这所需要的不仅仅是功力，更需要内在的精神为依凭，只有在极端情况下，才能够将这潜伏在人体内最为强大的东西——精神力转化为能量。

宇宙实非指一物，宇宙也并非只有一个形式，甚或是多重的宇宙。

就生命而言，一个宇宙是外在的，便如广阔无垠的天际，包括所有的星体、虚空与所有的生命。而另一个宇宙则是单个生命的自身，对于人自身来说，外在的宇宙是视觉上的宇宙，而生命的自身是思感上的宇宙，两个宇宙同样是无限的。

生命的无限，便在于内在宇宙的无限，而精神力则是源自内在宇宙的最为神秘的力量。只有智者方能开启内在宇宙之门，甚至进入内在宇宙无限的空间，那便是——登入天道，与天地同生！

伏羲是有史以来最伟大的智者，得河图洛书而通天地万象，打开内在宇宙之门，终使自身之躯成为内外宇宙融合的交点，登入天道与天地同生。

后虽有智者，却无人能够尽窥内在宇宙之秘，总在天道大门之外徘徊。事实上，每个人自身都是一个宇宙，都是天道之门，只是如何开启，因人而异。因此，这才需要讲究每个人的资质，每个人自身的修养和智慧。

轩辕竟可以散发出如此强烈的三昧真火，这怎能不让火烈吃惊和惊讶？

火烈这一辈子都在练烈火神功，在火劲之上不断地提升，却远未达到三昧真火的境界。能将烈火神功修至以三昧真火击出的，仅火神祝融一人而已。

“但是轩辕竟然也拥有如此火劲，难道他也练过烈火神功？”火烈心中暗想，他并不知道轩辕借龙丹的生机在东山口曾吸纳过地心熔岩的热力，而龙丹又是至阳之物，因此其功力之中含有天地至热之气，这是极为正常的。要知道，地心熔岩乃是世间至热，来自那之间的灵气，又怎会比烈火神功逊色？

轩辕出手，自上而下，双手抡剑，那耀眼的剑芒直破长空，裂云破日，再引下雷电，直取鬼魅！

鬼魅的眼睛都瞪大了，不仅他的眼睛瞪大了，便是火烈和黑豆诸人的眼睛也瞪大了，这是什么剑法？这是什么攻击方式？

剑不像剑，刀不像刀，昆吾剑的芒尾仍是电火爆闪之状，与轩辕手臂相连竟长达数十丈，厚宽若门板，这哪里是兵刃？分明像是一片闪亮而巨大的霓虹，但却拥有着无坚不摧、无物不毁的无伦剑气。

鬼魅几乎是傻了，天下哪有这般的攻击方式？哪有这般的兵刃？就像看到有人搬着泰山作兵刃一般，如此兵刃，如何能挡？如何能拒？

轩辕怒！恨！怒借天威，恨意冲霄，那无边的杀机竟使昆吾剑活了过来，那沾有雁菲菲鲜血的剑竟然有了灵性……

当……鬼魅举起那根震天棍，整个双腿竟一下子被击得陷入了泥土之中，没至膝盖。

“去死吧！”轩辕再次举起那柄闪着无尽光华的昆吾剑自上而下重劈下来。

当……鬼魅犹未回过神来，只好再次举起震天棍相挡，他的身体便像是被钉入了木板的钉子，再陷一截，泥土已经没入了他的大腿。

“啊……”鬼魅一声狂号，他一生之中何曾遇到过这种打法？知道若是再如此下去，非被轩辕击入土下不可！虽然他也会些遁地之术的皮毛，但绝对无法在昆吾剑强大的剑气之下保命，他又岂能再任由轩辕如此强攻？不过，他不能不承认，暴怒之中的轩辕功力比他更为深厚。而轩辕选择这种毫无花巧的方式攻击，更是因为他双手被锁，若是说到灵活性，轩辕肯定不若鬼魅，这才弃巧取拙，正如那日他击逃风骚一般，选择的便是以硬碰硬的打法，完全以气势和功力压倒对方。此时鬼魅已看出了轩辕的战术，是以破土而出，主动抢攻。

轩辕之所以能施此战术，是故意制造了一些先声夺人的气势，让剑气劈开云层，引下雷电，再暴击鬼魅，而形成了无与伦比的气势，使鬼魅的心神在一刹那之间被镇住。当鬼魅回过神来之时，便不能不寻求以硬碰硬、弃繁用简的打法了，不过他仍有点小看了轩辕。此时的轩辕虽然狂怒攻心，如豹似虎，但他的心神仍然处在极度的清醒之中。

就算痛苦，他也是清醒地痛苦着。

鬼魅抢攻，唯一扳回先机的方式，就是要逼得轩辕反攻为守，否则的话，他永远都不可能在轩辕的快攻之中找回先机。而唯以逼轩辕反攻为守的方式便是赌命，赌轩辕不会与他同归于尽，那样轩辕自会回剑反守，那时他便可再夺回先机，施展最为灵活而有效的战术。

轩辕的眸子里闪过一丝诡异的笑意，他竟然完全不在乎鬼魅与他同归于尽的打法，像是不知道在他杀死鬼魅的那一刻，鬼魅也同样可以杀死他一般。他依然继续出剑，继续以开天劈地之势直取鬼魅的头颅。

鬼魅惊骇欲死，轩辕居然要与他同归于尽，竟不理他同归于尽的攻势。他不想死，虽然他已经活了这么大一把年纪，但是仍然留恋生命的美好，可他却无法改变自己的攻势，那只会让他死得更快。此刻他有些后悔选择同归于尽的攻势了，真的有些后悔，他忘记了轩辕此时正处在丧妻之痛的悲愤中，思想自然不能以常理论之。不过，事已无法挽回，只能向不归路的尽头走去。相较来说，鬼魅并不觉得以已之命换轩辕之命有亏。

噗……鬼魅骇然，他发现震天棍所击中之处犹如败革，毫不受力，而且轩辕的胸前似乎胀起了一个大球，刚好阻住震天棍的攻势。

事实上，轩辕整个人都像是充气的大球一般膨胀了起来，不过，其面目依旧，目光深邃得如有穿透时空之力。

“你上当了！”轩辕轻哼一声，昆吾剑已带着电火一闪而过。

哧……鬼魅还没有来得及弄清是怎么回事之时，脑袋已经应剑而飞，那电火仍停留在鬼魅的尸体之上，跃动着一层蓝色的火焰，瞬间便将鬼魅的尸体烧成焦炭。

刑天大惊，鬼魅竟然就这样死在轩辕的手中，这着实有些冤。他是知道轩辕身上藏有异物的，这才能够卸开他硬击的四掌而丝毫无损，但鬼魅并不知道这一点。

事实上，能不被震天棍击穿的东西很少，这一点刑天也很自信，但是轩辕却是个例外，一个例外便足以构成鬼魅的死因，高手之争往往便只需那么一点意外。

鬼魅的死，注定了刑天今日的败局，轩辕身边如此多的高手，强如他这等武功通神的绝顶高手也难以消受。

此刻刑天才明白，何以轩辕竟能够在如此短的时间之中一跃成为天下间一大流派之主，成为天下最耀眼的新星，只凭轩辕身边的这如许之多的高手便足以震慑天下。

“开天——”刑天大吼一声，双臂一振，避开柔水和叶皇的夹击，冲天而击。

砰……铿……两声金铁交鸣之声随着刑天之吼响起，音量之巨，连雷声也掩盖住了。

啪……那胖神将背上的包袱蓦地炸开，一道强光自里面射出！不仅如此，本来握在鬼魅手中的震天棍也离地而飞，速度快得连轩辕也暗暗咋舌，根本没法相阻。

叶皇欲阻，但却迟了一步。

铮……震天棍与那自胖神背上包袱中飞出的白光结合在一起，竟泛起一层五彩的霓虹，光华夺目，将刑天紧罩于其中，仿若出世之神魔，那睥睨天下的气势足有气吞河岳的风姿，让所有人都怔了一怔——那是一柄巨斧！

云开日出，万道金芒自天顶射下，却凝于刑天手中的那柄巨斧上。

斧名开天，显然是十大神器之中攻击力最强的绝世霸器——开天斧！

“开天劈地——”刑天大吼一声，双臂微抡，开天斧夹着万道金芒如一轮骄阳般向地面劈至。

“快退……”叶皇大惊，一拉柔水身形疾退。

铮……一声龙吟般的轻啸，轩辕手中的昆吾剑脱手而飞，如同一条光龙般直射向那轮金芒之中。

“以气御剑，御剑术！”青天大为惊讶，但他根本就来不及细想，一股强大至无坚不摧的杀气已向他冲来，他几乎是在无可抗拒之下骇然惊退。

剑奴的情况也好不了多少，仿佛天地间所有的能量全都聚中在开天斧之上，他与叶皇等人皆被这股强大的杀气逼开！

哗……电光自朗朗晴空之中投下，像是来自太阳，又似不是，但绝非自乌云中而来。而且电火凝而不散，历久不绝，如数条紧缠于一起的接天银龙，在天与地之间不断地交错、缠绕、颤抖……

天地不再是陷入黑暗之中，而是一片让人心悸的光明，几乎没有人可以在这片光明之中睁开眼睛，又像是天与地在一刹那之间崩溃、飞散，化为虚无。整个世界仿佛都不真实起来，众人恍如进入了一个难以醒转的梦境之中。

混沌之中，只有无尽的强大气流朝四面激散、辐射，尚夹着碎石泥木，每一个人都迷失于其中。

迷失之际，尚有清脆悠扬、惊心动魄的金铁交鸣之声，却仿佛是来自遥远的天际，或是冥府地狱，有种说不出的诡异。

铿……最后一声巨响却再一次破开天地的混沌，那白茫茫的光彩如被巨船破开湖面，自中而分，向两边迅速涌去。

白茫茫的光彩分开之处，地面如埋有千万颗炸弹一般，土石迸裂四射而飞，被一股无可匹御的气流轰开近里长的长坑，声势之烈足以惊天地、泣鬼神！

天地间，骄阳下，白云中，一道光影犹如戏云之银龙，在虚空中划过一道完美得让人欲顶礼膜拜的弧迹，射向已自天空中降下的刑天。

开天斧势稍竭，正是一里之外那棵古树被当中劈成两半之时，那自云中射出的光影已经逼近刑天。

是轩辕，如同天外飞仙的轩辕。刑天那开天劈地的一击并未能重创轩辕，但却斩开了他手腕上那奇异的枷锁，这是刑天所未曾料到的。

轩辕险死还生，如非身上的太虚神甲，今日恐怕他已经死了十次，但事实上他仍活着，顽强地活着！而他的心仿佛已死，他痛，他恨，他有着无尽无期的悲愤和伤感。如果生命可以交换的话，他愿意用自己的生命去交换雁菲菲，他宁愿这太虚神甲不是在他的身上，而是在雁菲菲的身上，但是，一切都成了现实，残酷而无法扭转的事实。

刑天吃了一惊，吃惊轩辕的身法，竟如同飞鸟一般灵活，更似乎可以在虚空之中以任意角度翱翔，快得不可思议，无法形容。不仅如此，另一道暗影也以同样的速度自数十丈之外飞射而来，刑天认出了对方，正是刚才与柔水联手攻击他的叶皇！同时他更骇然发现此刻叶皇的手中有一根异尺。

叶皇与轩辕的速度都快绝无伦。

刑天认出了，这正是逸电宗所赖以成名的神风诀，而轩辕和叶皇两人皆已达到了大成的境界。

刑天长笑，身形疾退，他绝不想再被轩辕诸人给缠上。他知道，如果此刻不走的话，当轩辕与叶皇联手之时，他就是想走也是不可能了！这两个年轻人的武学和功力都已达到了惊世骇俗的地步，虽然若单独交手，没有一个是他的对手，但如这几人联手，他便只有挨打的份了。是以，刑天倒退。

嘘……一道道形似巨斧的气流闪烁着七彩的异芒直迎向轩辕和叶皇。

铮……轩辕的身子本身就像是无坚不摧的巨剑，所过之处，那斧芒立即溃散。不过，那斧芒也带着强大的杀伤力，使得轩辕的身形受阻，叶皇也同样如此。

鬼虎逃逸得最快，在刑天的杀气将他自剑奴和青天的攻势中解脱出来之时，便立刻逃逸，他比任何人都清楚，这个局势的糟糕，他们几乎是不存在任何胜望，轩辕身边的高手实在是太多，即使是刑天的开天神斧也不可能救得了他。是以，他第一个想到了逃。

那两名神将则对刑天的力量过于相信，当他们发现刑天竟连轩辕也杀不了之时，便知道了不好，可是他们想走已是来不及了，火烈和柔水已经封死了他们的退路，他们根本就不可能自柔水和火烈的手中逃出，而刑天更不可能救得了他们，因为刑天自己也是仓皇而去……

迷湖之畔，云尽散去，阳光洒出一片凄迷，蒙络禁不住倒抽了一口凉气。

不仅仅是蒙络骇然心惊，他身边的每一个人此时都是瞠目结舌。在此地，已经可以隐约看清远处大战之景。

刑天那开天劈地的威势，让每一个人都为之咋舌，如此之招，何人能敌？何人能抗？但令蒙络倒抽一口凉气的却并非刑天那一斧之威，而是那自云间射出的轩辕！

是轩辕，蒙络看得很清楚，那与刑天交手的人竟是轩辕！而轩辕那惊世骇俗的身法和剑术使得蒙络深感自己做错了一件事。

是的，兰彪也觉得蒙络做错了一件事，他们实在不该让轩辕成为自己的敌人，这是一个无比可怕的人物，可怕的不仅仅是轩辕，更有轩辕身边的那许多绝世高手，连刑天都唯有败退的高手，这是何等的实力，何等的让人心惊！

蒙络从未想过自己可以胜过刑天，而他身边虽然高手众多，但是若与刑天对垒，这些人仍不够资格，可是轩辕……

轩辕何以拥有如此可怕的力量呢？何以拥有这么多的高手呢？这些人又是什么人？难道是龙族战士？但不论这些人是谁，只要轩辕出现在这里，对于蒙络来说，都不会是一件好事。何况，还有刑天这魔神在此，那神门之内的东西岂会被自己独得？

段赋兄弟禁不住心在战栗，那浓如烈酒的杀气历久不散，他们的武功本就不好，如何能受得住这强大杀气的逼压？

“是轩辕那小子，我们要不要乘机去干掉他？”蒙祈提议道。

蒙络没好气地望了蒙祈一眼，吸了口冷气，讥嘲地道：“你能够对付得了他的剑吗？”

蒙祈顿时语塞，脸有些红，他哪里敢接轩辕的剑？只看那横贯长空的气势便已经让他胆寒了，就算没有见过轩辕与刑天交手，他也不敢与轩辕对敌！只凭轩辕当日胜齐充那神鬼莫测的刀法，他便不敢兴念尝试。

“轩辕此时与刑天交手时间颇长，想来他已到了精疲力竭之境，如果我们此刻出手，或许可坐收渔翁之利，将他们一举除去也说不定，何况……”

“哼，你没有感受到这股杀气吗？如果本王没猜错的话，轩辕此刻定是心存怨愤。一个人在痛苦的时候，其力量岂是能以常理衡量的？即使是疲兵，也不是我们所能对付的，除非能将沼泽外的两百亲卫调来。但是，这沼泽之中又岂只有我们的存在？创世老儿或许也在伺机而动，我们岂能让他捡了便宜？”蒙络打断他身边的一名高手之话，冷然道。

“蒙王所言极是！”段艺忙附和道。

“如此天象大变，即使在数十里外也可明见，怎会不引来各方豪强高手？若我们贸然出击，确易让别人捡了便宜，何不静观其变，以作最终的定夺呢？”段赋也附和道。

“嗯，段先生所言甚是。”蒙络点点头。

“这里看来也并不是神门秘址所在，真让人难以置信，刑天居然会舍弃身边的两个神将而去……咦，轩辕怀中抱的是什么人？”兰彪正说着，突然惊讶地问道。

“是个女人！”蒙络看了几眼，又道，“定是轩辕的亲人，看来她已死了，因为这个人才使得轩辕满怀怨愤，杀气冲天！”

“该不会是圣女吧？”段艺惊道。

“应该不是，圣女从不着白衣白裙，而这女子一身白衣白裙！”蒙祈道。

“嗯。”蒙络也点头相应。

“可是没见过轩辕带家眷前来呀……”

“看，那两个美人似也与轩辕极为亲热！”蒙祈指着道。

“咦，难道这两个女娃也会是轩辕的女人？看来这小子的艳福不浅！”蒙络一捋短髯，道。

“这两个美人的武功还真不赖，竟然能够战平刑天座下的两大神将，不简单！”兰彪也忍不住出口赞道。

“有高手来了！”蒙络低低喝了一声。

众人一听忙将身子向下压了压，让长长的杂草遮住自己的身影。

“是伏朗！”兰彪轻轻咦了一声。

“小心，那瘦老者乃是伏羲神庙四大主祭之一的风须句！”蒙络也吃了一惊。

“他怎么会来？又是什么时候来的呢？”庄义也有些吃惊。

庄义认识风须句，当年他的足迹踏遍大江南北，对于一个成名已久的人物，他怎会不识得？而蒙络对太昊手下的一群高手知之甚详，因此，他也一眼便认出了风须句。

来人果然是伏朗，他身后尚跟着七八名高手，加上风须句，一共有十人，但这些人都是绝不能轻视的硬手，即使是蒙络也不想去惹这个麻烦，虽然他不怕对方，但双方如果拼斗起来，至少也会让他元气大伤。何况，如果不是迫不得已，犯不着去惹太昊这个可怕的人物。

“怎会是他?”伏朗一眼便认出了远处的轩辕和叶皇，不由得微感惊愕，此刻战斗似乎已经停止，刑天的两个神将几乎被打成残废，被花战诸人缚住根本就没有半点反抗之力。

“他是谁?”风须句不解地问道。

“他就是轩辕，那个一身黑服之人就是轩辕最好的朋友叶皇!”伏朗解释道。

蒙络诸人将几人的话也听得清清楚楚，这才知道那几可与轩辕媲美的年轻高手叫叶皇。他们极为小心，风须句也是一个不世高手，若不小心，哪怕是弄出一点声响也会惊动对方，到时候可能会引起不必要的麻烦。

“这小子便是轩辕，好重的杀气，难道刚才是他在与人交手?”风须句微微皱了皱眉头，自言自语道。

“我想，这小子还没有使天生异象的能耐，应是另有其人……”伏朗说到这儿不由得顿住了，因为他发现轩辕身边有人带伤，这证明刚才他们确实经过了一场恶战。

“王子，我们要不要去除掉他?”伏朗的一名亲卫瞪着轩辕道。

“风际和风游两位护法可能便是这小子下的手，我们去为他们报仇!”另一名亲卫高手道。

“我们出手也不会占到便宜，这小子身边的那几人都是很可怕的对手，还是先静观其变吧!”风须句淡淡地道。

伏朗对伏羲神庙的四大主祭还是极为客气，既然风须句如此说，他便不再多言。

第一百一十二章　神门之秘

轩辕似乎并不知道在周围有着许多高手环伺，抑或他根本就不想去想太多，此时他的心神完完全全地沉浸在一种深深的悲哀之中。

雁菲菲因他而死，便像是一颗流星一般，仅仅亮闪了一刹那便寂灭于虚空。

轩辕欠她太多，太多！但这却是一个无法偿还的情债，若说红颜多薄命，那便是苍天含有一种变态的心理。

无论怪谁都没有用，轩辕的脑子之中仿佛是一片空白。自与雁菲菲相爱，到分别，到相聚，再到阴阳相隔，这之间竟是这般短暂，这对雁菲菲是何其的不公，何其的残忍，轩辕没有一天使她快乐过……而雁菲菲却是如此对他一往情深，至死不渝……

轩辕心痛，雁菲菲几乎承受了他对蛟幽所有的爱，这或许是一种爱的转移。到后来，连他都不明白是爱雁菲菲多一些还是爱蛟幽多一些。可是此刻雁菲菲为他而死，轩辕才发现，雁菲菲在他心中的地位是何等的不可替代，甚至已完全占据了蛟幽曾在他心中的位置。

雁菲菲之死，使轩辕变得沉默了，与褒弱、燕琼重逢的喜悦无法掩饰其内心的凄然和酸楚，不为别的，日后他如何向小悠远交代？如何向九天玄女交代？或者说，雁菲菲自身已经是九天玄女了，那昆吾剑便是见证。

黑豆无语，叶皇和柔水无语，所有人都默然无语，为雁菲菲默哀，似乎所有人都能够深切地感受到轩辕心中的伤痛。

“走吧！”叶皇在轩辕的耳畔轻轻地唤了一声，却伤感地叹了口气。他并不认识雁菲菲，但他却知道轩辕爱雁菲菲有多深。

燕琼和褒弱也出奇地安静，她们没有半丝嫉妒和不满，一个甘心为轩辕牺牲生命的女人，如果还不值得轩辕去爱，那这个世界便不会有真情存在。是以，她们安静得出奇，只是心中黯然，为轩辕而黯然。

“人死不能复生，轩郎，节哀顺变！”燕琼也依附上来，柔声安慰道，但她本是一个多愁善感之人，也禁不住双目噙泪。

轩辕茫然地抬起头来，望了望燕琼和褒弱，露出一丝苦涩的表情，淡淡地道：“对不起，让你们担心了，我知道该如何做！”

褒弱露出一丝欣慰之色，理解地道：“我明白轩郎此刻的心情，我们相信你！”

轩辕点了点头，但笑容比哭还难看。

“走吧，这里不是久留之地，如果我没估错的话，此刻四面定已有许多高手赶来，我已感到有人在窥视我们！”叶皇轻声道。

轩辕目光又回到雁菲菲那苍白而安详的脸上，双目紧紧一闭，滑出两颗豆大的泪珠，晶莹闪亮，正滴落在雁菲菲的脸上。半晌，轩辕才像是鼓足了勇气般睁开了眼睛，长长地嘘了一口气，道：“走吧！至少有三路高手围在我们周围，现在我不想杀人，只想好好地静一静，不想菲菲再受任何惊扰！”

众人一怔，心神微震。

“这小子竟然备有如此坐骑！”伏朗气恼地一挥手，击断一棵小树，极为恼怒，望着轩辕诸人绝尘而去的方向，知道追已来不及了。

“难道这小子不是为了神门之秘而来？怎的就这么快走了呢？”伏朗身后的一名亲卫讶异不解地自言自语道。

“或者他是因为别的原因，既然无法追及，我们还是回去看看吧。”风须句道。

“只好如此了。”伏朗无奈地道，他没有料到轩辕竟在沼泽边备有十数匹战马，一到这里便跃马而去。他本想追着轩辕找到风妮，但是他不敢追得太近，尤其是在过那河之时，而当他再追来之时，已追赶不及。

轩辕显然无意多留，此刻他手上的枷锁已被开天斧劈开，自不用再等狐姬的承诺。眼下的事情便是完成雁菲菲的心愿，找回蛟幽，但这却又是轩辕一件心痛的事。

当然，许多的事情总会存在着无奈，这是谁也无法避免的，包括轩辕在内。

轩辕知道，他与鬼方之间的恩怨已是不可能善了的了，因为雁菲菲的死，他必须让鬼方以血偿还！

世界本就是残忍的，强存弱亡，武力代替了真理，谁的实力强，谁便能够活得更好。

"这应该不是刑天的杰作，即使是刑天，大概也没有这样的功力！"兰彪骇然指着那五丈见方深达五尺的巨坑道。

地面之上剑痕错综复杂，坑坑洼洼之类的多不胜数，这些皆是刚才轩辕诸人与敌交手时所留下来的痕迹。

蒙络仔细地看了看刑天那开天劈地一击所留下的长达一里的斧痕，心中骇然，那些人的武功都已达到了惊世骇俗的地步，无论是功力还是其他，都足以让任何人心惊。

"真想不到迷湖之畔会有如此之多的高手，看来今次欲夺神门之秘还真有些困难了。"蒙络忖道，他的目光仍停留在那大坑之上。这大坑的深浅并不一致，但最浅也超过四尺，最深处达六七尺之深，连人都可以埋下去不见影，而这明显是被劲气冲击后形成的大坑。

过了半晌，蒙络道："走吧，此地不宜久留！"

"大祭司何以不乘机除掉他呢？"杜圣望着蒙络等人迅速离去的背影，讶然问道。

创世大祭司摇了摇头，道："我们太小看轩辕这小子了，就因为轩辕，我才不能对付蒙络！"

"轩辕那小子虽然厉害，但我们只要能控制熊城，轩辕又何足道哉？"杜圣不屑地道。

创世大祭司望了杜圣那样子，不由得笑了，道："你说得也太简单了，事实上绝不会如此简单，即使是我们杀了蒙络，也不能一下子清除他的势力，如果让其势力与轩辕结合，那将后患无穷也！再说控制熊城也并非说成便成的事，至少还有元贞那老匹夫和凤妮在中间作梗，如果我们贸然杀蒙络，很可能会被元贞老匹夫所乘，给他一个很好的借口，联合外敌对付我们，那便得不偿失了。何况，如果留着蒙络，一个轩辕便会让他头大，到时他必会与我们一起对付轩辕！”

“有龙歌在，难道轩辕还会翻出什么大浪来？”说话的是创世大祭司另外一名亲信方忠。

“哼，我们都小看了轩辕这小子，便是龙歌只怕也被他给耍了。如果他真心相助龙歌的话，岂会不告诉龙歌他拥有如此之多的可怕高手？何须行事如此神秘兮兮？那只有一个可能，便是龙歌根本就是受其愚弄！”创世大祭司淡然道。

“以龙歌的性格，如果他拥有这许多高手的支持，绝对不会依附蒙络或大祭司，而轩辕这小子在与齐充交手之时都能够隐藏实力，可见其居心实在是有点难测，只怕他是谁也不帮，只是为他自己而已。”吴回悠然插口。

吴回一开口，杜圣便不再相询，他尊重吴回，便像是尊重创世大祭司一样，事实上，在整个有熊，吴回有着与创世大祭司一样的威信。

“任何低估轩辕的人，都可能会一败涂地，照这般看来，轩辕乃是龙族战士首领的传闻并非空穴来风。如果这小子真是龙族战士的首领的话，只怕会很难对付了。谁也不知道这个神秘的组织究竟有多少人，一旦动起手来，敌暗我明，吃亏可就大了。”创世大祭司担心地道。

“如果这小子是龙族战士的首领，定会有大批龙族战士到了十大联城之外的某处，甚至有可能已越过十大联城到了熊城之外，只要我们派出探子去打探一番便知虚实，那时再想办法对付他们也不迟。”杜圣提议道。

“嗯，十大联城的防范实在是不怎么样，否则这些人也难以潜进来了。”方忠不屑地道。

“这些人潜过十大联城的防线很正常，而天下间又有多少地方能够阻得住他们？何况十大联城之间的距离不短，若是少量的人潜入，那谁也不能阻止。但如果有大量的人越过的话，则难以避过他们的耳目了。因此，若说有大批人手潜至熊城附近可能性不大。当然，如果有轩辕这样的人作掩护又另当别论，因此杜圣的提议不错。”创世大祭司肯定地道。

“以我想来，这小子对神门定很感兴趣，如果他真的很想得到神门内之物的话，那他定会将龙族战士屯留在沼泽或迷湖周围。因此，我们只需查找一下迷湖周围是否有大批不明身份的人就行了。”吴回吸了口气道。

“嗯，吴兄说得对！”杜圣附和道。

“如此一来，我们总会与他相会的！”创世大祭司一想也有道理，既然轩辕是为神门之秘而来，自然会在以后相遇时碰上，也便没有必要花人力去找寻轩辕部属的下落。

“歧伯来得正好，你快去劝劝轩辕，他已经两天没有进粒米滴水了。”花战对木青与歧富的到来大喜，所有的人又充满了希望。

燕琼、褒弱和桃红已急红了眼，也不知哭过了几次。

歧富大吃一惊，问明缘由，也禁不住心痛不已，木青更是神色大变，虎目含悲，他怎也没料到才见雁菲菲一面，雁菲菲便长辞而去。他跟黑豆一样，比任何人都能理解轩辕此刻的心情，但是轩辕两日来不进粒米滴水，这也让他难受。

“他在哪里？带我去见他！”歧富忙道。

“请随我来。”花战抢步引路，他对轩辕的关心似更胜他人，事实上，由于轩辕的消沉，营中人人愁眉不展，都不知如何是好。

“我不是说过，这三天之中不想任何人来打扰我吗？出去！”轩辕端坐于蒲团之上，面对着躺在花床之上雁菲菲的尸体，淡淡地道，语气之中却有种不容反驳的威势。

“是我！”歧富淡淡地回应了一声。

轩辕依然没有转过身来，连头也没回，只是哦了一声，嘘口气黯然道：“原来是歧伯，好吧，其他人都给我出去，我不会有事的！”

歧富心头微微松了口气，听轩辕的语气，根本就不像两天两夜粒米滴水未进的人，不由转向其他人挥了挥手，几人走后，歧富这才缓步走到轩辕的身边，目光却投向花床之上雁菲菲那栩栩如生的尸体，心头禁不住一震，脱口道：“九天玄女！”

轩辕没有任何表态，只是淡淡地道：“请坐，她是轩辕亡妻雁菲菲。”

歧富深深地吸了口气，目光仔细地打量了一下横在花床之上的昆吾神剑，他似乎明白了一些什么。

“听说你已两天两夜粒米滴水未进？”

轩辕涩然一笑，不答反问道：“生命可有轮回？”

“轮回？”歧富一怔，思索了半晌道，“这个问题没有人能够回答，但生命有永恒。或许，存在人身上的不仅仅只有生命，更有灵魂，那是永远都不可能死去的东西。如果说轮回，灵魂或许可以轮回！”

“灵魂和生命有何区别？”轩辕又问道。

歧富眉头微皱，他明白轩辕这两天并非消沉，而是在思索，思索一些世人都忽略或认为没有答案的问题。

“灵魂和生命的区别在哪里，或是仁者见仁，智者见智的问题。如果要我回答，恐怕只能让你失望了。”歧富并不隐瞒，是的，他也无法回答轩辕的这个问题。

轩辕又沉吟了一会儿，默默地注视着雁菲菲那似睡熟了的面容，半晌才道：“死亡和入梦的区别仅在一息之间，那生命会不会是一场梦呢？而死亡则是梦醒之时呢？”

歧富真的愣了，轩辕的脑子之中竟尽是这些奇怪而又让人不着边际的想法，从来都没有人想过这样的问题。死亡和入梦只是在一息之间，没有了呼吸，便是死亡了，但死亡与梦醒又有什么区别呢？谁能证实人活着不是在一个梦里呢？死亡等于梦醒，这是何等大胆的想法，难道生活真的是一场梦？

梦又是一种怎样的概念呢？任何事情都是相对的，对于清醒着的人，睡着之后所见、所感、所经历的一切都是梦境；但对死亡之人来说，活的时候所见、所闻、所经历的一切是不是也是一个梦呢？那梦醒之后又是怎样呢？死亡之后会不会是另一个世界呢？

“如果死亡也是一次梦醒，那么轮回便会存在，就像现实中的人醒了又睡，睡了又会醒一样。只是有的梦长，有的梦短，有的人能够连续数次做同一个梦，而有些人则不能，这可能便是所谓灵魂的原因。”轩辕依然不急不徐地道。

“你的想法真的很特别，但并非不可能，事实上没有人能够证明你的话是错还是对，正如一个清醒着的人无法告诉昨夜梦里的人是怎么回事一般。因为这将存在于两个完全不同的世界，或是两种不同的生命体中。”歧富心中的震惊是无与伦比的，轩辕那石破天惊的话，似乎可以触摸到生命最深处的秘密。

轩辕笑了，虽然仍有些苦涩，但是总算是有了表情，因为歧富的话。

“是的，这是两个世界，有人叫作阴阳两界，天下间，谁能突破阴阳两界而达到生命的永恒呢？”轩辕道。

“阴阳两界，生命永恒？”歧富像是这一辈子都未曾听说过如此新鲜的话题。

“古之大神，唯伏羲能上达九霄，下至九幽，走阴阳两界，破虚空之秘，达到道成飞升之境，我闻广成子仙长也是修仙求道，不知可有通阴阳之法？”

“这个……这个……我也不知道，如果你欲见仙长，我可引你西去崆峒，如果仙长听了你刚才一番话，定能大受启示，说不定仙长真有通阴阳之法也不为奇！”歧富也不知该如何回答轩辕的话，他感到轩辕变了，变成了另外一个似乎极为陌生的人。但他知道，这是成长，这是一种思想的飞跃，他从未见过敢像轩辕这样想问题的人。直觉告诉他，轩辕此次的变化将改变其一生的目标，不过，他不知这是好还是坏。

“我正有此意，这两天来，我一直在想，修仙之道，其目的并非生命的永恒，而是灵魂的永恒。生命，只是梦里的产物，最无常而又最神秘的便是灵魂，生命是主宰肉身机能的东西，而灵魂却是生命的主宰，是可以超脱肉身存在的东西。所谓修仙之道，即是能够以生命感受灵魂，能够自己主宰灵魂的动向，甚至是维持生命的永恒。是以，蚩尤才有可能魔魂被封存了数百年仍可重生。那是因为他已将生命深深融入魔魂之中，因此才不受肉身所限，这也是另一种形式的得道。世人若想毁灭蚩尤，必须懂得他之所以能永恒的秘密，否则杀死一个蚩尤，还会有另一个蚩尤出现！”轩辕吸了口气道。

岐富倒抽了一口凉气，骇然道：“这一点我还真没有想到，如果蚩尤真能保魔魂数百年不散，那天下间谁人能够杀死他？原来轩辕竟是为了这个问题深思！”

“不，也不全是为了这个问题，更是因为我妻雁菲菲。我知道，只有通阴阳破生死才能够以另一种形式与之相聚，我欠她太多太多，却无法偿还！当然，蚩尤也是一个潜在的威胁，我有预感，他将会重生，但这却是一个必须除去的魔王，否则天下永无宁日！”轩辕说话间突然站了起来。

岐富静静地望着轩辕，他不能不自心中重新看待轩辕。轩辕真的变了，变得深不可测，便是他见到此刻的轩辕，也有种天威难测的感觉，有种让人拜服的威势。他无法自轩辕的面容中看出轩辕是两天两夜未吃未喝的人，相反，轩辕的精力似乎有着超常的旺盛。

“轩辕何以有这样的预感？”岐富惊奇地问道。

“这很难说！”

岐富眉头微皱，道：“至少，到目前为止，神门秘址仍是一个虚幻的影子。”

“不，它不虚幻，只不过，他并不在迷湖，而应在釜山！”轩辕转过身来肯定地道。

“你何以这般肯定？”岐富讶问道。

“因为龙歌，他是知情者，而且，如今他已经赶到了釜山！”

岐富神色微变。

“因此，我想见仙长，或许可在仙长那里找到对付蚩尤的办法！”轩辕断然道。

“我们何不阻止他们开启神门？”岐富失声道。

“没用的，世人之贪念是与生俱来的，蚩尤魔魂终究会重生，与其防守不如进攻，只有击散蚩尤魔魂方能使世间永久安宁。因此，蚩尤欲重生便重生吧，我要等他重生之后再将其元神彻底毁灭！”轩辕认真地道。

岐富像看傻子一般惊讶地望着轩辕，何以才几日不见，轩辕竟有如此疯狂的想法？蚩尤是何等人物，连当年的伏羲大神都无法独胜其人，而轩辕竟如此口出狂言，这怎不叫岐富吃惊？

“你想过后果没有？”岐富愣愣地问道。

轩辕淡然嘘了口气，道：“我想过，是的，天下间或许没有人能是蚩尤的对手，我也不例外。但蚩尤出世，他所面对的不只是我，还有很多很多人。首先，少昊和罗修绝绝不会希望他出世，更不想蚩尤威胁到他们的地位，因此，阻止蚩尤的重生应该最先在他们之间出现，而我们完全可以不去理会，只需专心巩固自己的力量。也只有蚩尤才能够帮我们统一天下，当东夷、鬼方四分五裂，内部大乱之时，便是我们统一天下之时。最后，我们才会面对蚩尤，那时，我们完全可以以众战寡，胜负大概是五五之数。因此，我必须赌这一注！”

顿了顿，轩辕又接着道：“试问，以我们的力量，何以能够在鬼方和东夷两大势力之间夺天下？论武功，论人力，我们与少昊以及天魔罗修绝都有些差距，如果我们不能让少昊和罗修绝转移注意力的话，他们联合攻击我们，只怕到时候也会像有熊族一样，死守着这弹丸之地而无寸功了。因此，我们欲得天下，唯有使蚩尤复出，让魔族大乱，说不定少昊还会与罗修绝联手对付蚩尤，那样就更妙了。”

岐富露出了深思状，是的，轩辕的话极有道理，若论实力，想以轩辕这支新生之军对付罗修绝和少昊两部大军，胜望实在是很渺茫。如果蚩尤出现这么一搅和，罗修绝和少昊必会设法除掉这很可能左右魔族旧部的人物，那样便会引起东夷、鬼方的各部力量分裂、混乱，轩辕也只有在此时才有机会实行统一天下的大业。当然，这之中赌的成分比较大，但事态却至少有六成把握会按他的推断发展，因此确实值得一赌。

“不知岐伯认为此法可行否？”轩辕淡然问道。

“这便是你这三天之中不赶去釜山的原因？”岐富不答反问道。

“可以这么说，如果我赶去釜山确有可能阻止龙歌开启神门，但若是那样，我们便永无宁日，欲开启神门的人将一波又一波地攻击我们，而我们根本就不能将人力和物力及时间浪费在守护神门之上。所以，我放弃了这个想法，该来的终究会来，或许伏羲大神在数百年前早就已经算好了这一切，若天命如此，我们何以能逆?”轩辕认真地道，旋又叹了口气，接着道，“我不去釜山，其实也是因为亡妻雁菲菲，我希望能在此多陪她几日。我欠她太多，今生无以为报，实是一件憾事……”

“人死不能复生，活着的人仍需活着，太多的悲伤也无济于事……”

“歧伯可有方法让肉躯永不腐化?”轩辕突然打断歧富的话，问道。

歧富一怔，随即道：“这并不难，神族十大神器都有让肉身永远不腐化的功效。另外，君子国的三大圣器也有此等功效。不过，最好将肉身置于极寒之处。”

轩辕闻言大喜，道：“这好办，十大神器，我这里拥有多件，绝不成问题。”

“何用神器，其实你那断锁就是君子国三大圣器之一的七窍圣锁，用它便可镇住万邪!”歧富道。

“七窍圣锁?”轩辕恍然，道，“难怪连昆吾剑也无法斩断!”

“轩辕若想保证玄女尸身不化，仍需找一座冰窖，唯有在冰窖之中才能保证体内水分不会消失。”歧富道。

“歧伯周游天下，应知道何处可觅。”轩辕淡淡地道。

“嗯，这件事你便交给我处理好了，如果可能，我可在熊城建出一处地窖!”歧富道。

“那最好，若有时间，我想送菲菲回姬水河畔，她最喜欢的地方便是那里……唉!”

歧富不语，轩辕的叹息沉重得让他也为之心酸。

“那轩辕准备何时西去崆峒呢?”歧富问道。

“稳固熊城后，则西去崆峒，现在我的任务不是阻止蚩尤出世，而是要利用这段时间，以极速控制熊城全局。只有控制了熊城，我们才有可能立足，继而再转战天下!”轩辕沉声道。

歧富露出了一丝欣慰的笑意，轩辕确实没有令他失望，无论是决断还是思想都非常人所能及，对大局的把握更是精准到位，绝不会浮躁冒进，也绝不会盲目自大，骄傲自满，始终能够看清前途的艰险，不轻视任何敌人。这是伏朗和龙歌之辈绝不会拥有的，当然，这与轩辕自小所生长的背景是分不开的，他比任何人都清楚生活的艰辛，奋斗的苦处。生活在最底层的他已经习惯思考，习惯与困境相搏，而龙歌和伏朗之辈，自小便被人宠着，不懂得去体贴和关心他人，受人照顾的生活使他们养成了以自我为中心的自私性格，这样的人永远都难以真正地得到人们的信赖。

一个在最底层生活的年轻人，能心怀天下，有统一天下之大志且实实在在的人太少太少了，歧富选中轩辕，实是一种侥幸。

“眼下熊城之中蒙络和创世的实力极大，若想控制熊城只怕不是一件容易的事，轩辕可有用得着我的地方?”歧富问道。

“歧伯可曾见过花猛和猎豹?”轩辕吸了口气，问道。

“我此来便是要告诉你此事，猎豹生命已经无忧，只是往后再也不能用手了；花猛的腿骨碎裂多处，虽然我为其接上，但这两条腿不能受太多的力道，痊愈后或可走上一段距离，但却不能跑，甚至不能长距离行走。若有一个月时间，他们的伤势会有好转的!”

轩辕松了口气，道：“没事就好，既然一切都已经发生了，便需要面对现实，我相信他们一定会振作起来，重现昔日雄风!”

“花猛的气色很好，他竟在苦练其双臂，看来用不了多久，他又可以另辟蹊径。我将火莲圣丹给了他两颗，这会使他伤势恢复更快，功力也会再次提升。而猎豹只要能像花猛一样，也定能重新振作!”歧富道。

“如此就好!”轩辕笑了笑，突然道，“我已经在实行控制熊城的计划。”

“哦?”歧富微讶。

“我会让蒙络和创世回到熊城之时，突然发现他们所有的主力外援已经全部被换掉，便是各城的主要人物也都突然死去！那时他们在熊城已没有容身之处，却已无力回天了。”轩辕自信地道。

“你准备硬来?”歧富吃了一惊，问道。

“不错，但他们绝不会找到证据，只能胡乱猜测，甚至连宗庙也不知道是我下手的。”轩辕悠然道。

歧富突然想到了一个可能，脱口而出：“刺杀!”

“不错!”轩辕笑了。

“……不用再阻止龙歌!”凤妮拿着鸿雁传书，不由得大为讶异，她不明白轩辕何以又突然改变主意，难道神门之秘真的在迷湖?

既然不阻止龙歌，轩辕又何以让她关注龙歌的行踪呢?这之间是不是有点矛盾?

凤妮有些不解，但她相信轩辕的决策。轩辕估计得没错，龙歌确实已到了釜山，他的一举一动全被轩辕所掌握，而他却懵然未觉，试问他的行踪又怎么可能逃过灵鸠的眼睛?

釜山的面积并不是很大，也并不高，但与之相连的却有一片大山。不过，釜山与相连的众山分离了开来，也仿佛是群山之首，亦似群山之尾。

“报圣女!”一名银穗剑士神色古怪地行了进来。

“何事?”凤妮淡然问道。

“我们在山脚下发现了施妙法师的尸体!”那名银穗剑士禀道。

“什么?”凤妮一惊而起，“在哪里?快带我去!”

“众兄弟已经将尸体抬了回来，便在营外!”那名银穗剑士道。

凤妮急步走出营门，果见几人围着一具尸体肃然而立，似是等待凤妮的到来。

陶莹也领着一干高手自另一营中而出。

“他死于剑伤，一剑致命!”蛟梦见凤妮和陶莹来了，淡淡地道。

“他怎会到这里来呢?”凤妮蛾眉轻皱，自言自语般道。

“有一种可能，便是他知道神门秘址所在，或是他自己想得到神门内之物，或是被别人挟持而来，而从这里去高阳氏显然不合情理。”叶七分析道。

凤妮怔了怔，叶七所分析的确实有理，如果说施妙法师只是想回高阳氏，自然不会南辕北辙，来到这釜山之地。如果依轩辕猜测，神门秘址在釜山的话，那施妙法师很可能真的是偷走河图洛书的人，但又是谁杀了施妙法师呢?难道是龙歌?

“剑伤在背后，角度是由下而上偏挑，深度直抵心脏，这才一击致命。剑锋薄而窄，出入无多余之创，可见凶手的剑势是如何之快。自这个角度和深度而论，凶手与死者相距极近，甚或便在其身后；而自死者的肌肉张弛之状态和表情来看，应是没有任何反抗意识，只有惊讶和不敢相信的表情。因此可以推断，此凶手应是死者的熟人，或是同伙，对死者是下了暗手，因此才会是这样一种死状。”蛟梦如数家珍一般淡淡道来，只听得众人皆大惊。

凤妮和陶莹也不由得大为敬服，没想到蛟梦只根据一道剑伤就可以推断出这么多的东西来，叶七诸人也不能不佩服蛟梦的经验，这些绝对不是轻易看得出来的，而是经过无数次生死才总结出的经验。

凤妮不禁大感惑然，难道凶手真的是龙歌？除此之外谁与施妙法师熟识呢？谁能够让施妙法师信任呢？谁会是施妙法师的同谋呢？对方为什么要杀死施妙法师？为什么要在这里杀死他？

“梦伯可知他死去多长时间了？”陶莹询问道。

“估计已有两日了！”蛟梦道。

“两日？”凤妮松了口气，如果是两日的话，应该不是龙歌所为，但又是谁干的呢？如果说施妙法师两日之前便已毙命，那么他真的极有可能便是盗走河图洛书的人，而神门秘址便在釜山之中，甚至可以说，龙歌连她也骗了，在绘河图之时隐瞒了一些最重要的东西，使得神门秘址由釜山变成了迷湖，从而也愚弄了众人，而这是因为龙歌欲独得其秘。

“咦，法师的寒玉指环大家可有发现？”凤妮倏然发现施妙法师那从不离身的绿色寒玉指环竟不在其手上。

“没有，我们发现法师之时便是这个样子。”两名龙族战士同声道。

凤妮略略思索了半晌，却并不能理出一点头绪来，望了陶莹一眼，问道：“轩辕让我们不要阻止龙歌诸人，这是怎么回事？我们现在该怎么办才好？”

“轩辕也未曾叫我们撤离此地，我看只需让灵鸠跟踪龙歌即可，而我们干脆便守在山下的要道之上好了，因为他们总会下山的。”陶莹提议道。

凤妮有些放心不下龙歌，但是龙歌既然偷入釜山定有他的准备，她担心也没用。若是贸然前往相见相反会坏事，她也只好接受陶莹的提议，并下令安葬了施妙法师。

此刻凤妮和陶莹身边共有八十余名好手快骑，足以应付一切可能发生的事情，大不了上马扬尘而去，即使遇上鬼方的大队战士也足以杀出重围。欲以步兵对骑兵，那简直是捕风捉影，何况凤妮身边之人无一不是好手，都是以一当百之人。

熊城捷报所传尽是一些惊人的消息，几乎全城皆震。甲、乙、丙、丁四城之主在两日之间尽数被刺而死，一时之间熊城内外风雨飘摇，人人心寒，仿佛是大祸临头，十大联城战云密布，其他六位城主人人自危。

刺客是谁？竟没有一人知道。

这几位城主有的死于冷剑之下，有的则死于利刃之下，只有一人是暴毙而亡，不知何因，这下可把众人给镇住了。

宗庙听到这个消息也大震，熊城之中各种猜测议论沸沸扬扬。

蒙络不在熊城，创世不在熊城，一切的大事只好由宗庙一手代办。而在这时候，圣女凤妮却带着数十名高手风风火火地赶回了熊城。她似乎是听到了消息这才赶回，于是许多大事便由圣女凤妮和宗庙共同处理，包括选定暂时的城主代理人，对甲、乙、丙、丁四城的安抚诸事。

追查凶手也成了一大难题，不过这个难题便交给了祭司府的齐充，他领着死士和一些高手追查凶手，这也是齐充自己要求的。因为甲、乙、丙、丁四城之中有三位城主是依附创世大祭司的，如今这三人一死，使得创世大祭司外援力量大减，如果不追查到凶手，他又如何向创世大祭司交代？

凤妮和元贞也极乐意将追查凶手的事交给齐充，同时，以蒙王府的几名高手为辅。

事实上，齐充怀疑这件事乃是蒙络所为，因此为防宗庙在此事上包庇蒙络，这才决定声称自己亲自追查此事，以好向创世大祭司交代。而丁城城主乃是蒙络的亲信，他之死也使蒙王府之人怀疑是创世派人所为，因此也派了高手调查。而在熊城之中，众人多是猜测为东夷或鬼方派人干的，这两股势力在十大联城外窥视已久，奈何因十大联城相阻，无法奔袭熊城，这才选择刺杀之计。因此，整个熊城之内，可谓人心惶惶。

轩辕派人送来了鬼魅的尸体，像是一场及时雨。

是的，熊城子民似乎一下子安心了不少，他们还有一个轩辕，众人心目中的大英雄轩辕！杀偃金，除曲妙，斩奄仲，擒鬼三，现在再诛鬼魅，甚至连刑天的两大神将也被其击成重伤而擒。试问谁能够像轩辕一样，在短短的时日之中建下如此多的奇功？

鬼魅、曲妙、鬼三、偃金、奄仲以及刑天的两大神将，这些人都是何等人物，竟全然在轩辕手中折翅，怎不叫熊城内外为之振奋？怎不让人欢悦鼓舞？

更有消息称，轩辕重创了风骚击退了刑天，一个个让人振奋的消息如同雪片般飘来，在这人心惶惶的时刻，这些消息如同使人吃了一颗定心丸，几乎让熊城所有人都将轩辕当成了救世之主，似乎唯有轩辕才能够帮他们渡过一切的难关。

在短短的几日之中，轩辕的声望一升再升，人们再也不会怀疑轩辕在有熊的重要性。

轩辕之妻雁菲菲在与刑天一战中死去，这个消息也传到了熊城，因为轩辕已让剑奴诸人陪着歧富送来了雁菲菲的灵棺，更通知了宗庙元贞诸长老。

对于轩辕之妻雁菲菲众人都感到陌生，但是却是举城皆哀，英雄之妻战死，为表示对轩辕的尊重，对死者的敬意，举城之人皆会于城门口夹道相迎，人人肃立，这比四大城主的死更隆重。许多人都来争睹雁菲菲遗容，而后嘘声一片，甚至有人为之低泣。

轩辕没有亲来，这让熊城子民皆为之感动，都在想，轩辕为保熊城子民之安，而只身在外苦苦拼搏，连为自己的妻子送灵回城的时间也给剥夺了，这是何等的感人？轩辕虽来熊城不久，但所作所为，却是那么惊世骇俗，这些战绩是可以看见的，而轩辕的牺牲也是可以看见的。先是两位好兄弟变成废人，再是娇妻身死……而这一切，只是为了有熊族的强大，为了让有熊子民安定，轩辕作出如此之多的牺牲而无半点怨言，这是何等的无私？

轩辕的到来，立刻使熊城焕发出一片生机，熊城之中似乎一下子发生了许多年都没有发生过的变化。仿佛本来庸庸碌碌的熊城众高手，因为轩辕的突然到来，而大有作为起来。

所有的人都愿意见到这种现象，内部的钩心斗角已让人们生出了厌倦，蒙络和创世这些年来都毫无作为，更未见到对东夷和鬼方有什么行动，每次与东夷或鬼方交锋，都是铩羽而归，靠十大联城保命。这让有熊人心中憋了一口闷气，感到有些窝囊。可是因为轩辕的出现，这种局面立改，先让东夷所向无敌的快鹿骑全军覆灭，再让东夷和鬼方的著名高手和重要人物一个个折翅有熊，这种变被动为主动的局势一下子激活了有熊人那颗压抑已久的心，使每人都感觉到，做人便应该如轩辕那般，轰轰烈烈，痛痛快快，大刀阔斧地大干一场。不知不觉之中，轩辕不仅仅激起了有熊族每一个人的斗志，更成了有熊族绝大部分人心中的榜样和偶像，特别是年轻人和那些普通战士。

第一百一十三章　威扬有熊

有熊人还从未如此爱戴和推崇一个人，如果此刻轩辕登高一呼，说要组成一支军队，定能让有熊人全民皆兵地总动员，这并不夸张。一时之间，轩辕在有熊子民心中的地位远远盖过了创世和蒙络，只有少数人对轩辕的崛起感到担忧，那就是蒙络和创世的心腹死党。如果照此下去，轩辕终有一天会代表蒙络和创世在有熊族的地位。

凤妮虽然为轩辕心痛雁菲菲的去世，但却不得不佩服轩辕的安排，一切都配合得如此巧妙，居然造成了如此声势，大概也只有轩辕能够将一切安排得如此妥贴。她自然心知肚明那几大城主之死是怎么回事，不过她绝不会告诉任何人，包括元贞长老！她明白轩辕的计划已经逐渐实现，而她所要做的便是全力配合轩辕的计划。轩辕之所以将她自釜山脚下调回，便是这个意思。

如今蒙络和创世都不在熊城，真正可以做主的便只有宗庙和凤妮，因此她可以作出许多临时性的决定，等蒙络和创世欲改变这些临时性的决定之时，为时已晚，抑或是大局已被凤妮所掌握，到时不怕蒙络和创世不就范。

轩辕所选的时机的确绝妙，这种机会简直是千载难逢，想必蒙络和创世做梦也不会料到轩辕会偷偷地来上这么一手。

十大联城的气氛极为紧张，可紧接着是八大寨的寨主出了事，一夜之间，便有三大寨主死得不明不白，这个消息便像一颗炸弹般让人难以接受。

这凶手也太狂了，不仅对付十大联城的高手，更连八大寨也不放过，而且一口气连连刺杀了七名高手，而且这些人都是有熊族的重要人物，如此一来怎不让人心头发毛？

当蒙络和创世得到消息之时，已是三大寨主身死的第三天，他们已在釜山脚下。他们终于明白自己上了别人的当，更明白了神门秘址并不在迷湖。

他们的消息是得自龙歌的亲信，抑或是因为发现轩辕的异常，才使他们产生了怀疑。

当日轩辕离开迷湖竟选择壬城方向而行，便让他们感到惑然，于是他们派人跟踪轩辕，居然发现轩辕率众直奔釜山，通过密探，自轩辕内部人员口中探得消息，神门秘址竟在釜山之中，更探得是龙歌耍了他们一手。

蒙络和创世大祭司得知这个消息差点没气昏过去，蒙络是没想到龙歌来上这么一手，创世是没想到龙歌居然一直在利用他骗他！于是他们派高手探查龙歌的下落，果然发现龙歌在釜山，不仅在釜山，还自龙歌亲信的口中证实了自轩辕处听得的消息千真万确，神门秘址的确在釜山！于是蒙络和创世也便抽身前往釜山，这才使他们没有及时得到熊城内部的消息。等他们得知消息之时，又不能及时抽身，因为谁也不想放弃即将寻获的神门秘址。因此，只好派出重要高手返回熊城，不过他们此时已经不能全心关注神门之事了。

“我们现在可以撤离了！”轩辕听着探子来报蒙络和创世的行踪，对身边的陶莹笑了笑，道。

“撤退？”陶莹讶然反问，叶皇和柔水也有些不解。

“我不想对龙歌下手，但我想，蒙络和创世一定不会放过龙歌。因此，根本就不需要我们出手，留在这里反而让蒙络和创世有所顾忌，不敢出手对付龙歌！”轩辕淡然解释道。

“轩辕想要对付龙歌？”柔水讶异地问道。

“一山不容二虎，若想真正地控制好有熊，龙歌就必须退出二线！他始终是有熊正统，有他一天，我便不能明正言顺地融合有熊族和龙族，这是不可逆转的命运。而龙歌为人阴险、狡猾、自私，更不会屈于人下，终会成为我们的阻碍。我们若想一统诸族，首先必须逼走龙歌!”轩辕对这几人并不想隐瞒什么，事实上也没有什么好隐瞒的。陶莹、叶皇、柔水对轩辕是绝对忠心，这一点轩辕比谁都明白。

“但如果神门被龙歌开启了呢?”陶莹担心地问道。

“即使他开启了神门，也得不到任何好处，甚至可能成为他致命之因。神门，绝对不是一个好地方……”轩辕说到这里，突然惊异地望了叶皇一眼，他发现叶皇的脸色倏地发青，而且青得可怕。

“你怎么了?”轩辕吃了一惊，问道。

陶莹和柔水也立刻注意到叶皇的异样，但当她们发现之时，叶皇已双手抱头痛苦地蹲下了身子。

“你怎么了?”轩辕忙一伸手，扣住叶皇的双腕。

“嗷……”叶皇如野兽一般发出一声低吼，抖手竟甩开轩辕紧扣的手腕，痛苦地号叫起来，仿佛有千万根钢针在扎着他的脑袋。

“叶皇……”柔水的手也被叶皇甩开了，叶皇力道大得惊人。

“是不是火神传功时出了问题?”轩辕急问的同时，双手连出，直取叶皇胸前大穴，他看叶皇的样子似欲发狂，看来是必须强行制住才能够检测原因。

“不知道!”柔水也慌了手脚，如果是火神祝融传输功力给叶皇时出了问题，那她也不知该如何是好，只好与轩辕一样，出手先制住叶皇再说。

原来，叶皇和柔水当日赶回共工氏，等待水神共工与火神祝融七月十五的决战，却是另有一番际遇。

水神破了数十年来的先例，见了叶皇这个外人，而他所见的人是三个，柔水、叶皇和柔水之兄共工氏。

水神仿佛已知道自己的大限已至，竟将水神真诀传给叶皇、柔水和共工氏，而后才领着叶皇和柔水同去赴战火神祝融。

火神与水神这一战足足战了四天四夜，犹是不分胜负，但却似乎在同时之间大彻大悟，罢战不打。

当时观战者尚有青云，于是三人相视大笑，火神与水神这两大夙敌最后握手言和。火神与水神皆知大限已至，在大彻大悟之后，便想将自己的一身武功留于后人以造福万民。火神深感罪孽深重，渴望有人能代他向世人还一点心债，而叶皇的资质正合他意，不仅将成名绝学火神真诀传给了叶皇，更将毕生功力也传给了叶皇，这才使得叶皇在一夜之间成了神族八圣之级的高手。

水神共工见火神如此彻悟，于是也将毕生功力传给了柔水，而后与火神握手大笑而逝，却使其武学在叶皇和柔水身上得以重生，而叶皇也便成了祝融氏的新主，可代火神号令整个祝融氏。

轩辕自然听叶皇和柔水讲过这件事，是以他才会有此怀疑。

柔水和轩辕同时出手，叶皇自然没有反抗的机会，倒将陶莹吓了一跳。

轩辕为叶皇把脉之时，青天和火烈也闻声赶了过来，对眼前的事不由有些莫名其妙。

柔水见轩辕眉头微皱又稍舒，禁不住问道："怎么样?"

"奇怪，经脉很顺畅，无半点阻滞之象!"轩辕道。

叶皇像是泄了气的皮球一般，倚在椅子上闭着眼大口大口地喘息着，像是感到极为痛苦，但很快又恢复正常。

"我没事了!"叶皇开口道，语气之中有些疲惫，但却已变得十分平静。

"那刚才怎会这样?"柔水讶然问道。

轩辕解开叶皇的穴道，却小心地注视着叶皇，似乎害怕叶皇又突然发作起来。

叶皇再次闭上眼，深深地吸了口气，道："但愿我知道发生了什么事情。不过，我知道一定有事情发生，而且是一件非常可怕的事情，我感受到了叶帝的痛苦、惊恐和绝望，这件可怕的事情一定是发生在他的身上。"

"啊……"众人无不惊愕。

轩辕和柔水虽然惊愕，但却明白叶皇并不是在说谎。

叶皇和叶帝之间有着一种极为奇妙的心灵联系，这是一种外人完全无法明白的感应。当一方遇上灾难之时，另一人便可以感应到对方的存在，这也是当初叶帝极力要保护叶皇的原因之一。

叶帝和叶皇是一对奇异的孪生兄弟，轩辕和柔水是见识过的，而其他诸如花战、燕琼、燕绝等人也明白，是以并不奇怪。

柔水和轩辕算是松了一口气，如果叶皇是因为这才痛苦，那便并无大碍，至少不用担心他会出问题。

“叶帝也在釜山附近！”叶皇睁开眼，淡淡地道。

“哦，那我们要不要去找他，看看究竟发生了什么事？”轩辕问道。

叶皇的目光微扫了一下桃红，见桃红的神情有些不自然，不由道：“不用了，他的脾气我最清楚，若贸然找到他，只会引起误会！”

“他怎会到釜山来呢？难道他也是为了神门之秘？”柔水不解地问道。

“是呀，这就奇怪了，他是如何知道神门秘址在釜山的？”陶莹也有些惊讶。

轩辕的脸色突然变得有些难看，深深地吸了口气，道：“我有个不祥的预感！”

“蚩尤已经重生！”叶皇也脸色微变，脱口呼道。

“你也有此预感？”轩辕骇然问道。

“啊……”众人一听，轩辕和叶皇竟然同时拥有了同一个预感，这确实让人惊讶，但蚩尤重生的论断更让人心神大震。

叶皇神色凝重，点点头道：“如果我估计没错的话，开启神门秘址的人便是叶帝，而释放蚩尤魔魂的人也是叶帝！”

“是他？这怎么可能？难道是他盗走了河图洛书？这怎么会呢？”陶莹难以置信地道。

“蚩尤是没有肉身的，他只有魔魂，如果他要重生的话，那便必须借一个躯体肉身，这才能够重临人世。如果真是如此，那岂不是说……”说到这里轩辕突然打住，目光投向叶皇。

叶皇苦笑道：“轩辕说得没错，这很可能已经成为现实，我刚才便已想到了这一点，我感到有一股异常的精神力侵蚀着他的脑域，那种痛苦，我也同样感受到了！”

“那我们现在该怎么办？”柔水也有些担心，“如果叶帝真的成了蚩尤，我们会对付他吗？”

“这是宿命的安排，没有人可以逆转，任何凶邪之徒都只会有一个结局，那便是死亡！如果叶帝真的变成了蚩尤而为害天下，我们岂能纵容凶徒？”叶皇斩钉截铁地道。

“好！”青天和一干人等都听得大为鼓掌，为叶皇大义灭亲的决心鼓掌。

轩辕笑了笑，拍了拍叶皇的肩头，赞赏地道：“不愧是我们的好兄弟！”

“那我们现在该怎么办？”陶莹想了想，问道。

“当然是在这里看看戏了，不过我们不要与任何一方发生冲突，只要能保证所有人安然而返，便是最大的胜利！”轩辕笑道。

正在这时，“报——”一名龙族战士迅速赶入帐中呼道。

“报首领，龙歌诸人似已在釜山西首发现神门秘址，已有大批高手赶往！”

“报——”又一名龙族战士迅速奔入帐中，禀道，“蒙络和创世已经调集大量高手奔往西山，目的不明！”

“报——”在前两人之后再赶入一人，大声禀道，“报告首领，釜山西首传出异啸，有大批鬼方高手赶去，似乎另有几批神秘的高手也赶了过去。

叶皇和柔水诸人不由得面面相觑，轩辕所设下的探报速度确实快极，竟将整个釜山的动静全部掌握不漏。

众人不由得将目光全都投向轩辕，似乎等待他作出决定。

“既然有如此多的高手都会集在釜山，我们若是再插上一脚，只怕场面会更乱成一团糟，看来我们已经没有必要去蹚这趟浑水。不过，我却不介意对这些可能铩羽而归的人再来个雪上加霜！”轩辕悠然道。

“那我们只需在下山的各个路口伏击便行了，没有必要再上山去。”叶皇道。

“对，正是此意。不过，我们怎能不去看看那热闹而精彩的场面呢？”轩辕向叶皇笑了笑道。

“七叔，山下诸事便由你和尤长老安排；莹莹、琼儿和褒弱及桃红就留守山下。而叶皇、柔水和青天、火烈两位前辈与我一道上山去看看！”轩辕迅速安排道。

釜山，确实灵气逼人，与群山相连，似是有熊族北面的一道屏障。山势并不十分陡峭，但却草木丰茂，在这临冬的季节，山上的色彩鲜艳至极，红、黄、绿、白、灰……这些色彩夹杂在一起，确实令人赏心悦目。

红的为枫之叶，黄的为枳、棘之叶，绿为松柏，白为桦之杆，灰为藤之茎，还有各色四季不谢之小花，香色俱全，再伴以小溪流水，怪石鸟鸣，幽涧奇洞，便连轩辕也不能不为之惊叹。

不过，此时轩辕并不想欣赏这些风景，他心中所关心的是另外一件事情。

果如探报所说，釜山之上，各路高手众多，轩辕有灵鸠引路，凭其超常的灵觉，尽量与上山的众高手错开。不过，他并没有听到探子回报的异啸，或许那声音已经停止，但轩辕所预感的事情可能真的已经发生了。

釜山西首，是一个巨大的山谷，谷中有几道溪流所汇成的小河，河水却不知是流向了何方，难得的是谷中尽是松柏，郁郁葱葱。

正因为松柏郁郁葱葱，才使视线无法尽览谷中之景，隐隐约约之间，仿佛有人穿行。

轰……隆……轩辕等人刚到谷顶，便听得一阵巨响，整个山体都在震动。

“哈哈哈……”一阵怪异的笑声仿佛是自地底而出，震得整个山体嗡嗡作响。

轩辕不由得停下脚步，与青天诸人骇然相视。

青天诸人的表情也有些古怪，他们岂是不识货之人，一听这笑声便知此人功力已达通神之境。

轰……隆……山体仿佛是空的，巨大的回音竟是来自山腹之中，如有千万吨巨石在山腹中滚动、撞击。

“他们在山腹之中！”火烈吃惊地道。

“难道这些人已在山腹中打起来了？”青天讶异地自言自语道。

“看来的确如此，此地真是神门秘址，蚩尤魂魄大概便是一直被囚于山腹之中了。”轩辕悠然道。

“山腹之中究竟是些什么人呢？会有些什么东西呢？”叶皇似有些神往。

“我们要不要进去看一下？”柔水提议道。

“不！”轩辕摇了摇头，道，“如果照这样下去，山体只怕会支撑不住，倾塌下去，如果我们贸然进去，恐怕会得不偿失！”

轩辕禁不住想起了在君子国之时东山口封神台上的一战，结果却是整个君子国沉陷入地下。因此，此刻遇到这种情况，他也有了一种不安的预感。

好奇之心人人都有，便是轩辕也不例外，谁不想去看看那神秘莫测的神门之中究竟有些什么东西呢？

对于神秘的事物，世人总会禁不住向往，就算明知这对生命有威胁，有些人仍禁受不住好奇心的驱使，总想去尝试，即使是如青天之辈也有去看看的冲动。

神门乃是数百年来最为神秘的传说，也是最为神秘的去处。

传说谁能打开神门便能够统领众神，拥有上通天地、下赴九幽的绝世武学，但事实是否真是如此呢？很快就会出现答案。又传说神门乃是众神复活之门，当年神魔五帝大战，施以毒咒，咒封天地众神，纳众神之元神于神门之内，这才使神族旧部一蹶不振，盘古氏子孙几乎灭绝，本来列强分驻之势分化为千万小部落林立于洪荒之间。

想当年，神族的诸神多达千余众，盘古氏一死，立刻拥立各地自成一系，将神族弄得四分五裂，使魔族得以迅速膨胀滋长，这才触怒了五帝，天下灭神咒现世，引来神族最大的劫难——万神劫！

后有传言，打开神门便可解开灭神咒，使众神复生。当然，这只是传说，事实是否真是如此？

轩辕回头望了望叶皇和柔水几人，不由得笑了笑，问道：“你们是不是很想看看神门内究竟是何玩意儿？”

叶皇不否认地笑应道：“如果没有这一点好奇心，只怕也枉为人了，但想归想，现实总与想象有极大的差距！”

“叶皇所说极是！”

“看——”火烈突然指向山谷对面一处山壁之间。

“是龙歌！”轩辕大惊，他居然发现龙歌自那山壁之间的一道裂缝中飞速仓皇而出。

“蒙络、创世……”轩辕大惊，自那道裂缝之中，竟一连飞窜出十数位高手，这些人全都是轩辕认识的，居然包括刑天、鬼虎、风骚诸人，这怎不叫轩辕吃惊？也便是说，这些人全都已经进入了神门，但这些人何以都如此狼狈仓皇而出呢？究竟神门之中有何可怕之事？何以这些人都已找到了神门的秘址？不过，轩辕仔细一想，也觉得并无什么不可以理解，这里的异常情况，只要找到这山谷，自然能找到神门秘址。

轰……隆……一阵沉闷的巨响自山腹之中隐约传出。

裂缝之间尚有人继续冲出，但却是一些功力稍微薄弱的，如云英之类的人物。

轰……隆……整个釜山全都摇晃起来，轩辕诸人所立之地也似乎即将塌陷。

“不好！”青天低叫了一声。

呼……众人眼睛一亮，又一暗，只觉一股强烈的热浪扑面冲到。

轩辕诸人也被这强烈的气浪冲得差点立足不稳，再回过神来时，山谷之下已是一片火海。那些松柏、草木竟在一刹那间同时燃烧起来，更夹着飞溅的碎石，使得虚空一片混乱。

火舌是自神门裂缝之间喷出，那整面山壁似乎在一瞬间变得千疮百孔，面目全非。刚才那强光几乎灼伤了众人的眼睛，使青天的眼前仍似有一片朦胧的白花在闪烁。

山谷之下的龙歌诸人皆惊呼，全力向四面而逃，刑天以其绝世的功力在火海之中劈开一条道路竟冲了出来，云英诸人因冲在最后，离神门太近，竟然化为飞灰，或是零星的火块，自空中落下。

神门裂缝之中，仍有燃烧的尸体喷射而出，如着火的石块一般，自空中坠落，成了火炭。

鬼虎和蒙络等高手，也有些人被灼热的气流冲得飞出数丈，但这些人离出口已远，又因功力深厚，侥幸逃得一死，但却狼狈不堪，甚至身受重伤。

轩辕和叶皇禁不住面面相觑，他们怎也没有料到，神门秘址之中竟具有如此可怕的毁灭性力量，潜藏了如此恐怖的杀机。如果龙歌诸人不是先逃出来，只怕也会成为一堆堆火炭，死无葬身之地了，这也难怪龙歌诸人逃得如此仓皇而狼狈。

“我们去干掉风骚和刑天，如何?”叶皇突然说出一个极为大胆的提议。若以他们的实力，击杀刑天和风骚应该不成问题，因为风骚此刻已受了不轻的伤，而刑天也因要劈开火海虚耗不少。因此，对付刑天和风骚此刻是最好的时机。

风骚只需交给火烈就行，而以轩辕、叶皇、柔水和青天四人之力合战刑天，绝对是稳操胜券，便是面对罗修绝和太昊、少昊也有一战之力，此际的柔水和叶皇已远非昔比。

“好，这的确是个大好机会!”轩辕也大为赞同。

“那风骚便交给我好了!”火烈很自觉地接受任务，当日他人单势孤在东山口被风绝和童旦给戏耍了，今日也想在风骚身上找回面子。

“如此正好!”轩辕点了点头。

“看!”柔水突然低声惊呼，指向山壁间的裂缝。

“叶帝!”叶皇刹那之间呆住了，他看见了叶帝，一个活生生完整的叶帝，不仅仅是叶帝，在他的身边还有两个身穿怪异铠甲的人物，犹如两只铁铸的异兽。

是的，正是叶帝，轩辕已看清了，叶帝竟然踏着火舌自神门秘址中悠然而出。

火舌竟然自动分开，给叶帝和那两个铠甲怪人让开一条大道。

山谷之间顿时似弥漫了一股无边的魔气，一股让人心头禁不住战栗的魔气。

叶帝行入山谷之中，便悠悠转身，信手一挥，一道亮彩直撞向神门秘址的裂缝。

轰……又是一阵山摇地动般的巨响，那整个山壁顿时四分五裂，化成千万块巨大的岩石溃塌而下。在山壁溃塌的同时，千万道五彩的豪光自石头裂隙之间射上天空，随着石块的迸裂，五彩豪光更亮更耀眼，异象也同时出现在五彩豪光所照射的天顶。

五彩豪光竟在天顶凝出了一个巨大耀眼的先天八卦图，卦图几乎遮掩了整个釜山之顶。

叶帝竟在坍塌的崖壁之前一动不动，所有砸向他头顶的巨石全都化成了碎末四散而去，居然没有一丝尘土沾上他的身，而那燃烧的强烈火焰也被乱石压灭许多。

轩辕诸人只看得呆住了，哪还记得去对付刑天和风骚？他们不仅仅惊于这狂野暴烈的气势，也为这异象给镇住了。

那倾塌的山壁之下五彩豪光成柱，仿佛是来自深不可测的地底，光柱牵连着天空那浮动变幻的先天八卦图，如同一只怪异而硕大无比的蘑菇。

滋滋……五彩卦象每一条卦线都闪烁着电火，仿佛要将整个釜山包裹于其中。

“不好，我们要赶快离开这里！”轩辕一看那先天八卦图，骇然道。

轰……卦象中的一道电火直击向远处的一座山头，那山头竟应电火而炸裂，石木全都化为火光乱飞。

叶皇和青天诸人的脸色也变了，这电火的威力竟是如此强大，要是击在他们这里，那他们是否能够抗拒呢？

“快走！”轩辕想也未想，他似乎已经预感到可能会出现什么后果。

“伏羲小儿，来吧！我要向你证明，天地万物只有我蚩尤才配主宰……哈哈哈哈”一阵刺耳的怪笑竟自叶帝的口中传出。

叶帝便像一个丧心病狂的魔物，双手齐张，竟射出两道暗黑色的气旋，直撞向悬于天顶的先天八卦图。

轰……轰……滋……滋……先天卦象一阵浮动，无数的电芒直射向叶帝，也有一些散落于附近的山头之上。

天地一下子变得无比混乱，火头四起，石木狂溅，山崩地裂。

电火击在叶帝身边，他竟如同没事人一般放声狂笑，同时推出两道乌色光柱，撞向天空中卦象与地面相接的五彩光柱。

轰……轰……电火如雨点一般落下。

轩辕诸人狼狈逃窜，他们所立的谷顶已经是千疮百孔，崩塌倾陷，若非他们见机得早，只怕会坠入谷中。所幸大部分电火是集中在叶帝的身边，但叶帝身边的两名铠甲怪人挥舞着一对奇异的兵刃，竟将电火全部接纳、击散，这确实令轩辕诸人惊骇不已。

叶帝果然已与蚩尤魔魂融为一体，这是轩辕和叶皇最不想发生的事情，但事实却不可逆违地发生了。

叶帝已不再是昔日的叶帝，他已经拥有了无可比拟的力量，这或许便是有关于神门最大的秘密。开启神门者，将可统领众神！事实上也正是如此，当一个人拥有了魔帝蚩尤的力量后，他自然拥有统领众神的力量，这是丝毫不用置疑的。

龙歌众人之所以仓皇而逃，是因为他们也发现自己来迟了，叶帝已早一步捷足先登，使其愿望落空。而蚩尤重生，怨气积压了数百年自然是大开杀戒，这群自认是超级高手的人，在蚩尤的面前根本就不堪一击。抑或是因为神门之中本身就蕴藏着外人无法明了的力量，当蚩尤重生后，或是因谁触动了其中的机关，使得神门秘境之中释放出了一股毁灭性的力量，这才让刑天诸人仓皇逃出。

以刑天的武功，自然不应该比蚩尤相差太多，但蚩尤在神门秘境之中伏藏了数百年，对其中的一切自是熟悉不过，岂是刑天可比……当然，这只是一种猜测，没有谁能够真正地证实这个推断的正确性。

轩辕更是不会知道，因为他根本就没有进过神门秘境，甚至连里面是什么样子也不知道，或许，这是一种幸运，也是一种悲哀。当然，这一切已经不再重要，因为神门秘址已毁，这将永远成为过去。

事实上，还有许多事情是外人所难以明白的，比如，叶帝是如何找到神门秘址的？叶帝又是如何开启神门的？没有河图洛书的帮助，不可能有人能开启得了神门，因为河图洛书才是真正开启神门的钥匙，如果是这样，那叶帝又是如何得到河图洛书的呢？

若说叶帝能够自凤宫之中偷出洛书，那是根本不可能的事，以昔日叶帝的武功，充其量不过与一个金穗剑士相若而已，甚至还不如一个金穗剑士，别说是入宫调换东西，就是进入西宫大门都没有可能。而且，能够将洛书绘出摹本的人，绝对是凤妮身边的人，且对凤妮极为熟悉和了解，更能得凤妮的信任，叶帝自是不可能成为这个人。何况，开启神门所需要的不仅仅是凤妮的洛书，更有龙歌的河图。因此，叶帝绝不可能是同得河图洛书之人。唯一的解释那便是他在那盗走河图洛书之人的手中夺得了河图洛书。

轰……轰……叶帝仿佛是发了疯一般，狂击那五彩光柱，虽然有强大的反击力和威力无匹的雷电不停地冲击着他的身体，但是他并没有半点退却之意。

五彩光柱在叶帝挥出的乌色气柱的冲击之下，色彩渐暗，也渐弱，而叶帝的身子也被电火击中数下，他身边两个铠甲怪人似乎有些吃不住电火的力量，疲弱下来。

叶帝所挥出的乌色气柱也不如最初那般强猛霸烈，但那毁灭破坏的气势却是有增无减。整个釜山之顶几乎已经被削平，到处崖塌坡崩，林木火起，野兽四处奔窜，死伤无数，仓皇逃命的野兽竟全都互不相侵，兔子与豺狼共奔，虎与鹿并肩而逃，仿佛这些猛兽已经戒荤吃素了，这种场景只让人看得目瞪口呆。

当然，山上的人已经没有任何心情去看这些情况，也都只顾着向山下逃命，包括龙歌这样的高手，只有少数几人站在远处的山头正观望着那新生的魔帝蚩尤与天大战。

谁都没有料到这魔君竟然拥有如此可怕的力量，而这些，也同样证明了伏羲八卦那灭天毁地的杀伤力。

此刻蚩尤所战的仅是伏羲所布下的一个奇阵所蕴含的一种怪异力量而已，并非伏羲亲自出手。只由此可以想象，当年伏羲和蚩尤交战是何等的惊天动地，也难怪传说蚩尤与伏羲大战，苍天五日不明，周围一百里化为废墟，天降沙尘三月未绝，单看今日便可猜知当年。

不过，今日的蚩尤也非昔日之蚩尤，只不过是被蚩尤魔魂附身不久，得了一部分来自蚩尤神秘力量的叶帝，虽然他代表了蚩尤，但是却绝不能与当年的蚩尤相比。或许在不久的将来，蚩尤魔魂与叶帝完全融合之后，那才是蚩尤真正重生之日。那时，天下谁能成为蚩尤之敌？实是没有人可以料到！

“我们要不要乘蚩尤力竭时将之除去？”青天望了望天顶那色泽逐渐黯

淡的卦象，倒抽了一口凉气，问道。

轩辕心中也有些发寒，没想到叶帝拥有了蚩尤的力量之后竟然如此可怕，如果假以时日，蚩尤魔魂与叶帝完全结合，他哪还会是蚩尤的对手？原以为蚩尤再厉害，他可以聚集众高手合战攻之，那自然有极大的胜算，但是此刻看来，那只是他一厢情愿的想法。

“是不是要现在就除掉蚩尤呢？”轩辕心中也有些为难，如果现在除掉蚩尤的话，那他所设计好的计划将不得不作更改，未来的局面势必会是在东夷和鬼方两大势力之间挣扎，会被少昊、罗修绝等逼得喘不过气来。但如果此时不除蚩尤，他们将来能否胜得了这魔君呢？能否制约这魔君的疯狂呢？面对蚩尤眼下的力量，轩辕竟然第一次对自己失去了信心。于是，他禁不住扭头望了望叶皇，却见叶皇的眉头紧锁，不知在想些什么问题。

轩辕知道叶帝与叶皇之间的感情非同一般，虽然叶帝已经不再只是叶帝，但在叶皇的眼中，却并没有什么分别，兄弟之情依然存在。

这个世间唯一一个叶帝不会伤害的人，那便是叶皇。当初，叶帝在那种环境之下犹不肯伤害叶皇，可见叶帝确实对他这个最亲的兄弟十分照顾。而叶皇也是重感情之人，如果要他去杀这最亲的兄长，他怎忍心下手？

轩辕想到这里不由得叹了一口气，道：“不必，根本就不需要我们动手，有人比我们更担心蚩尤的存在，因此他们会比我们更着紧！”

青天一想也是，刑天诸人之所以仓皇而去，必然是因蚩尤之故。因此，他们怎会善罢甘休？定不会放过蚩尤此刻功力大耗的绝佳机会。只是青天有些不明白，何以蚩尤会对这已经对他不起约束作用的卦象大动干戈，而不惜大耗如此多的功力？难道蚩尤会不知道有众多的高手环伺在他的周围，如一群围猎猛兽的猎手，只待猛兽一疏忽，便将以最强的攻击捕获或除掉他？

当然，让人弄不懂的事情实在太多，这也便是人类为何要不断寻求发展的原因，只有拥有悬念，才会精彩。这便是世界，这便是人性。

“我蚩尤才是天地间至高无上的真主！我要得到我应得的一切……”蚩尤疯狂地高呼着，声音几乎响彻了釜山的每一个角落，便连已退至山脚之下的轩辕诸人也听得清清楚楚。

天顶五彩的卦象终于化散而开，化成漫天的云彩悬浮于釜山的上空，煞是凄艳。但这却是代表着一个让人悲哀的结局——天地间将会再一次遭受无边的魔劫！

谁是始作俑者？是蚩尤，还是伏羲？为何伏羲要留下河图洛书给后人开启神门呢？如果河图洛书早早地毁去，那神门不是永远都无法开启吗？蚩尤岂不是可以永远封存在釜山之腹？

也许，这是一种天命！也许，这只是一场噩梦！但许许多多的问题却需要在这个噩梦之中解决。

轩辕心中有些无奈，有些兴奋，又有些患得患失。蚩尤的重生是他计划之中的事，蚩尤的可怕却又是他意料之外的事。是以，连他也不知道自己该拥有一种怎样的心态。当然，他并不是一个回避现实的人，该面对的，总得要面对。

蚩尤重生，将会出现一个怎样的局面呢？谁能预料？谁能知道？只怕即使是伏羲重生也无法估到将出现怎样的结果。

是福不是祸，是祸躲不过，轩辕所要做的事便是及时作好防范，绝不能在一开始便成为蚩尤的攻击对象，否则他的所有计划将被全盘打乱，而最好的办法就是将有熊内部的矛盾速战速决，那样才有更多的精力来全力对付蚩尤，以及即将面临的重重危机。

回到营中，所有的龙族战士都显得极度惊愕和不解，甚至有些骇然，皆因百兽竟倾山而出，不仅如此，天空之中的巨大卦象，即使百里之外也能清晰可见，山崩地裂之声也传出数十里，这种声势自然会让人惊愕和骇然，不明究竟的龙族战士怎会知道到底发生了什么事？

“撤回熊城！”轩辕所下的第一个命令便是如此，他不觉得还有必要让这群人死守在釜山之下，这只会浪费人力，他应该让更多的人投入到清理熊城内部的纷争之中。当然，他自身尚有点小事待办，那便是龙歌的行踪，他必须先解决龙歌的事。而此刻，他早已定下了计划。

轩辕是个绝对沉稳的人，每一件事情都是有计划而动，绝不会做没有把握的事情。对于龙歌和伏朗之流，他自信可以玩弄于股掌之间，但绝不会轻视对手，他知道轻视任何一个对手，都将是致命的，甚至会导致失败。

第一百一十四章　无处藏身

龙歌的状态十分狼狈，除他之外，其身边的所有亲信皆丧命于釜山之下。

最让龙歌心痛的却是秃奎之死。

秃奎是一个侥幸自神门秘境中生还之人，但是他逃过了神门电火之劫，却逃不过蒙络的杀戮。

蒙络和兰彪杀死了秃奎。他们对龙歌实是恨之入骨，龙歌阴险狡诈，竟然将河图篡改，引他们前往迷湖，更挑起创世相攻，这使蒙络非但未能及时开启神门，更痛失数十名亲卫高手，几乎全军覆灭，怎不叫他怒恨交织？是以蒙络杀了秃奎，幸亏龙歌见机得快，这才幸免于难，负伤而逃。

事实上，龙歌本就身已受伤，在神门秘境之中，众高手之混战，他已受伤不轻，后来被那气流一冲，火热一熏，更是伤上加伤，因此只能眼看着秃奎死于蒙络之手。让他气恨的却是，当时创世大祭司和吴回便在一旁观看，根本就不出手帮他。

龙歌知道，他大势已去，创世怎会不知道他所耍的毒计，焉能饶他？而他也清楚地捕捉到创世对他的杀意。

创世比蒙络更恨龙歌，龙歌的阴险之处远不止蒙络想象的那么简单，如果蒙络知道龙歌早是创世的干儿子，而且这次将创世也狠狠地耍了一手，定会大笑一场。

创世确实很恨龙歌，更对这种几乎是无信无义之徒多了许多鄙视之心，如果不是蒙络先出手，他也定会击杀龙歌。但是蒙络既已出手，他自不会再出手，即使是让龙歌逃走了，他也没有必要截杀龙歌。

龙歌就是在这种情况下逃得性命，自然是狼狈不堪，甚至是有点绝望。此刻，他根本就没有资本在熊城之中立足，所有的亲信皆在釜山死去，只剩下他孑然一人，而且又已身受重伤，如何能够躲过创世和蒙络两人的杀戮呢？

创世和蒙络绝对不会放过龙歌，就算他回到熊城，也只能卑躬屈膝，在两人的阴影下生活，甚至连出熊城都难。

当然，龙歌想到了凤妮，想到了轩辕，想到了宗庙，只要他能够回到熊城，宗庙自然会暂时保护他，轩辕和凤妮也会帮他，但是轩辕和凤妮现在哪里呢？当日他救出两人之后，两人便失踪了，也不知道两人究竟出了什么事。

想到轩辕，龙歌心中忖道："这小子倒是对凤妮很忠心，也是个能干的人物，如果能够将之争取为已用，倒也还有机会掌握有熊的权利。"正思忖间，龙歌忽闻有蹄声传来，一惊之下，忙伏身窜入一丛草林之间，忖道："妈的，蒙络竟用鹿骑来追杀我，看来真是存心要我回不了熊城！"

"嘘……"三匹健马便在龙歌不远处带住马缰。

龙歌一看，立时心中大喜，立刻认出这几人乃是轩辕身边的龙族战士，只看这健马便知道。他当然明白这几名龙族战士的武功极为高明，比之金穗剑士也不会有丝毫逊色。他正要出去与之相认时，突听其中一人道："你说龙歌那小子会不会就在这附近？"

龙歌一惊，心中大为不快，这几人口中对他似乎丝毫不敬，因此一下子打消了立刻现身的想法，他倒想听听这几人说些什么。

"嘿，但愿这小子在这附近，那样我们便擒下他回去向首领交差了。"

龙歌再次大惊，他心凉半截，这几人竟是来抓他的，也就是说，轩辕也想抓他，不禁暗想："难道轩辕也依附了创世？"

"你说首领为何要抓龙歌这小子？他们之间不是挺好的吗？"

"似乎是圣女被下了一种什么蛊毒，首领要拿龙歌这小子去向蒙络换取解药。"

"咱首领可是真喜欢圣女，蒙络说要龙歌的人头，可首领却因圣女不许我们杀龙歌，要活捉交给蒙络。"一人笑道。

“那当然，圣女可是我们见过最美的人，只有咱首领才配得上。只要能保圣女平安，别说龙歌首级，就是创世和元贞的首级也照砍不误……唉，你们俩等我一下，我去方便方便。”一名龙族战士说着便翻身下马，径直向龙歌伏身的地方行来。

龙歌心中大惊，手心都冒汗了，此刻别说是这三个高手，就是其中任何一人也足以取他的命。即使是平时，他若想胜过这三名高手也有些困难，何况此刻已是重伤之躯？如果这人发现了他的行踪，那可是死定了。

龙歌确没想到凤妮竟中了蒙络的蛊毒，而且要轩辕拿他的人头去换解药，如果真是如此，那他这次可真完了。龙歌知道，轩辕非常爱凤妮，如果凤妮真中了蛊毒，轩辕绝对会不惜以他之命换凤妮之命，而为了凤妮的安全，轩辕甚至连想也不会仔细想，毕竟他与轩辕之间并无多大关系。

虽然龙歌觉得轩辕就这么轻易答应蒙络的条件似乎有些不妥，但人一旦被爱冲昏了头脑，什么事情都有可能做得出来，什么事情都是有可能的。因此，龙歌不能不相信这几人说的话，所以当这名龙族战士向他走来时，他禁不住心跳加快起来，一旦此人发现了他，他定来个先发制人，能多杀一个是一个。不过，这人距他三丈便停了下来，侧身开始撒尿。

“嘿，我还听说，这是创世的鬼主意！”那拉尿的龙族战士边拉边道。

骑于马上的两人嘿嘿一笑道：“咱们首领岂是好欺之人？这种蛊毒在创世那里也有一颗解药。既然蒙络和咱们玩阴的，干脆我们便将便宜让给创世好了，让蒙络知道咱们的手段。创世答应只要将龙歌交给他，便可把解药给圣女，而且绝不告诉圣女是首领将龙歌交给他的，而首领则答应创世向宗庙证实，龙歌是蒙络所杀，那时……嘿嘿，就有蒙络好看了。”

“创世会杀龙歌吗？据首领提过，这小子是创世的义子，如果是这样，那创世怎会杀他？”拉尿的汉子又问道。

龙歌听得脊背冒汗，这几人的话竟将他的秘密全说了出来，连与创世的关系也都瞒不过对方，这怎么不叫他心惊？

“什么狗屁义子，创世知道龙歌这小子骗了他，还倒耍他一招，恨不得扒了龙歌的皮。这小子自私自利，阴险狡诈，更阴狠过人，首领就是知道这小子竟背着他与圣女做创世义子，还出卖了咱们，这才答应创世的提议。这种阴险小人，不杀实是对不起自己！”马上的两名龙族战士愤然道。

“那倒也是！”那拉尿的汉子附和着翻上自己的马背道。

“好了，走吧，这小子一定还在附近，再找找，十大联城的方向就不用去了，那里已有首领设下的伏兵，这小子向那里去只是自投罗网。我们现在朝熊城方向搜寻，不要让蒙络的伏兵先我们一步逮住了龙歌这小子，那我们可就要挨罚了！”

“对，蒙络在前往熊城的路上一共设了十四道伏兵，龙歌这小子大有可能已回熊城，我们快走，驾……”

说着，三骑扬尘而去。

龙歌的脸色难看至极，他完全相信了这三人所说的话，如果轩辕知道他与创世的关系，便是没有风妮的原因，也不会放过他的，何况可以向创世换取解药？如果轩辕将他送到了创世的手中，他哪里还会有命在？这三人的对话几乎让龙歌有些绝望。

是的，此刻熊城不能回，他如何能闯过蒙络所设的十四道伏兵呢？即使是回了熊城，又有谁能助他？蒙络、创世都要将他杀之而后快，而轩辕也绝不会相助于他，风妮却帮不了，宗庙之中的几位长老对轩辕极好，很可能因轩辕捣乱，使宗庙也疏远了他，那他再回熊城岂不是自投罗网？若去十大联城，向十大联城请求支援，但十大联城大部分是创世和蒙络的人，就算有几路人愿意帮他，又有什么用？而且轩辕更在各处设下了伏兵，仔细想想，他也够可怜的，连一个本属外人的轩辕都比他的人手多，他这个王子做得真是悲哀，简直是穷途末路，无处可去。

龙歌有些后悔，后悔不该向创世投诚，以至于与轩辕关系弄成这个样子，更不该故意用自己的三路外援之兵引开敌人的注意力，使得外援之军几乎尽皆伤亡，唯剩轩辕那一股。此时他又伤重在身，该何去何从呢？

龙歌心有不甘，他确是心有不甘，他乃是名正言顺的有熊族王子，太阳的继承人，但此刻却是有家不能归，众叛亲离，但他绝不想就此失去一切，无论如何他也要回熊城看一看！他的心情从来都没有此刻这般糟糕过，向来他都自认为聪明过人，包括这次他故意将河图最后一部分错绘出来，而使得神门秘址由釜山变成了迷湖，同时更放出消息引来东夷和鬼方各路高手至迷湖，让这群人去为纯属虚无的神门秘址斗个你死我活，而自己却赶往釜山，寻求真正的神门秘址。

这个计划确实是很严密，他在蒙王府中与凤妮诸人仔细研究河图洛书，只是对前一部分感兴趣，研究到后来，他便在心中默默绘下正确的地形图，于是他知道了釜山，更巧妙地戏弄了蒙络，甚至将创世也推向了争斗的潮头。

龙歌对那形式分析得极为到位，如果这各路高手都会于迷湖，不自相残杀才怪，谁也不想自己在争夺神门内之物时多一个敌人。而他却可轻松地在釜山守候那真正盗走河图洛书之人，只需要对付这一组敌人。龙歌对自己极有信心，而且他早已知道盗走河图洛书的人是谁，甚至比凤妮更清楚地知道这个人便是施妙法师。因为他知道当日凤妮与施妙法师同出城门后，凤妮赶去癸城，而施妙法师说他回高阳氏，实际上他又折返了回来。而且是与云英一起返城，由于是晚上，他夹在众人之中，没人注意，但龙歌却注意到了。

当时，龙歌并没想到施妙法师会回头来盗洛书，后来他的河图被盗，直到圣女提出这个可疑的人物之后，再综合一些细节，他完全可推断施妙法师便是那盗贼，因为施妙法师曾数次参看过他的卧龙宫，对如何进入卧龙宫应早已了然于胸。而施妙法师回城后，凤宫护卫都说未见施妙法师返回西宫，如果施妙法师回城，不返西宫，他又去了哪里？一个可能便是自秘道直接入凤宫，外人不知；另一个可能便是潜在卧龙宫秘道之中，伺机盗取河图。既知凶手是施妙法师，龙歌自然拥有足够的信心对付他，单凭云英与秃奎中的任何一人都足以与施妙法师战上千招，何况他还有其余的亲信高手。但是最终，龙歌还是失算了。

龙歌太低估轩辕了，低估了轩辕的智慧和实力，或者说龙歌做错了一件不算错误的错事，他实不该将东夷和鬼方两股势力引来，这才引起了轩辕的怀疑。当然，如果换了不是轩辕而是别人，绝对不可能在这个疑点中识破龙歌。但遗憾的是，轩辕对龙歌看得太透，而且凑巧知道了龙歌所有的秘密，而且拥有足以监控龙歌行踪和控制全局的力量，这才让龙歌的计划无法施展。

龙歌出卖了轩辕，轩辕也将龙歌出卖了一次，他故意引蒙络和创世去釜山，故意引导蒙络和创世识破龙歌的阴谋。

龙歌绝没想到轩辕在有些方面比他更狠、更绝，而且正欲通过蒙络和创世将他逼上绝路。是以，轩辕故意布下这个让龙歌为之头痛的死局，只要蒙络和创世同时识破了龙歌的叵测居心，龙歌绝对只会一败涂地。

这只是龙歌没有想到的其中一点，他更没想到的是竟有人比他更先一步进入神门，根本就不等他作出反应，而更让他意外的却是神门之中竟然拥有如此可怕的毁灭力量，不仅让他美梦破灭，更让他铩羽而归，几乎全军覆灭，这确是一种无奈，也是一种悲哀。

是的，一切都只是差一步，仅一步而已，只要早一步，他便可以取代叶帝拥有蚩尤那无可比拟的力量，只要算好一步，他便会在蒙络与创世之间左右逢源……可是，这一切都只是如果，而并非现实。

龙歌想哭，也想笑，但是却久久未曾发出一点声音，只是望着茫茫的原野发呆。

原野茫茫，尽是苍凉的色调，此刻已是入冬时分了，再过一段日子就会变冷，就会不便行走，其实现在便已经够冷了。北方的天气，冬天总是早早地到来，寒流也来得特别快。今年的天气已经算是比较暖和了，如果是往年，只怕此时已下了几场小雪，河水早就结冰了。

龙歌感到内腑隐隐作痛，知道在洞中与那铠甲怪人交手之时受了伤。一想到那两个铠甲怪人，他便禁不住有些泄气，他竟然连其中一人的十招也接不下，这是何等的屈辱？他从来没想过自己会如此不济。这对自视甚高的龙歌来说，是一个严重的打击。不过，想到那两人的来历，他也稍稍好受一些，因为这两人竟是盘古氏的后裔，镇守神门秘址的人物。不过两人都是弱智者，并不聪明，这一点龙歌感受到了。两人一个叫盘古智高，一个叫盘古智健，是一对孪生兄弟，这是龙歌自他们的对话中套出来的。如果不是两人弱智，龙歌只怕有百条命也完了。在盘古兄弟要杀他之时，被他用言语给骗住了，这才让他进入了神门秘境，可是这又有何用？

龙歌苦笑，像西天的夕阳一般苦涩。蓦然间，他又想起了远在西昆仑的王母国，自己历尽千辛万苦返回熊城，却落得如此结果，确实让他有些丧气，如果师父及师兄妹们知道的话，又会怎么看他？

西昆仑，那确实是个好地方，有辽阔无垠的大草原，有高耸入云的大雪山，还有荒凉的戈壁，一切都是那么美好，包括那里的人和物，都让人有着无限的向往，可是此地与之相距不下万里，何以能达？

熊城，龙歌唯有取道熊城。一路上倒也避过了几路龙族战士的追踪，他微微感到有些得意，但很快便又有些绝望，他该如何混入城中呢？

蒙络和创世绝对会在熊城口设下关卡严查，他总得入城，那时他将无所遁迹，岂不是仍会自投罗网？即使是回到熊城，谁又能够帮得了他？除非他终日躲在卧龙宫之中，否则遭了暗算谁也没法查找，此刻的他可不像当日那般有所依凭，当日蒙络和创世对他客气是因为他手中有河图，现在就是有河图也无法阻止这两人的杀机，因为河图已经失去了它应有的作用，何况他根本就没有河图。

“龙歌王子！”

龙歌正望着熊城方向，稍有些出神之时，突听身后一声呼叫，条件反射似的转身拔剑，他已经听出那正是轩辕的声音。

“哦，王子怎么了？是我。”轩辕似乎是一脸春风，笑意之中又多出了一点错愕之色。

龙歌一看，心中大气，暗忖道：“你小子倒很会演戏，竟然装作若无其事。”

轩辕的身后是花战、燕绝等人，这使龙歌倒抽了一口凉气，便是轩辕一人就足以对付他，即使是在他状态最佳之时，也不敢肯定能胜过轩辕。何况此刻他身上有伤，就更不可能是轩辕的对手了。而燕绝、花战无一不是强手，看来今日他确实是插翅难逃了。

轩辕诸人跃落马背，龙歌几乎已经放弃了反抗的念头，只是冷冷地望着轩辕诸人向他行来。

“轩辕听闻有人欲对付王子，才特领人来接王子回熊城的，请王子跟我们走吧！”

“是吗？”龙歌心中暗骂道：“想不到你这小子竟如此会演戏，阴险奸猾!”

轩辕有些高深莫测地笑了笑，却不回答，只是道：“王子请吧，我已为王子准备了一匹马!”

龙歌一看这形势，便知自己绝不可能逃得了，一听轩辕为他准备了一匹马，不禁心神又活跃起来，如果真有一匹马，那说不定到时还真能摆脱轩辕诸人呢。有战马代步，又省力又快捷，一个不好便可迅速远扬而去。想到这里，龙歌的心神禁不住又活跃开来，于是并不反抗。

轩辕为龙歌准备的马倒是让龙歌很喜欢，膘壮、高大，看上去气势不凡。龙歌并非第一次骑战马，在轩辕初入熊城之时，他便尝试过骑轩辕所乘的战马，因此知道如何控马。昔日在王母国多骑战牛，因为牛不仅耐力好，而且擅攻击好驯服，这才以牛为坐骑，虽然草原上也有马群，却从没有人尝试着驯服作为坐骑。

龙歌上马之后，稍松了一口气，此时天色已经暗了下来，晚上便是他逃走的时候了。有了这匹战马，即使赶到西昆仑也不过一个月时间，如果实在没地方去，先回西昆仑向师父王母求助，到时再返熊城也不迟。所谓留得青山在，不怕没柴烧。

蒙络杀了秃奎并不解恨，与创世相见也是冤家路窄，不过因为彼此都见过轩辕出手，所以并未相互争斗。他们似乎同时意识到，对他们的威胁并不是来自对方，而是来自那高深莫测的轩辕。

事实上，蒙络此刻并不敢与创世交手，因为创世身边还有一个绝世高手吴回，加上杜圣，只这三人便是他所吃不消的。如今这里只剩他与兰彪了，庄义和段赋所领的高手并未上釜山，而他身边的亲信高手，除兰彪外，尽死于神门秘址之中，他哪里还敢再找创世的麻烦？只要创世不找他的麻烦已是万幸了。

创世并未找蒙络麻烦，他与蒙络所想一样，最大的威胁不是来自对方，而是来自神秘莫测的轩辕，还有那重生的蚩尤。

创世比谁都清楚，蚩尤对他们的威胁。有熊族本身就肩负着阻止蚩尤重生的重任，而此刻蚩尤重生，即使是他统治了有熊，只怕也终将在蚩尤的手中被毁于一旦。因此，他要杀蚩尤，趁蚩尤这新生之际元气大伤之时除掉这个混世魔王，于是与蒙络联手是不可逆转的。

蚩尤不仅仅是创世和蒙络欲除的对象，更是东夷和鬼方欲除的对象，他几乎成了所有人的公敌，没有人希望这个魔王活着，每个人都感受到了来自蚩尤的威胁，这是因为没有人愿意放弃手中已得到的权利。

杀蚩尤者，首推刑天，刑天曾在许多年前拖了蚩尤的后腿而做了魔族的逃兵，此刻蚩尤重生绝不会轻易放过他，所以他要先下手为强，击杀蚩尤。

其次欲杀蚩尤者为东夷的少昊，东夷诸族中大部分为蚩尤旧部，如今蚩尤重生，少昊与蚩尤的争斗是不可避免的。少昊岂会是甘居蚩尤之下的人？因此，欲杀蚩尤者，比比皆是，而眼下蚩尤元气大伤，正是最好的击杀机会，试问谁会放过？

熊城的消息是最让蒙络和创世头痛的事情，虽然他们欲除掉蚩尤，但是却不能不保护老巢。

四大城主遇刺，三大寨主身死，使他们的计划大乱。可是他们又知道此刻是唯一除掉蚩尤的最好机会，在自己的利益和大众利益的抉择之下，蒙络选择了维护自己的利益，先一步返回熊城。

创世留下了吴回伺机对蚩尤下手，而他则带着杜圣也迅速赶返熊城。他自信只要他坐镇熊城，就绝对没有什么解决不了的事情。对于蚩尤，有吴回和那群死士，应该也不是没有一战之力，何况又不只是他一人想除掉蚩尤。

蒙络赶下釜山之后，却没有发现庄义和段赋诸人，他那两百亲卫也并未在预定的地点等候，这使他感到有些诧异，也有些生气，不知道这些人究竟弄什么鬼，居然胆敢不听从命令！

“我们找找吧，可能是出了点什么变故，否则的话这些人怎会不在这里？”兰彪倒是对庄义诸人有着一种体谅，同时这也是对蒙络的一种安慰。

在这种情况下，在这种环境中，兰彪的话绝对不是没有可能。

此际釜山脚下风云际会，确是什么情况都有可能发生，而且这里距莘育部又很近，谁敢保证不会引来荤育部的战旅呢？因为这里并不是有熊族所辖势力范围。

蒙络只好与兰彪分头寻找，才走出数十丈，兰彪便骇然低呼：“他们遇袭了！”

“什么？”蒙络如触电似的，向兰彪方向赶去，但他却只看到了地上狼藉的尸体和蹄印。

“风魔骑！是鬼方的风魔骑！”蒙络以手指大概量了一下地上的一个蹄印，心头震动无比地道。他对鬼方的风魔骑极为熟悉，这群煞星虽没有东夷快鹿骑那般快捷，神秘莫测，但也来去如风，速度不及却凶狠有余，皆因这些人所乘坐骑是一头头凶狠的战牛。牛首尖角利如刀刃，对敌人和敌骑都是一个极为可怕的威胁，再加上牛背之上的战士一个个皆以斧钺为兵器，所到之处，如一阵黑旋风一般，攻击敌人之时更是长驱直入，直接切入敌人的心脏，这一点比快鹿骑更可怕。

快鹿骑因鹿身轻巧，冲击力不大，主要靠战士的发挥，因此厉害之处在于偷袭，一击即退，但风魔骑则是对垒的奇兵，几乎是无人能挡其锋锐，而荤育部的铁牛大阵更是让人闻名丧胆。

此刻来袭者竟是鬼方的风魔骑，怎不叫蒙络心惊？

地上的尸体个个破皮烂肉，有的开膛破肚，有的缺手断脚，正是风魔骑肆掠后的现象，所过之处，尸无完尸，成了一片人间地狱。

“他们是向东西撤退了！”兰彪在地上看了看，断定庄义诸人的去向，并没有在风魔骑的铁蹄之下死去。

“我们快追！”蒙络轻喝，单自这地面上尸身的热血，他便可以断定风魔骑只是刚刚从此经过。

其实这一路上很好追赶，相隔不远便有人尸、牛尸。尸体有鬼方人，也有蒙络的亲卫，这使蒙络微感欣慰。风魔骑在他的亲卫高手面前并没有占到太多的优势，毕竟他的这群亲卫高手都是精锐中的精锐，人人都是好手，一开始可能是被敌攻了个措手不及，后来也逐渐稳下了心来展开反击，更是边退边反击。

风魔骑虽然厉害，但终也是人。

庄义诸人也是极有经验的高手，他们选择向山上退去，山上可不比在平地平原之间，这群战牛也会受到限制。而且山上树木藤条极密，更不利于大排场的战斗，使风魔骑冲击的威力大减，反是这群没有坐骑的蒙王亲卫更灵活一些。

越向山上退，风魔骑留下的尸体越多，牛尸也越多，反而蒙王亲卫的尸体和伤亡人数慢慢减少。

蒙络虽然心痛，但却放心了下来，毕竟此刻他的一干亲卫已逐渐稳住了阵脚。

嗷……昂……一阵阵牛嘶告诉蒙络，风魔骑已经在不远处了。

风魔骑一字排开，在山腰处不再追袭，显然他们也知道在山上追袭对他们极为不利，也便不再穷追不舍。

昂……昂……战牛的鸣叫响彻整个山谷，风魔骑不仅不再追击，反而开始后退，缓缓后退，他们此刻倒害怕山上之人追来。若是在平原之上，他们随时都可掉头回击，但在山上却不同，地面不平，有的地方陡峭，藤蔓极多，一不小心，反而会折了牛蹄。

蒙络一看风魔骑仍有百余战士，不由得冷笑，忖道："你们想安然而去？门都没有！"

兰彪似乎明白蒙络的心意，此刻夜幕已渐降，林中光色暗淡，他岂会让风魔骑就这样去呢？于是大吼一声："杀呀……"

蒙络一声长啸，声若龙吟虎啸，群牛顿惊，那群骑在牛背上的战士还没有弄清是怎么回事之时，蒙络已卷起飓风般狂野强烈的攻势逼到了近前。

山上的庄义一听是蒙络的啸声，大喜，重整残余精锐，大吼一声："杀……"又自山上冲了下来。

昂……蒙络的攻势如秋风扫落叶一般，遇牛毙牛，遇人毙人，那一身身藤甲根本就无济于事，仿似破竹一般，切开风魔骑，无人能挡其两招。

"撤……"一道人影自另一方的牛背上踏枝而过，直迎向蒙络，同时低喝一声。

风魔骑本有退意，斗志已大减，此刻被蒙络一阵冲击，更是去意更甚，自然如潮水一般向山下撤去。

砰……蒙络再踢翻一头战牛，倏觉头顶风声大起，强大的气势如水银泄地般罩来，不由得低喝一声："好！"脚步微错，侧身挑剑而起。

轰……强大的气流自地面回激而起，冲断了蒙络身边的几棵大树。那人一招击空，也借气流反弹而起，正迎向蒙络的剑。

叮叮叮……蒙络一轮疾攻，使对方身形在空中疾退，连连踏断近百根枝杆，但却没有半点松懈。

此时庄义诸人自山顶杀下，追着风魔骑的尾后猛杀，如猛虎下山。那群仓皇而退的风魔骑一片混乱，加之山路不平，可谓上山容易下山难。有的牛蹄折断，有的收势不住，滚滚跌跌，死伤更是惨重。

兰彪也加入对风魔骑的屠戮之中，昏暗的林间顿成了风魔骑的地狱，牛鸣人叫如鬼哭狼嚎一般。

或许，风魔骑追人上山本就是一个极为错误的决策。

蒙络与那风魔骑的高手相战，竟然战之不下，他立刻明白此人正是罗修绝的魔奴，也便是鬼方的第三高手。蒙络自然难占到任何便宜，何况蒙络本就功力消耗不少。

魔奴乃是继刑天之后鬼方最为可怕的高手，而其更是风魔骑的训练者，在鬼方的地位绝不下于蒙络在有熊的地位。此刻，魔奴是无心恋战，他一时攻不下蒙络，自然心念自己的风魔骑，因此边战边退。若非如此，蒙络只怕今日要吃败仗了。

蒙络在神门秘址之中战盘古智高功力虚耗不少，也让他吃惊不小，他竟然无法战胜盘古智高，若非蒙祈联手加上兰彪，只怕他还要败在那个怪物的手中。这一刻，他再战魔奴，也便有点力不从心，不过魔奴并没有觉察到。

蒙络与魔奴战了近三百招，仍然僵持不下，魔奴一声低啸，却是不战而退，向山下疾退。

蒙络早就想罢战，但是苦于不敢露底，只好强撑着打下去，此刻魔奴一去，他也不追。

蒙络赶下山与庄义诸人会合，他两百多亲卫好手如今只剩下八十余人，不过风魔骑也只剩下三四十骑仓皇而退，败得更惨。当然，蒙络没有半点兴奋，这两百多亲卫都是百里挑一的好手，此刻损失却是难以弥补的，他仍然心痛不已。

“蒙王，现在该怎么办?”庄义问道，段艺和段赋在众好手的保护下竟然没有受伤，那是几匹战鹿的功劳，战鹿速度比战牛更快，不过上山之时，战鹿失蹄将两人狠狠地摔了一跤。

“这群风魔骑突然而至，我们还没能反应过来便已杀到了，都是属下大意的结果，请蒙王治罪!”亲卫首领蒙霸跪倒请罪道。

“起来吧，今日之事就此算了，下次绝不许犯同样的毛病，否则拿你的头来见我!”蒙络心中气恼，但知道此刻是用人之际，也只好就此作罢。

“谢蒙王不杀之恩，蒙霸定铭记于心!”

“回熊城！连夜赶路!”蒙络沉声道。

蒙络不走运，创世的运道似乎也并不好，他竟遇到了东夷的伏击，而且正是一扬千里的快鹿骑，他身边的亲随仅杜圣带伤杀出重围。

创世也好不到哪里去，被追杀得狼狈不堪。让他气恨的是，这次对方居然是由那神秘莫测的矛宗宗主帝大亲自出击，这才让创世狼狈而逃。

以创世的武功本不惧帝大，但创世在神门秘境之中耗去了不少真元，这次与帝大交手竟然占不到一点便宜，而他身边的亲卫在快鹿骑的冲击下一个个倒下，这不能说没有影响他的斗志，因此他只好狼狈而逃。

帝大追杀二十里，杜圣的命也险些丢了，若非创世极力相护的话。不过，杜圣的伤势也极重，只怕已经不能连夜赶路了，他们的坐骑已被帝大射杀，所抢来的是快鹿骑的战鹿，这才借着夜色甩开了帝大的追踪。

月色凄迷，星星更是稀疏，荒野里寒风瑟瑟，虎啸狼嚎，枭啼鬼哭，倒是极为阴森。创世没有办法，只好停下来休息，找个山洞生火暂避。

创世没有想到自己老了也会有今日，这种日子只是在年轻之时才有过，没想到现在权势大盛，却仍要受这等窝囊气，他实有些气恼，但也必须面对现实。他的敌人确实太强大了，而此地又非有熊的势力范围。

在十大联城之外，自是有东夷和鬼方的战旅在活动，这是极为正常的。鬼方和东夷一刻也没有放弃侵占有熊的念头，只要一有机会，自然会大大出手。如果能够除掉创世，那将为征服有熊迈开了最有力的一步，至少目前他们是这么认为的，是以一见创世的出现，立刻施以闪电般的狂袭。

龙歌未眠，他哪里还能睡得着？明日便能抵达熊城，到时候轩辕就会将他交给创世，那时他哪还有命在？

上半夜，花战和燕五在他的营帐巡回了几趟，像是在加强防务，实际上是害怕他跑了，这一点龙歌怎会不清楚？这当然更增添了他心头的担心，同时也使他去意更坚。既然熊城是回不去了，如果回去了恐怕更糟糕，倒不如去王母国搬来救兵，再返回熊城。假如蒙络和创世得不到他的人头，说不定不给解药轩辕，到时轩辕势必会与创世、蒙络大战一场，那样他就可名正言顺地回来清乱而坐上太阳宝座，那时凤妮也定已因蛊毒不治而亡。想到凤妮会因蛊毒不治而亡，龙歌心中微微有些惋惜，毕竟自己只有这么一个妹妹，不过他自己的性命当然更重要一些。

龙歌并不觉得应该为凤妮可能会死而担忧，那是因为他们自小便分开在两地，并没有太深的兄妹情。而龙歌更是一个自私自利之人，只要能够保证自己的安全，其他的人都无所谓，包括凤妮在内，这个世间最重要的便是他自己。是以，龙歌决定走。

事实上，对于蛊毒龙歌是一点办法也没有，如果说是其他的毒，他或许还有几分把握解除，但蛊毒乃是活物，只怕连王母也有些棘手。

夜好静，虽然狐嚎枭啼时起时落，但这更凭添了夜色的寂静。

龙歌并未再听到帐外有任何声响，他静听了良久，肯定帐外再无动静后，迅速起身。经过几个时辰的调息，他的伤势已经稍有好转，是以行动极为利落。

轩辕的营帐与龙歌的营帐有八丈之遥，而龙歌的营帐与拴马之处极近，此时他白天所乘的那匹马正在不远处甩着尾巴，四周并无人监视。

龙歌大喜，此刻不走更待何时？急忙抢步带马，他本欲将轩辕所有的马匹都杀掉，但却听得有响声自别的帐中响起，吓得他只得立刻上马向黑暗之中逃去。

马蹄和马嘶之声立刻惊醒了所有人，只听花战喊道："有人偷马，快追！"

龙歌骇得魂飞魄散，一夹马腹，将马催得飞快，迅速没入茫茫夜色之中。

轩辕披衣而起，花战诸人已经会聚在战马之旁，众人相视一笑，并不加以追赶。不过，他们知道，轩辕的目的已经达到，龙歌再也不会返回熊城。至少，在近几个月之中不会返回熊城，只要有几个月的时间，就足够轩辕做好许多事情。

龙歌做梦也没有想到，这一切都是轩辕一手安排的，包括那三名龙族战士的对话。

龙歌怎知轩辕因灵鸠而早已侦察到了他的行踪？且故意安排那三人虚张声势地一阵对话？当然，如果不是因为凤妮，轩辕根本就没有必要这么做，只需除掉龙歌就行。但毕竟龙歌是凤妮的兄长，若杀了龙歌，他如何向凤妮交代？最好的办法就是不用对龙歌造成任何伤害便逼走龙歌。因此，轩辕就布下了这个疑阵，让龙歌感到只要留在有熊之地便会有生命危险。以龙歌那自私自利的性格，他自然不敢轻易冒险，唯有离开有熊而去。

轩辕几乎是看透了龙歌，这才将龙歌玩弄于股掌之间。

当然，这不能怪龙歌，只能怪这个世道的残酷，利益与利益的争夺是永无休止的，而关系到权利、利益的争夺更是如此，总会有人会败得一无所有，这就要看各自的手段了。

龙歌败给轩辕，并不是一种偶然，这也是在于一种资本的积累，轩辕拥有的实力是龙歌所不能比拟的，而轩辕之所以拥有这般实力，是因为拥有龙歌所没有的机缘和智慧及人格魅力。

事实上，轩辕的崛起，可以用一个词来表达，那便是——奇迹！

轩辕以奇迹般的速度崛起，又以奇迹般的速度发展壮大，再以奇迹般的力量去战胜一个又一个的敌人，这才拥有了今日不可动摇的地位。

可以说他的发展是一个奇迹，而他的人性则是一个另类，绝不附庸于世俗的另类。因此，他拥有了别人所没有的智慧，他比别人更知道如何去对待一切，思索一切别人从未想过的问题。

另类，本就是一种思想和行动超越凡人所思所做的一个群体，轩辕的另类则是他拥有了远超凡人的思想和智慧，有着超凡的洞察力，这也是轩辕能够成功的资本。

轩辕多情，但绝不优柔寡断；轩辕讲原则，但绝不会心慈手软；轩辕讲仁义道德，但绝不会古董得不耍阴谋诡计。是以，轩辕能够不断壮大和发展，能够在洪荒万国之中傲然崛起。

这一切都不是侥幸，不是偶然，若说偶然和侥幸，那不是指轩辕的智慧和人性，而是他的际遇。

轩辕的际遇确实很侥幸，自被吞入蛇腹之后，幸运之神便一直眷顾着他，虽然总是险死还生，但一切都是有惊无险。当然，换作不是轩辕或是轩辕没有拥有无人能及的智慧，他也早死过不知多少次了。但是轩辕仍活着，而且活得很洒脱，这是因为他确实拥有活着的本钱。

轩辕知道这一切都是来之不易，因此他分外珍惜这一切，更懂得如何去保护这一切。所以，任何阻碍他发展的人都会被他无情地踢开。或许这个世界是最适合轩辕生存和发展的世界，他也为此感到幸运。

“可以起程了，我们早点去与七叔诸人会合吧！”轩辕淡然道。

第一百一十五章　矛宗之主

叶七诸人早已将鬼三准备好了，轩辕要以鬼三向罗修绝交换蛟幽。

若说要战罗修绝，轩辕确实没有丝毫把握，便是面对刑天，他也无法取胜，何况罗修绝呢？

天魔身为鬼方第一人，其武功究竟高到何种境界确实很难说，但自刑天的表现不难看出罗修绝的一身修为应已达到了神鬼莫测的地步，只怕不会比蚩尤逊色多少。因此，轩辕不敢直接去鬼方抢人，他必须以鬼三之命去换蛟幽的命。

这是雁菲菲的遗愿，想到雁菲菲，轩辕的心便隐隐作痛，一个人取得的成就再高，如果没有自己心爱的女人一起分享的话，那这种成就也就没有什么值得庆幸的，那或许是一种遗憾，抑或是一种悲哀。

下书人早已向荤育部送去了请求换人的要求。

罗修绝终于对轩辕这个人重视起来，短短的一个多月时间，轩辕竟两次向鬼方换人。先是以土计换虎叶，如今又以鬼三换蛟幽，这怎能不惊动罗修绝？

天魔同意以蛟幽交换鬼三，毕竟，鬼三是跟随了他近百年的弟子，便像是他的儿子一般，他怎会不愿意以鬼三之命来换蛟幽呢？是以信使来报说天魔要他们不可以虐待鬼三，并约好立冬之日在涿鹿交换人质。

立冬之日，正是十日之后，但前提是必须由轩辕亲自去交换人质。

事实上，就算罗修绝不说，轩辕也会亲自赶去。他已经好长时间都未曾见到蛟幽，而且这又是雁菲菲的遗愿，无论如何他也应该亲自去一趟才放心。

当然，他也明白此刻的形式与交换虎叶时的形式不同，鬼方对他已经另眼相看了，甚至感受到了来自轩辕的威胁。因此，鬼方很可能会借机对付他，甚至是除掉他。

自轩辕杀死了曲妙和鬼魅之后，他们之间的仇恨已经是不可能化解的，只能够各耍手段，各玩奇谋，至于谁是最后的胜利者，那就要看谁更会玩手段一些。

十日时间，足够轩辕做很多事情，也足够将熊城镇住。此刻他已有了足够对付创世和蒙络的力量，可以说，他现在完全有资格和资本发动一次政变，甚至可以不让创世和蒙络返回熊城！这的确一点也没有夸张，而是事实。

此刻蒙络和创世的行踪完完全全在轩辕的掌握之中。

可以说，蒙络和创世都小看了轩辕，小看了轩辕的实力，也小看了轩辕的野心和手段。

其实，轩辕也没有想到会以这样一种手段去对付创世和蒙络，最主要还是因为叶皇和柔水及火烈的出现。他在突然之间拥有了这么多的绝世高手，这使他立刻改变了原来的计划，也敢做以前许多他不敢做的事情了，那便是以强硬的手段快速处理创世和蒙络的事情，而且要做到神不知鬼不觉。

蒙络和创世双双离开熊城而往迷湖，这本身或许就是一个错误，这是龙歌让他们犯的错误，但却被轩辕利用了，而且神门秘境的复杂也是蒙络和创世所没有料到的，更是让他们遭受败绩的原因。只不过，创世和蒙络绝对想象不到，结果会是由轩辕将之引向万劫不复的深渊，而此刻他们却还茫然不觉。

也许，这正是轩辕的高明和可怕之处。

创世的心情有些沮丧，早知道他就不让吴回留在釜山附近对付蚩尤了，如果有吴回和那数十名死士在他身边，应该不会落得如此凄惨的地步，说不定还能固守，甚至大败帝大的快鹿骑。

当然，想归想，即使是多了吴回及那数十名高手，难道就真的可以战胜帝大的快鹿骑吗？不一定！

帝大的那数百快鹿骑占着人数和速度的优势，除非对手全都像吴回那种高手，即使是死士们拼命，恐怕也只能成为快鹿骑的箭靶子。

此刻，创世确实有些疲惫了，而天也快亮了，经过一路的逃命及一连数番苦战，尽管他的武功绝世，但终究是人而非神，且年岁已高，虽然功力在不断地增长，但体内和筋骨已不如从前了。因此，他也感到有些累，但正在他昏昏欲睡之时，蓦地洞穴之中的篝火一跳，火焰竟涨起丈余高。

这不是梦，创世睁开眼来，这是确确实实存在的，火苗形成了一个巨大的火球，如同火焰中心充入了强烈的气体。

杜圣也惊醒了，惊醒的同时他发现了洞口已如幽灵般多出了一道人影，而使火焰涨成巨大火球的，正是来自此人身上的杀气。

“蚩尤……”杜圣忍不住惊呼，同时一弹而起，但又踉跄地退到一旁，依附着石洞之壁。

创世大祭司也呆了，来人竟是蚩尤！他做梦也没有想到蚩尤会如此快地便追到这里来，而且是主动找他，这怎叫他不惊？不骇？

“本祭司没去找你，你反而来找本祭司了！好哇，倒省了老夫不少麻烦，就让本祭司再将你禁闭永生好了！”创世虽然语气有些发颤，但是他毕竟是一代强者，明知此刻只有平时功力的五成，根本不可能是蚩尤的对手，但还是抢先出手了。

呼……火苗再次升腾而起，竟形成了一道火帘，隔断了创世欲扑出的通路。

火帘突张，如一巨锅，锅底带着风雷之声直撞创世。

轰……创世双臂震得发酸，内腑微微有些翻腾，不过蚩尤也被震得退出洞外，但另一道白影如电芒般一闪而入，杜圣根本就来不及作出反抗便已被制住，事实上杜圣根本就没有反抗之力，他所受的伤实在是太重了。

火光微敛，创世才惊讶地发现一名绝美的少妇已将杜圣提起，与蚩尤并肩而立，他立刻恍然，怒道：“你不是蚩尤，你是谁?!”

那少妇笑了笑，妩媚至极地望了她身边的人一眼，这才向创世悠然道：“你说对了，他不是蚩尤，他叫叶皇，是奉轩辕之命前来擒你！希望你乖乖地合作！”这两人正是叶皇和柔水。

“放屁，轩辕是什么东西，竟敢犯上作乱，待老夫收拾了你们，定将他毙了！”创世大怒，双掌一分，便向叶皇和柔水攻到。

“冥顽不化！”柔水低哼一声。

叶皇不屑地道：“此刻你根本就不是我们的对手，你气数已尽，就任命吧！”说话间，洞中的篝火再次暴起，自创世身后袭至。

创世一惊，柔水也在同时出手。

此刻的创世确实已是威风尽失，叶皇和柔水跟踪了他许久，帝大的快鹿骑之所以与创世相遇得如此之巧，正是叶皇弄的鬼，故意引帝大朝创世诸人的方向正面奔来。

这一招确实很有效，创世一时再疲于奔命，狼狈逃窜。经过连串的恶战，创世虽然杀出重围，摆脱了快鹿骑的追踪，但已快精疲力竭。而叶皇正希望看到创世如此，这也便是他出手的最好时机。到了这种地步，创世的困兽之斗，也起不到丝毫作用，他根本就不能与叶皇比速度。在功力上，更不能胜过柔水和叶皇两人的联手攻击，这个结局一开始便注定创世要以饮恨收场。

与此同时，在另一方，连夜赶路的蒙络也遇上了同样的悲剧，他竟然瞎打乱摸地走进了东夷快鹿骑的营地，当他发现前方出现不知道具体数目的快鹿骑时，欲退已是不能。

快鹿骑已经发现了蒙络和他的一干属下。

蒙络知道唯一最佳的战术便是极速杀入敌营，让这些快鹿骑的战士根本就来不及上鹿背。那样，他们便有可能保存更多的实力。

夜色，本就是一种极好的掩护，使得快鹿骑没有早一点发现蒙络诸人，当他们发现之时，蒙络等人与之已相距只有数十丈了。

“杀呀！”蒙络大喝一声，他已算准这些人只是扎营于此，并不是刻意埋伏在这里，只要他上前一阵冲杀，定可打乱这些人的阵脚。

快鹿骑也大惊，黑夜之中，双方都不曾点亮灯火，都不知道对方有多少人，他们还以为是有人刻意来袭营，皆惊醒，等他们手提兵刃披衣而出时，蒙络已冲入了营中。

蒙络哪还客气？见人就杀，见帐就挑，一时之间把这群快鹿骑的战士给杀懵了，还以为己方已被敌人四面包围了。有的刚睁开睡眼就被斩杀，有的衣服刚穿一半便被击杀，有的提了兵刃还没弄清是怎么回事时，就做了冤死鬼，只有一些机警的人在稍稍一怔之后，立刻迎战，但哪是蒙络之敌？再则他们也不知对方是何来历，人有多少，一时心里慌乱，有的便光着脚丫提了衣服就跑，却不知该向哪里去。

快鹿骑向来以偷袭和快速著称，但是此刻，蒙络却是悄然杀至，使他们连爬上鹿背的机会也没有。在地面上，他们比起蒙络身边的亲卫高手当然要差上一筹，因此几乎无力反抗。

蒙络的亲卫们不仅挑营，还放火，烧断鹿缰，使得数百战鹿乱跳乱窜，嘶叫连连，大部分受惊之后，四处乱踏，甚至向荒野跑去。而蒙络的亲卫们则跃上鹿背横冲直撞，确确实实享受了一番大刀阔斧杀一通的快感。

蒙络也没有料到这意外的奇袭竟有如此效果。

快鹿骑的战士毫无斗志可言，四处乱窜，混乱至极。

帝大此时已自中营中冲出，他也弄不清究竟来了多少敌人，又是何方敌人，但他见了敌人就杀。片刻之间，连挑周围十数名好手，兰彪也只走了六招，差点成了帝大矛下之鬼。幸好庄义赶到救了他一命，两人双战帝大，却也只有防守之力而无进攻之机，被对方如暴风骤雨般的狂攻杀得喘不过气来，帝大还不时矛挑身边的蒙络亲卫。

兰彪没有料到自己竟会如此狼狈，他自信连龙歌和伏朗也只能与他处于伯仲之间，但此刻遇上了帝大，似乎武功一点都不好使。

“原来是帝大先生在此，那倒也好！”蒙络一看帝大气得脸都青了，不由得大乐。

帝大确实很气，只见快鹿骑的战士全乱了套，斗志全无，甚至四处逃散，在蒙络亲卫的剑下如斩瓜切菜般死去，连反抗的斗志也没有，只知逃命。这数百人竟被蒙络区区数十人杀成这个样子，怎不叫帝大气恼？但兵败如山倒，他也无回天之力，何况此刻他被兰彪和庄义给缠住了。

“彪儿退下！”蒙络一声轻喝，挥剑便直取帝大。

兰彪果然退下，迅速指挥那群越战越勇的战士四处杀戮。

战局确实呈现一面倒的局势，兰彪根本不给对方聚集的机会，哪面敌人欲聚集，他便向哪边杀，只杀得东夷战士七零八落，如无头苍蝇般乱窜，趁黑逃走了近半。剩下的东夷战士更是被兰彪和蒙络给杀懵了，要么不知如何是好，要么死于对方剑下，不过也有一些人清醒过来，向帝大身边聚拢反抗，但大势已去。

帝大也知大势已去，他实在有些不甘心，这一场仗几乎是输得不明不白，何以蒙络会悄然而至？何以蒙络知道自己在这里呢？他自然想不到这种偶然的巧合。

事实上，这也不能怪东夷那些哨兵失职。蒙络这些人连夜赶路，又是轻装而行，连坐骑也没有，试问在这暗夜里有谁会大老远发现他们呢？这群人都是训练有素的精锐之师，连走路也悄无声息，待哨兵发现时，蒙络诸人已经来到了近前，他们根本就来不及作准备。以蒙络为首的一干精锐，在哨兵发现他们时，他们自然也会发现哨兵，又岂会让哨兵发出信号？因此，蒙络率人竟无意间奇袭了快鹿骑，让快鹿骑也尝试了被人偷袭的苦果。

帝大带着人杀开一条血路，也向黑暗中狼狈逃去。蒙络根本就阻不住他，因为蒙络自身也是疲惫至极，这一路上一战再战，哪还有力气追杀帝大？不过，如此战果确实让蒙络满意。

快鹿骑死伤至少在两百以上，而蒙络的亲卫却只死去了二十余人，伤了三十余人，这个结果对蒙络而言不能不说是侥幸。

蒙络不仅杀得快鹿骑大败而去，更夺得了许多战鹿，那返回熊城也便不用步行了。而他并不欲先回熊城，而是选择壬城。壬城城主兰庆乃是兰彪之父，是蒙络最忠实的亲信，只要去了壬城，一切都好办了。

以兰庆的武功和才智，定可帮他渡过难关。

蒙络也实在应该感到庆幸，一天之中连遭风魔骑和快鹿骑，他只有百余人却让风魔骑和快鹿骑大败而走。当然，这个结果是惨烈的，他的部属也只剩下五十余人，还有一大半带伤，更且他的许多亲信高手也死于神门秘境之中，这是无可挽回和弥补的损失。

段艺在乱战之中被杀，段赋也受伤不轻，兰彪亦受了伤，庄义还好，可能是因为他并未经神门秘境的劫难之故。蒙络庆幸没让庄义一同去神门秘境中，否则只怕连这位好助手也会损失掉。这一刻，他真的感受到了庄义的重要，否则的话，他一人只怕会在帝大手下出丑了。皆因他实在太疲惫，身边的战士们也个个疲惫不堪，没有一个人衣衫完整，或多或少都受了些伤，有些是在与风魔骑相斗时受的伤，有些是刚才受的伤，但不管怎么说，这些战士再也经不起多大的折腾了，因为他们实在是太累了。

不过，蒙络还是要赶路，不管怎么样，此刻有战鹿代步，在巳时左右应该可以赶到壬城，那时再痛痛快快地休息一番也不迟。如果在这里休息，谁也不知道下一刻将会发生什么事情。

天微亮，轩辕便已醒来，这是一种条件反射。平时他并没有这么早起的习惯，事实上，此刻他也并没有打算起来，或者说他并未真的睡下，只是在盘膝调息，进入了一种连他自己也无法理解的神秘而奇异的天地之间，但是他却突然醒了过来。

轩辕睁开眼，便发现灰蒙蒙的光亮透入帐中。当然，并非因此他才醒来，让他醒来的是其他原因。

“贵客既来，何不进帐一叙?”轩辕淡淡地道。

帐帘无风开启，一道修长而完美得让人心颤的身影如轻风般飘入帐中。

“圣姬不请自来，使轩辕未能远迎，还请海涵!”黑暗中，轩辕依然清楚地看清了来人正是狐姬。

狐姬咯咯一笑，优雅地来到轩辕身前盘膝对坐，轻启朱唇笑道：“轩辕口不对心了。”

“何以口不对心?”轩辕不知哪里出错。

“轩辕心中在骂我，口中却叫我圣姬，难道轩辕心中也认为我是圣姬?”狐姬悠然反问道。

轩辕恍然，却只是淡然一笑，不再争辩，也便等于告诉狐姬：“你猜对了。”

狐姬不恼反笑道：“轩辕坦白得可爱，或许这就是任何女人都不能不对你动心的原因之一吧。”

“我不觉得这是一个优点，如果你这么认为的话，我自不能否认。不过，我心中并没有骂你，因为至少你比许多人讲信义多了。五日之约，你没有失信，更如此坦然地与我相对，若轩辕再骂你，只怕天下众生也会取笑我轩辕无容人之量了。”轩辕神情自若地道。

“可是轩辕难道不怕我们如此对面而坐是想对你不利吗？难道轩辕不知道我能在谈笑间杀人，且有让人下地狱的绝世媚功吗？”

“轩辕知道，但轩辕的直觉告诉自己，你来此并无恶意。如果轩辕被自己的直觉所骗，那也只好认命了，谁叫我是凭直觉而活的人呢？”轩辕悠然一笑道。

狐姬也妩媚一笑。

轩辕不由得微呆，狐姬的笑确实是无可抗拒的，虽然他一个劲地警惕自己，但仍然无法自制地为狐姬的魅力所震撼。

“我还以为轩辕是铁石心肠，对美色无动于衷呢，看来轩辕的自制力并不是我想象中的那么好。”狐姬半带调侃地笑道。

“如果天下间有不为狐姬笑容而心动的男人，那这个人一定不是正常人。何况轩辕从未表示自制力非常好，更不是一个坐怀不乱的君子。对了，不知狐姬此来可是为了七窍圣锁的钥匙？”轩辕问道。

狐姬望了望轩辕轻搭在双膝上的双手，反问道：“你还需要它吗？”

轩辕摇了摇头，却没有言语。

狐姬望了轩辕一眼，深深地吸了口气道：“那我就不是为了七窍圣锁的钥匙而来，而是为另外一件事。当然，如果轩辕需要这把钥匙的话，我可以立刻交给你。”

轩辕哦了一声，又摇摇头道：“我不想要这把钥匙，因为我不想为一把毫无用处的钥匙而换取你对我的一个要求。”

“咯咯……”狐姬忍不住笑了起来，半晌才道，“你还真是一个不肯上半点当的人，难道你便不想知道我所提出的要求是什么吗？”

轩辕吸了口气，镇住有些摇荡的心神，淡淡地道：“我的确很想知道狐姬究竟是什么要求，但我却不想去实现这个要求。”

“为什么？你根本不知道这是一个什么要求，或许是对你极为有利呢?”

“我的烦心事已经够多的了，不想再为别的事情头痛，当然即使是对我很有利，我也应知道便宜莫贪之语。因此，我不想去理会狐姬的要求。”轩辕摇了摇头道。

“便宜莫贪?”狐姬不屑地笑了笑，道，“天下又有多少人将这话记在心上呢?”

“但不是没有，我想，还是请狐姬说出来意吧，天也快亮了。”轩辕转过话题道。

“难道轩辕连多跟狐姬说一会儿话的兴致也没有?”狐姬微怔，反问道。

轩辕微讶，狐姬似乎有些一反常态，并不对他施任何媚术，反而在责怨他。不过不管如何，这总是一件好事，至少狐姬对他没有什么敌意，少一个敌人总比多一个敌人好。如果要让他时刻面对狐姬的挑战，只怕他会受不了。

“狐姬误会了，轩辕怎会有此意？事实上能与狐姬如此倾谈乃是人生的一大快事，只是轩辕天亮之后尚要赶路，所以才会口出此言，还请狐姬勿多想。”轩辕解释道。

狐姬这才转怨为笑，道：“这还差不多。”旋又一正色，深深地吸了口气道，“我今日之来，是为了蚩尤重生之事而来的。”

轩辕立刻为之动容，反问道：“狐姬也入过神门秘境?”

“没有，但我比任何人都更能感受到蚩尤的存在，因为我们之间有着外人所无法明了的关系!”狐姬语气微有些失落地道。

“哦?”轩辕大惊，道，“愿闻其详。”

“那是一百多年前的事，我师祖乃是魔帝座前最得宠的亲信，与天魔罗修绝齐名一时。后来，魔帝大战伏羲，我师祖侥幸活了下来，但答应魔帝，在他重生之时必定相迎。于是魔帝在魔魂被封存前的一刹那，便与师祖建立起了一种超乎寻常的精神联系。而师祖去世之际，又将这精神联系转移给我师父，而我师父临终前又将之嫁接入我的脑海中。因此天下间只有两个人可以感应到魔帝蚩尤的存在。在有人破开神门的那一刻起，我便感应到了他的位置。”狐姬淡然道。

“两个人？那另一个人会是谁？”轩辕也大惊问道，同时也感到这之间确很玄乎。如果说两个人之间的精神联系，能做到一百多年仍不间断，不仅如此，还能转移，这岂不是天方夜谭吗？

当然，世上许多事都不能以正常的论调去对待，也确是无奇不有，轩辕倒不怀疑狐姬所言的真实性。

“另外一人便是连神族也认为神秘莫测的渠瘦族老祖宗破风。这老妖休眠了百年，相信蚩尤重生定已唤醒了他。此人乃蚩尤座前最有名的魔将之一，当年蚩尤四大魔将，首推天魔罗修绝，次之为瑶台狐姬，第三是黑暗之神破风，第四位则死于女娲娘娘的手下，便连刑天也只能排在破风之后。如果将来你见到此人，定要小心！”狐姬竟似极为关心轩辕，提醒道。

轩辕不由得倒抽了一口凉气，如果说这个破风竟比刑天更为可怕，那这个人确实难缠。更让轩辕心惊的却是罗修绝竟然会是蚩尤的魔将之首，那岂不是说蚩尤的武功比罗修绝更要可怕得多了？那样他怎能战胜蚩尤？

对于渠瘦族，轩辕起始并未在意，因为他曾数度与渠瘦人交手，知道渠瘦人虽然神秘，但真正的高手却并不是太多。而今听狐姬如此一说，他才知道，自己当初实是太小看了渠瘦族，居然还有一个休眠了百多年的老魔破风。

一个人居然可以休眠百余年，这是何等不可思议的事？无论是对于这个人的身体机能，还是对于此人的生命力来说都是极为不可思议的，谁的肉体能够在休眠百年之后仍完好无损？……如果破风仍能醒来，那只能说，这是一个奇迹。

也难怪渠瘦族这百多年都没有杰出的高手，只是因为老祖宗休眠了百多年，使得足以威震天下的武功没能流传下来，经过百多年的荒废，渠瘦人的这一代自然不再有昔日之勇。

“或者你会很奇怪，一个人居然能休眠百多年再苏醒过来。其实，这并不是不可能的事情，只要有一个特别的环境，加上休眠者本身的绝世功力，这是完全有可能的。而这个特殊的环境正是在死亡沼泽之中，那里有一种叫作云泥息壤的奇异物质，只要人沉睡于云泥息壤所在的池中，他的机体永远都不会死去。除非他生机已断，而无法接受来自云泥息壤中的养分。破风正是靠云泥息壤中的养分保持着肉身的不死，更能吸收身体存活所必需的物质。因此，他可以不吃不喝，沉睡一百多年。但沉睡一百多年后，他的体格也会完全改变，甚至不再像一个人，而像个怪物。"

"那是为何?"轩辕心中微有些明白，但狐姬后面的话又让他有些不解。

"皆因息壤是一种极为神奇的泥土，之中含有极多的奇异物质，有着金铁的光泽，相同的体积，比铸打过的金铁更重。它虽然能供给人体许多养分，但也会破坏人体的肌肤，使肌肉和骨骼发生变形，这也是我师祖为何宁愿老死，也不愿在云泥息壤中休眠的原因。"

"原来如此，何以狐姬要告诉轩辕这些?"轩辕有些不解地问道。

"很简单，因为我相信轩辕一定会对付蚩尤!"狐姬意味深长地望着轩辕笑了笑道。

"难道狐姬希望我对付蚩尤?"轩辕微讶，问道。

狐姬表情有些异样地点了点头，道："不错，除了老妖破风，天下没有几个人希望蚩尤重生，包括我在内。"

"哦，你所代表的应是少昊的意思，对吗?"轩辕似有所悟地反问道。

"可以这么说，也可以不这么说，少昊确实是最想除掉蚩尤的人之一，但我所为的并不是这个原因。"

"我不明白狐姬还有除掉蚩尤的更好理由!"轩辕道。

"事实上，要想找一个理由很简单，我要除蚩尤，是不想成为他的玩偶，不想被任何男人驱驾，你认为这个理由怎样?"狐姬突然道。

轩辕一呆，又问道："你以为这种情况会发生在你和蚩尤的身上?"

"不是可能，而是一定！我接受那种精神的嫁接之时，便已经注定了这个命运，这也是师祖瑶台狐姬当年的命运，而我不想！现在你应该知道为什么了吧?"狐姬微微有些激动地道。

轩辕愣愣地望着狐姬半晌，才长长地吸了口气，反问道："你以为我可以对付得了蚩尤？"

"你可以！或许天下间只有你才能办到！"狐姬肯定地道。

轩辕不由得呆住了，他不明白何以狐姬会如此肯定。

壬城在望，蒙络也着实松了口气，此时天色已经放亮，东方的天空呈现出一层昏白的光润，启明星如黑暗中的精灵，让人感到极度的亲切。

露水极重，地上都打了一层薄霜，众人已赶了一夜的路，经过数战，此刻都微微放下了一颗悬着的心，至少壬城已在望。

当然，有句俗话叫看山跑死马，此刻蒙络等人距壬城也仍有很长一段距离，他们只是立于山坡之上远眺，实距壬城至少仍有二三十里，因为山道盘曲非直线可行。

蒙络也感到有些冷，眉头上都滴下水珠了，头发也全被霜露打湿。不过，由于跑动的原因，他们身上并没有结霜。

蒙络回头望了一下身后的亲卫战士，有人已冻得唇间发紫。夜晚的山风特别凉，加之他们身上的衣衫已被沾湿，更显得异常阴冷。何况，他们已经十来个时辰未曾进食，又连番苦战，不仅有伤在身，更是疲惫不堪，自然是受不了这寒风之苦。

兰彪的样子也狼狈至极，身上血迹斑斑，衣衫也碎裂了许多处，须发凌乱。不过，所幸他的体质极佳，比之那群亲卫战士，他的精神尚要好一些。

便快到家了，兰彪心头也是一阵轻松，仿佛苦难已经熬过去了。而神门之事仿佛是一场噩梦，如今这场噩梦终在清晨来临之时醒了过来。

晚上天黑，众人都不敢驱鹿快走，仅能缓步而行，害怕战鹿失蹄，那便会得不偿失了。现在天亮了，二三十里路不过半个多时辰便可抵达，这自然让人有些欢欣。

"走吧！"蒙络深深地吸了口清晨的凉气道，同时一带缰绳，向山坡下冲去。

众亲卫一阵欢呼，也向山下冲去，终于可以放开缰绳冲上一阵子了。

人性的悲哀，往往便在于即将成功之际，稍一大意而使一切前功尽弃。

人是容易激动的生命，容易满意，却不容易满足。当他们激动时，就会疏忽许多东西。

此刻的蒙络就有些疏忽了，因为见到壬城的所在，他再也不用将心神绷得紧紧的，因而他有些大意，余者更是这样。

其实，蒙络的大意也并不能算是大意，即使他不大意，以他疲惫的精神，也不一定会注意到此时的另一个山头上，那雾色中的战马和刚刚出巢盘旋于天顶的鹞鹰。

这一带的路并不太好走，坑坑洼洼，弯弯拐拐，本来直行仅一里之遥的地方，要弯上四五里才能够到达，如果有人拥有翅膀倒省事多了。当然，那只是梦。

蒙络没有翅膀，也不可能飞过山洼坡谷直到壬城，其实就算他有翅膀的话，仍会有人要将他射下来。

是的，蒙络绝不能返回壬城，只是蒙络自己仍懵然未觉，此刻他更是借着山坡的斜势疾冲而下。

蓦地，蒙络只觉座下的鹿腿一软，整个身子给甩了出去。

"啊……"蒙络落地之时，险些一个踉跄，他也实在是很疲惫，鹿失前蹄，那疾冲而下的惯性何等强猛？若在平时，绝不在蒙络话下，但眼下的情况却大大不同。

蒙络没有用剑，但他身后的那些亲卫战士一个个如滚地葫芦一般被摔了个半死。

后面的几骑见机得快，带缓了战鹿的速度，虽然战鹿摔倒，但他们已经能够在这种速度之下稳住身子。

惨叫声四起，蒙络回头一看，昏暗的晨曦中，他们所过之处，遍地都是横七竖八的老藤，也难怪会成为这些战鹿的死亡之地。因为光线太暗，他们根本就无法辨出地上的老藤，才会有此一失。

蒙络正要说不好之时，四面的劲箭如雨点般洒下，那些挣扎着爬起的蒙络亲卫，又一个个惨号而倒。这群人几乎已是没有任何战斗之力。

这山坡下到处都是坚硬的石头，他们以那么沉重的方式摔下，有的早已断了胳膊或大腿，也有的脑袋撞到坚石之上，一命呜呼。五六十人，本来就个个带伤，又是疲军，哪里还经得起这般摔跌?

蒙络挥剑拨开射向他的箭，但却无力救身边的亲卫，此刻他哪还不明白，自己走进了别人的埋伏圈中，此时他所想到的第一件事，就是杀出重围!

兰彪也狼狈地挡开几支劲箭，但他的腿也摔了，手脚已没有最初的灵活，竟连中数箭。他本以为这次自己死定了，但却倏然发现这些箭矢都是没有锋刃的，只会让人感到一阵剧痛而无法取人之命，不由得大为错愕，在一错愕之际，一支无刃之箭正中他的额头，只击得他仰面而倒，头昏眼花，差点没晕过去。

“彪儿!”蒙络一惊，也中了两箭，但却发现自己并没有被穿插，也为之大愕。

那群蒙络的亲卫一个个都倒在地上，抱头呻吟，有的是抱膝呻吟，竟没有一个人能站起来，抑或是这些人已经不敢站起来，因为站起来的人必定会受到劲箭的攻击。

“父王，你快走吧!”兰彪痛呼，这种时候，他仍很清醒，对方之所以不以利箭相射，很可能是想抓活的，而以他们眼下的情况，根本就不堪一击，若是蒙络不走，只怕真的会全军覆灭了。

蒙络一听兰彪没事，稍感放心，也明白眼下的形势险峻，他必须走，否则只会成为别人的囊中之物。于是他也顾不了兰彪诸人，起身便向外冲。

“王爷，我们杀吧!”庄义不知何时也站了起来。

蒙络一看，心中稍喜，多一人总比少一人好，但是再一看前方，不由得呆住了。

“如果乱动，别怪这毒箭无情。蒙络，我看你还是放弃反抗吧，你根本就逃不了，即使过了这一关，也过不了下一关!”一道修长的暗影自草丛之中立起，四周同时出现了近百名弓箭手，人人张弓搭箭，自不同的方位和角度齐指蒙络和庄义。

这绝不是无刃的木杆，只看那箭头的幽光在晨曦中那般阴沉便知这箭头是淬了毒的。

若是在平时，蒙络绝不会在意，但是眼下，他功力虚耗实在太多，连番与魔奴与帝大等高手交手，兼之在神门秘境之中战盘古智高，便是铁打的也有些受不了。因此，他没有把握避开这近距离的百支毒箭。

当然，威胁并不只是来自这百余支利箭，更是来自与他面对的那高大身影，仅凭对方的气势就可以看出此人绝对是个难缠的人物，他能够闯过对方所布下的杀局呢？蒙络绝对没有把握。

“你是什么人？”蒙络心神反而变得平静，既然不可避免，那便只好面对。

那高大的身影缓步踱至蒙络的身前，相距两丈而立。

“老夫虎叶！”那人凝望着蒙络悠然道。

蒙络微愕，他似是在哪里听说过这个名字，但一时又想不起来。

“你便是轩辕以土计换回的虎叶？”兰彪却记得这个人的名字，骇然道。

“年轻人的记性还真好，不错，正是老夫！”虎叶悠然道。

“是轩辕让你来的？”蒙络也吃了一惊，立刻意识到了什么似的。

虎叶没有回答，只是淡淡一笑道：“我们并无意为难蒙王，只是想请蒙王与我们好好合作而已！”

虎叶说话的同时立刻有数人大步逼向兰彪，他们显然首先要挟制兰彪。

蒙络一惊，欲动手，他明白这群人想干什么，但虎叶却冷冷一笑道：“蒙王还是少安毋躁为好！”

蒙络从未想过有朝一日自己会这般窝囊，此刻他的亲卫几乎没有一人还有再战之力，仅他一人如何能够敌得过对方一百余众？他现在有些后悔不该贪神门之秘，这叫虎落平川被犬欺。他蒙络平时日何等威风，可眼下却只能遭人欺负，反被小小的弓箭给威胁了。

兰彪低吼一声，愤然出招，但他此刻所剩不到平时的两成功力，才两招之间便被制伏。

“我跟你拼了！”蒙络怒吼一声，向虎叶扑去，但刚一动身，便倏觉腰间一痛，浑身的功力尽泄，软倒于地。

出手的人竟是庄义，蒙络几乎不敢相信这是事实，庄义居然会出手对付他！

“对不起了，蒙王！”庄义淡然一笑道。

“庄义，你……”蒙络还未说完，便已晕迷过去。

“所有人都给我带走！”虎叶一挥手吩咐道，旋又向庄义一拱手道，“庄先生辛苦了。”

“少典王何用客气？这里便交由你处置了，我希望不要过多地伤及无辜。”庄义诚恳地道。

“这正是我之本意，愿合作者，我会让他们享受跟过去一样的待遇！”虎叶认真地道。

“如此甚好！”庄义放下心来，他对轩辕的安排确实是佩服得五体投地，也只有轩辕才能够如此好地把握住分寸和时机，调动一切可能调动的力量，将每一个人的力量都用在了实处，而不损一兵一卒的擒住蒙络这样的不世高手。也只有轩辕才有如此魄力，大刀阔斧地干，连蒙络和创世也全不放在眼里，这对于一个新崛起的年轻人来说，需要的是胆量和智慧，才能够完全把握住整个大局的发展和动向，而不失时机地取得胜利。

庄义觉得自己选择跟随轩辕是一种明智的举措，而他也逐渐清楚了轩辕的实力确实雄厚得胜过创世和蒙络。讲到玩手段，只怕蒙络和创世都不是轩辕的对手。

第一百一十六章　诛魔大阵

轩辕实在想不出自己有什么条件战胜蚩尤。

若轩辕没有亲见蚩尤的魔威，他还真的有可能相信自己能战胜蚩尤，可是此刻他对自己都没有信心了，不仅仅因为蚩尤，还有那仅闻其名未见其人的破风。他更不相信他会比少昊、太昊和罗修绝诸人更有资格对付蚩尤，至少在武功上，他与前三者之间都有着极大的差距。

狐姬似乎也看出了轩辕的疑惑，事实上，她也不知为何对轩辕有着如此的信心，但她却知道蚩尤的致命弱点。

“圣姬请指教，轩辕不明何以能战胜蚩尤，蚩尤之勇，便是当年伏羲大神也仅能将其魔魂封存，而不能除去。轩辕之力与伏羲大神相比，更有着天差地别，轩辕想不出一丁点儿战胜蚩尤的理由！”轩辕苦笑着道。

“或许此刻你无法战胜蚩尤，但并不代表日后，天下间只有你才具备这个条件！蚩尤虽勇，但已非当年的蚩尤，当年蚩尤拥有水火不侵、金刚不坏之躯，今日他虽然重生了，却不再拥有当年的躯体，因此，他并不是无法击败的！”

“但即使是攻破了他的躯体，其魔神依然无法消灭，他照样可以再重生，试问谁能阻得了他呢？”轩辕仍然心中无底地道。

“非也，蚩尤的魔魂并不是无物可克。天地之间，知道这个秘密的人大概已经只剩下我了，只要能聚合神族十大神器，布下神刃诛魔大阵，便会在蚩尤魔魂离开躯体之时，将之永远毁灭！”

轩辕大喜道：“这个消息太重要了，是圣姬师祖所说的吗？”

“不错，我师祖是蚩尤最宠爱的女人，因此知道了许多罗修绝都无法知道的秘密。因为蚩尤当年受了盘古大帝的诅咒，十大神器便是他最大的破绽和致命的弱点。当年伏羲大神并未能聚集十大神器，这才使蚩尤逃过一劫。因为神族四分五裂，十大神器也不知落于何方，伏羲大神只好以先天八卦聚天地精华将蚩尤封存。后来，伏羲大神未找齐十大神器便已登天而去。据我所知，如今轩辕已经聚齐了数件神器，因此只有你才最有资格毁去蚩尤以及他的魔魂！”

狐姬顿了顿又继续道：“蚩尤重生，所借之躯乃是叶帝，这也将是蚩尤致命的弱点之一。当他与叶帝身躯完全结合，思想也完全结合之时，他所代表的再不只是蚩尤，而是叶帝，他的脑海里或多或少会存在叶帝的感情。只要叶帝存在感情，那他唯一的亲人叶皇将成为他心灵最大的破绽，甚至会成为他致命之处，因为我听说叶皇和叶帝之间有着一种奇妙的联系，这就是最有力的武器！”

轩辕的眸子之中闪过一丝奇光，他似乎在一刹那间也看到了希望。

的确，如果狐姬所说是事实的话，那他确实是最有资格对付蚩尤的人。神族十大神器他已经拥有了五件，不！应该说是六件。叶皇手中的无量尺；木青手中的含沙剑；他自己手中的昆吾、太虚；歧富手中的尊神刀；满苍夷手中的极乐神箭。现在差的只是在花猛手中失落的辟邪剑，那应是失落在九黎族中。另外便是伏朗手中的魔损鞭；刑天手中的开天斧，至于惊夜枪又是在谁的手中，轩辕便不清楚了。

轩辕暗自庆幸叶皇得到了无量尺，当日谁都以为无量尺会随童旦坠入地底熔岩之中，但却为正被埋在封神台下的火神祝融所得，而火神又将无量尺交给了叶皇，这或许就是天意吧。

童旦当然已经身死，但此尺却不错。轩辕若是想去夺伏朗的魔损鞭，也并不是一件难事，只是如何抢到刑天的开天斧却是一个难题。

刑天的武功实在是太可怕了，如果他主动逃走，只怕没有人能挡得住他，更别说抢夺其开天斧了。而如何找到惊夜枪也是个问题，不过既然只差这么一件神器了，应该不会令人太过头痛，如果时间允许的话，应不会有什么问题，只是尚有许多问题并不是如人所想。

正如，即使是能够有毁灭蚩尤魔魂的方法，但是又有谁能够破坏蚩尤的肉身呢？谁能成为蚩尤的对手呢？只要想到蚩尤那战天之时的威武，轩辕的心头便有些发寒。不过，办法总是人想出来的。无论如何，轩辕总有面对蚩尤的一天，因为刑天和风骚等人注定杀不死蚩尤，如果没有人能够毁去蚩尤的魔魂，那他的元神仍可借体再生。因此，轩辕与蚩尤相对，这是宿命。

轩辕对狐姬的坦诚相待也微感有些疑惑，他对狐姬的作为并不是不知道，自桃红和雅倩的口中也听到过许多。是以，狐姬如此对他，他实有些意外，也不知道狐姬究竟是安的何种心机。不过，轩辕不介意知道一些关于蚩尤的破绽，那对于他来说，应该不是一种害处。

“我可不可以向轩辕问一个问题？”狐姬突然问道。

轩辕一怔，他不明白何以狐姬又突然多出这样一件事来，一时间他自不敢应下，只是道：“圣姬何不说来听听？”

狐姬望了望轩辕，道：“如果桃红骗了你，你会不会原谅她？”

“桃红骗我？”轩辕大为错愕，旋又冷冷地望着狐姬，冷然反问道，“你是在挑拨我们之间的感情？”

狐姬并不惊慌，依然很平静地问道：“我只是说如果，我希望你能够确切地告诉我。”

“如果真的会这样，那就要看她在什么事情上骗我了。如果是在关系到大事之上骗了我，那就算我可以原谅她，别人也不会原谅她。但若只是关系到我个人的事，我相信并不是不可以原谅的。每一个人都可以拥有自己的秘密，拥有自己的思想。”轩辕认真地道。

顿了顿，轩辕又反问道：“你为何要这样问？”

狐姬高深莫测地笑了笑，道：“总有一天你会明白的。”

“如果你以为这样故作高深状就可以挑拨我与她之间的信任和感情，那你就错了！”轩辕微微有些生气，狐姬这样发问和这样的回答确容易让人心中生出误会，但轩辕确实很欣赏桃红，也很相信她，更对这个痛恶过去的美人多了许多的怜惜和爱护。

“看到你生气，我真为桃红感到高兴，说明她确实是没有选错人，我这做师父的确应欢喜才是。”狐姬欣然道。

“但愿你这些话是真心的。”轩辕对狐姬的话有些戒心，实是狐姬刚才几句莫名其妙的问话的确极具挑拨性，仿佛让他觉得桃红真的是有什么事情在骗他似的。

“当然是真心的，我有个请求，希望将来无论你与桃红之间发生了什么事，你都要好好地爱惜她，呵护她，你能答应吗？”狐姬神情一肃，认真地道。

“如果就只有这个请求的话，我觉得没有必要不答应。”轩辕不置可否地道。

狐姬笑了，道：“但愿你记住今日答应的话！”

“轩辕自不会忘怀！”轩辕道。

“如此，那我便先告辞了。”狐姬立身而起道。

轩辕本欲起身相送，但稍动一下，又坐了下来，淡淡地道：“圣姬请了，轩辕不远送了。”

狐姬微微讶异地注视了轩辕一眼，似乎对轩辕不起身相送有些意外。半晌，才有些幽然地问道：“轩辕认为我们可以成为朋友吗？”

轩辕也不由得微微一笑道：“如果都如今日这般，我相信，我们已经是朋友了。”

“我会记住轩辕今日所有话的！”狐姬说完，妩媚一笑，转身掀开帐帘便飘了出去。

“她是我的客人，不必相阻！”轩辕扬声道。

帐外立刻传来了狐姬的笑声和一阵轻微的脚步声。

“轩辕手下果然是高手如云，咱们后会有期！”狐姬的声音渐去渐远，而青天和叶七则出现轩辕的帐外。狐姬的行动并未瞒过他们的耳目。

“我们也该起程了！”轩辕立身而起，悠然伸了个懒腰道。

轩辕返回熊城，受到了空前热烈的欢迎，便连住在附近村落的所有子民都于熊城之外夹道欢迎，为他们这个心目中的英雄献上自己的欢呼，人人以争睹轩辕的风采为荣。

轩辕仿佛便是他们的救星，杀曲妙，杀鬼三，杀偃金和奄仲，创风骚，更大战刑天，这是有熊数百年来最让人振奋的事。在这危机四伏，人人紧张的日子里，轩辕的出现，轩辕的勇武和威仪，仿佛是透过乌云的阳光。

熊城守城之卒也高声欢呼，人人振奋，老人小孩相互扶携来为这位有熊族的英雄献上热切的祝福，甚至有些老人拉着轩辕的手热泪盈眶，因为这些老人都在年轻时深受过曲妙、鬼魅、偃金和奄仲的苦头。因此，他们深深地感激轩辕为他们出了口气，更为有熊族出此人物而感到自豪和欢欣。

全场的士卒也都为此种场面所感动，不过为了不阻轩辕的行路，他们仍然出面阻止了许多妇人、少女那蜂拥而上的态势，极力为轩辕分开一条通道。

元贞长老与凤妮迎出五里，以最热烈的形式欢迎轩辕的归返。

只是仍有许多人为之担忧，那便是创世和蒙络的人，他们已经深深感到了来自轩辕的压力，那种气氛使他们不能不忧心，即使是创世和蒙络也绝对无法如此得人心。当人心全都偏向轩辕之时，那便是创世和蒙络的危机。

事实也正是如此，至少，到目前为止，创世和蒙络犹未能返回熊城，这使得蒙络和创世的人更感到担心。熊城之中，没有创世和蒙络亲自主持大局，谁能够斗得过轩辕？谁能够与宗庙的意见相驳？谁能不服圣女凤妮的调遣？

圣女凤妮身边的高手似乎突然之间多了起来，再也不只是那群金穗剑士和银穗剑士，却成了剑奴、木青这类的高手，还有一群熊城之人并不熟悉的人，没有人见过这些人出手，但明眼人一见就知这群人无一是好惹的。

贾晓是干着急，虽然他是蒙络身边的第一智囊，但对于有熊族内部的事宜却是没权出言，可是他深切地感受到，蒙络不在熊城的这些日子，凤妮的声威和气势是一日千里，在最短的时间内达到了往日从未有过的地步，仿佛是将积压了一年多的闷气在几日之间完全爆发出来。

齐充和杜修也深有同感，但他们又能对凤妮怎样？何况凤妮此刻身边已是高手如云，他们根本就是无所作为，只好忍气吞声等创世回熊城了。

轩辕默默地在为雁菲菲所建的冰窖之中待了半天，亲手在那冰床的周围布满了五颜六色的鲜花，一切都是那么仔细，那么认真，仿佛怕惊醒了雁菲菲熟睡的美梦。

凤妮、陶莹、燕琼、桃红诸女全都在一旁静静地立着，也全都止不住地滑下几行泪水。

冰窖中的轩辕与在外叱咤风云的轩辕似乎完全变了一个人似的，他不言，只是一切都那么小心，那么认真，那么专注，包括为雁菲菲擦去脸上的一滴水珠。

轩辕是坚强的，他的坚强，让他撑起了有熊人的希望，让他成为叱咤风云的人物，使鬼方、东夷诸族为之震惊……但轩辕也是脆弱的，脆弱之处却是不为外人所知。他亲吻雁菲菲那冰凉的嘴唇，他恋爱怜惜而悲伤地轻抚雁菲菲的脸庞。他哭了，无声地哭泣。泪水，一滴两滴……如一串珍珠般落到雁菲菲那苍白而冰凉的脸上，因此轩辕是脆弱的。

不过，轩辕的脆弱只有少数人知道。

男儿有泪不轻弹，但绝没有人会说轩辕什么，英雄并非不脆弱，英雄并非不流泪，只是他们不会让人知道。何况，轩辕并不觉得自己是个英雄，他只是男人，是个至情至性的男人，有自己的感情，也有自己的思想。

冰窖之中不仅有鲜花，还摆有野果，清静而幽宁，洁净而冰寒，但这却使得雁菲菲栩栩如生，那长长的睫毛仿佛唰地一下就要张开，脸上仿佛仍挂着甜甜的笑。

轩辕便在冰床的边上，默默地注视着雁菲菲的笑容，痴痴地，不知冷，不知饿，仿佛灵魂已到了另外一个世界。

歧富办事确实很周到，而这一举措更得到了宗庙的全力支持，竟以寒晶镇住冰窖，使冰窖之冰能够永远不化。

有熊族中的重要人物，除蒙络和创世两派人之外，余者皆来为雁菲菲送上一束鲜花，以表示对死者的敬意和哀悼。

是的，雁菲菲是因与刑天交手而仙逝，应是有熊的骄傲，也是有熊的悲哀。冰窖便建在熊城之顶，这里正是宗庙的中心，也由此可见，有熊人对轩辕是何等的重视。

凤妮确应感激轩辕，如果没有轩辕，有熊族的子民们和战士们怎会拥有如此高昂的热情？怎能如此轻松地站在宗庙之中？有些时候，她不能不佩服轩辕的手段；有些时候，她也觉得轩辕的确有些深邃难测。但此时，她却觉得轩辕是那么实在，那么真切，实在真切得让她心酸。或许，她只是因雁菲菲的死而伤感。不过，她也为雁菲菲庆幸，庆幸雁菲菲能使轩辕伤心。

轩辕宣布了几个极具震撼的消息，一时之间，几乎让所有有资格参加宗庙会议的人呆住了。

——创世大祭司在与东夷快鹿骑的高手交手时被害；蒙络却是死于蚩尤之手；龙歌王子因蚩尤的重生返回西昆仑请师尊王母出山，也离开有熊而去。这三个消息如一个个重磅炸弹般炸得所有人晕头转向，便连宗庙的几位长老也张口结舌，只有元贞长老和凤妮还能够保持平静。余者甚至有人放声大哭，有人惊慌失措，仿佛天将塌，地欲陷，众人一时之间如何能够接受这等事实？仿佛有熊族顷刻间就要四分五裂一般。

事实也确实如此，有熊一向都是以创世和蒙络为两根台柱，虽分为两派而立，但至少让有熊族有个主心骨，让人心中稍稍安稳。如今一旦失去了这两根台柱，有熊人一时之间很难接受，那是极为正常的事。

庄义是证明蒙络死于蚩尤之手的人，而杜圣则证明了创世大祭司与帝大交手在敌人合围之下重伤而亡，而吴回因留在釜山对付蚩尤，因此这才中了敌人各个击破之计。

轩辕宣布这一消息是在他回城后的第三天，没有人会怀疑创世大祭司的死，但是蒙王府内却大乱，贾晓率人竟乘机逃出熊城跑向蒙王所设的别城，甚至扬言蒙王是被轩辕等人给害死的。

探子跑到宗庙来报此消息之时，宗庙所有人都大为震惊，哪里还会不知道贾晓的意思？便是连创世的人也大感愤然。

创世的几大重臣，杜修、齐充、杜圣虽然忠于创世，但也不是不爱惜有熊的人。人是有感情的，虽然齐充不能算是有熊之人，但在熊城居住了数十年，早已将有熊当成了自己的家，而且因为蒙络杀死了他的弟弟齐威，这使他对蒙络的势力有着无法抹杀的仇恨。此时见贾晓如此，他便禁不住大骂。

对于创世的死，杜修和齐充绝不怀疑，因为他们绝对相信杜圣。杜修怎能不相信自己弟弟的话？在他们眼中，既然创世已死，而且轩辕也对他们极为客气，宗庙更许以他们仍可成为新任祭司护法，他们也不觉得有什么不妥，更没必要去反对什么。

“让我去把贾晓那匹夫给擒回来!”齐充挺身而出，愤然道。

凤妮不由得向轩辕望了望，她对齐充主动请战有些不放心，甚至不知道该如何处理与这几人之间的关系。她自然知道创世和蒙络究竟是怎么回事，自然明白这是轩辕所用的战略，因此他想请轩辕发话。

轩辕此刻的身份已大不相同，乃是太阳圣士，头系蓝色英雄巾，其地位已可与长老相提并论，不由一笑道：“齐护法不用为此等小人烦心，用不了多久，自有人会缚他来见！不过，轩辕倒是想请齐护法和杜圣护法去办另外一件更重要的事情。”

“哦，圣士有何吩咐？杜圣愿为有熊尽上自己的一份绵薄之力!”杜圣竟然对轩辕的话极为顺从。

杜修大愕，他明白杜圣曾被轩辕擒过，视为奇耻大辱，怎的今日似乎对轩辕极为友好？不过他并没有想太多。

轩辕挺身道：“眼下，乃是我有熊大难之际，我希望大家能够齐心协力，共扶我有熊大局，抛开私人成见，应以对付外敌为重，不知诸位意下如何?”

那八名寨主，有几位立时大声应是，但也有几人是创世和蒙络的人。创世的人则看着杜修和齐充，蒙络的人则低头不语。七大营的几位头目虽然在部分是蒙络和创世两派的，但他们都是有熊族的子民，此刻蒙络和创世一死，为了有熊的利益，他们自然不会与宗庙作对。若是在创世、蒙络未死之时，那两人也是代表有熊的力量，叫他们选择，他们定会支持创世和蒙络。可是此刻他们没有选择，虽然有几人对轩辕并不是很服气，也只能应是。

杜圣则是显得对轩辕极为支持，庄义因为是见证蒙络身死的人，因此也便留在宗庙之中，附和轩辕的意见。

齐充虽是轩辕的手下败将，但是败得心服口服，对轩辕当日的手下留情也很有些好感。因此，他也诚恳地点了点头，道：“圣士所说的极是，眼下我们确应齐心协力为抗外敌放下私怨，若是让有熊偌大一族败在我们的手上，那我们也无脸再见先人了。”

齐充一开口，杜修也跟着点头，他是因为杜圣和齐充的关系，不能自己一个人坚持。

创世的那一股支持者见齐充和杜修也开口了，自然应和。

“有了大家的表态，轩辕真的很高兴，为自己，也为我们有熊族高兴，虽然我们痛失大祭司和蒙王这两大支柱，但我们有熊绝不能就此垮下，否则我如何对得起仙逝的太阳？如何对得起死去的大祭司和蒙王？因此，我们应该化悲痛为力量，应当对我们的族人，对我们的兄弟姐妹倾注更多的热力和爱心，更要为创世大祭司和蒙王报仇！”轩辕顿了顿，又道，“如果此时有人想要自毁家门，分裂我们有熊的力量，置我们族人的安危于不顾，逞其私利，那只会成为我们有熊的千古罪人！对于这样的人，我们绝不能轻恕！”

众人愣了半晌，每个人的脸上表情都不一样，但显然皆被轩辕这一番激昂的话说动了心。他们也都是体内流着有熊的血，自然不能对轩辕的话无动于衷了。

“对，如果此刻谁想自毁家门，分裂我有熊实力，动摇我们的军心，都只是方便了我们的敌人，这样的人，也便是我们的敌人，绝不能轻恕！”元贞也高声附和道。

那三位临时代理的寨主也高声附和。

轩辕望了望众人，吸了口气，感情深重地道：“轩辕虽然生在遥远的姬水，虽然只是回到祖城月余，但我明白，自己体内所流的乃是有熊的热血，是一种高贵而值得骄傲的热血。我为自己的祖族而骄傲，为我们勇敢而强壮的战士而骄傲，为我们那淳朴而善良的兄弟姐妹、父母乡亲而骄傲，我相信在这里的每一位都会有我同样的心情，也相信与我一样热爱着这里的每一寸土，每一位父老乡亲。所以，我们绝不可以在此刻族人危难之时低头、颓丧，应该让我们高贵的血液燃烧起来，在危难之中能够屹立不倒，能够强大中兴，这才是我们有熊人真正的骄傲！”

轩辕神情激昂，语气恳切而悠扬，顿挫之中只使每一个人都完全陷入了轩辕语气所营造的氛围之中，便连那群蒙络和创世的亲信也个个抬起了头，神情激昂，仿佛完全变了一个人，刚才因得知创世和蒙络死因的颓丧与恐慌也一扫而光。

“我们有熊人是绝对不会屈服的，也绝对不会败的，哪怕只剩下最后一个人，我们也是高贵而值得骄傲的！因为那人一定会是战斗到最后，奋争到最后仍然傲立的！没有什么可以打击我们的信心，没有什么可以阻止我们前进壮大，任何阻止和妨碍我们前进和壮大的阻力，都必须彻底清除。因此，谁想分裂我们，谁想动摇我们，都将是我们的敌人！不管是东夷、鬼方、蚩尤，还是我们内部的人，诸如贾晓之辈，更是我们所要清理之人！”轩辕说到最后，杀机大起。

宗庙大厅之中，每个人都被轩辕的杀气激得眼都有些红了，轩辕每一句话都仿佛是一股无形的力量注入他们的思想之中。

“为大祭司报仇，谁欲分裂我们都得死！”有人禁不住喝了出来。

“好！说得好！”轩辕望了那位曾极忠于创世的寨主高声道。

“愿听圣士指挥！”那三名临时代理的寨主高声道。

剑营和刀营的两位统领也高喝：“愿听圣士调遣，誓与鬼方、东夷一战到底！”

“愿听圣士指挥调遣……”大厅之中一时呼喝声四起，每个人都被轩辕那一番激昂的话给激得热血沸腾，在他们的心中哪里还会存在什么忠于创世抑或是忠于蒙络的？此时他们的心中唯有忠于有熊，忠于有熊数万子民，而轩辕的话更使他们的斗志和信心倍增，无不为轩辕那一番剖析而感动，皆暗忖道：“果不愧为有熊的战士，英雄！”因此这些人无不信服轩辕，加之轩辕近日的所作所为，为有熊的贡献是可圈可点的，甚至比创世和蒙络更要有魄力，这也成了他们信服的原因之一。

凤妮的眸了之中含着泪花，她确实很激动，并不是因为轩辕得人心，而是因为轩辕的那一番话使她激动，也让她感动。她也深深地感受到族人情深，甚至为有熊骄傲。

轩辕的话让风妮想了许多未曾想过的，甚至没有料到轩辕竟有如此多为有熊骄傲的理由。

元贞和几位长老也全都激动异常，从来都没有人说过如此生动而富有感情又激昂亢奋的话语，这会使每一个听过此话的人都生出一种由衷的自豪感，便是这几位久经世事沧桑的长老也不例外。

或许，这些人的确很热爱自己的族人，也的确为有熊骄傲过，但是他们从来都没有仔细去思索自己何以如此热爱自己的族人，何以会为自己身为有熊族的人而骄傲，更不会如轩辕这般如此透彻而又清晰完整地表达出来。是以，他们激动，他们一扫颓丧之气。

齐充和杜修诸人禁不住热血上涌，他们虽然对轩辕并不是很有好感，但却因为轩辕的这一席话使他们完全改变了，这使他们认识到轩辕的另一面，也使他们体会和分享到来自有熊族的骄傲。

是的，杜修和杜圣也是有熊人，体内流着有熊的热血，因此，他们也为自己自豪、骄傲，也对有熊的未来更多了一份向往和热情。或许，这只是瞬间的感动，但这是在昔日创世那里所找不到的。

创世能给他们的只是私利，只是一种抑郁的斗争，哪里可以找到轩辕这种高昂又无私的论调？仿佛在突然之间，将杜修、齐充诸人本来狭隘的天空引入了一个博大无垠的巨大空间，将个人的欲望一下子转变成了千万人共同的利益，这确实是让人感动和振奋的事，使得他们也愿意听轩辕的话，愿意接受轩辕的思想。也或许，轩辕天生便像是有一种让人亲和信赖的魅力。

轩辕的内心或许并不是真的这么伟大，或许在他的内心深处也藏着私欲和个人利益，但是他却可以将这种私欲深深地埋在别人看不见的地方，可以让一件伟大的外衣包容一切阴暗的东西。他了解人性，更了解斗争和人心，而对于说话，如何去表达一种思想，他则是最能捕捉别人的心理，这或许是与他平时喜欢思索有着很大的关系。

正因为轩辕能够做到这些，他才会成为另类，一个思想超前的另类，不会受到别人的蒙蔽，但却蒙蔽别人，能够说出这个时代最为感人且最富哲理的话。那是因为他拥有令人无法趋及的思想。所以他注定会成为这个时代的主宰，成为一代圣人和史无前例的伟人。

轩辕没有说错，才一个多时辰，便有人将捆绑了的贾晓和二十多名蒙王府的高手带来了宗庙。

这些人的神情狼狈，衣衫不整，有的伤口仍在流血，显然是经过了一番苦战，然后遭擒。擒拿贾晓之人正是少典神农及一干山海战士的精锐之师，另外还有木青等几人。

“轩辕，你这狼心贼子……呜……”贾晓一见轩辕便破口大骂，却遭杜圣一脚，踢得他口中冒血，舌尖差点没咬断。

“哼，不知死活，胆敢如此无礼！”杜圣怒叱道。

“此人实是该杀，犯上作乱还敢口出脏言！”一名寨主道。

“贾晓，你可知罪？”元贞大喝道。

“呸……”贾晓吐了一口鲜血，狠瞪了轩辕和元贞一眼，含糊地骂道，“你这老匹夫，纵容轩辕贼子害死蒙王，还有脸来问我可否知罪，真是笑话！”

“贾晓，你不用血口喷人，蒙王乃是死于蚩尤手下的盘古智高手中，你怎能污陷圣士?!”庄义也大喝道。

“我呸，庄义你这个叛徒，我主何许人也，盘古智高又是哪里来的无名小儿，怎么可能伤我主？分明是一派胡言！”贾晓也是一条极硬的汉子，反骂道。

“你这井底之蛙，天下能人何其之多，蒙王虽勇，却也非天下无敌，盘古智高乃是盘古大帝的后人，其武功便是刑天也占不了便宜，你还不相信吗？”庄义也反骂道。

贾晓一怔，显然不知盘古智高乃是盘古大帝的后人，如果真是如此，那盘古智高拥有可怕的武功并不是没有可能，要知道盘古大帝是何许人，谁还敢怀疑？

“你没话可说了吧？”庄义冷笑道。

“呸，谁知道你庄义是不是嫁祸于盘古智高，与轩辕沆瀣一气来蒙骗众人？”贾晓仍不退步地道。

“好个无赖！此种小人，何用跟他多啰唆？杀之了事！”齐充怒吼一声道。

元贞也大怒，贾晓也实在是冥顽不化，大喝道：“给我推出去斩了！余者全都打入监牢，听候发落！”

齐充一听，一把提过贾晓，大步而出。

轩辕却阻止了那些正欲带走蒙王府众高手的山海战士，淡淡地道：“恳请宗庙宽恕这些人，因为此次主谋乃是贾晓，他们也是被其煽动的受害者，我们不该降罪于他们。”

那群蒙王府的高手本来个个垂头丧气，一听轩辕这么说，不由得全都将目光投向轩辕，又是感激又是期盼。他们自然知道监牢中的滋味，尤其是这苦寒之天，他们又都身上有伤，若在监牢中又冻又饿，又焉有命在，因此都希望轩辕的求情能够给他们缓解一些。

“哦，既然圣士如此说，不知圣女意下如何呢？”元贞将目光投向了凤妮。

凤妮一笑道：“圣士确实言之有理，那就饶了这些人吧。”

“轩辕代他们谢过长老和圣女！”轩辕抢前道，旋又转身对那群人道，“还不快谢圣女和长老？”

“谢谢长老和圣女不罚之恩！”那群人大喜，能够少受折磨，他们自然愿意，何况他们本来就不太愿意造反，他们可不像贾晓那般认为蒙王是被人害死的，加之轩辕的威势，他们自然是对轩辕极为感激。

“带他们去西宫好好养伤。”轩辕吩咐了一声。

“谢谢圣士！”这群蒙王府的高手由衷地道。

“从今以后好好为族人出力就是！”轩辕淡淡地道。

“我们定不会辜负圣士所望！”那群人谢过之后，便立刻被带走，而此时齐充也大步而回，手上还提着贾晓的脑袋。

厅中诸人对轩辕刚才义释蒙王府众高手都心中暗赞，以前忠于蒙络的人此刻对轩辕更是另眼相看，更为信服。

“各位，轩辕在这里有个提议！”轩辕双手一拱，向四下肃然道。

“圣士请讲！”元贞客气地道。

“我有熊新丧大祭司和蒙王实让族人心神难安，而且我族太阳仙逝已有年余，太阳未立，轩辕想，若是能在此时立下新一代太阳定能重振我族人之锐气，扬我战士之斗志，不知众位意下如何？”轩辕淡淡地道。

众人一时四下议论起来，确实，立太阳之事乃是整个有熊族的大事，不过轩辕所说的也确实有理，否则似乎没有办法安慰族人之心。

“对，我们应立刻推举出新一代太阳即位，这样才能让族人归心！稳定军心！”

“是啊，太阳之位已空年余，这才使族人颓丧，外敌干扰，推举太阳之事已是刻不容缓！”

大家你一言我一言，一时之间都议论开了，但却没有人反对。

“可是，太阳即位，需得十大城主参议，我们怎能私作主张呢？”杜修有些担心地道。

“时势不同，可以特殊对待，我们可以先定下太阳之位，然后再通告十位城主也不迟。人心宜早定，迟则可能生变。那时，只怕是十位城主也难以控制局面了，何况此刻王族中只剩圣女一人，即使十位城主到此，难道还会有别的人选？”轩辕悠然道。

“嗯，圣士说得有理！”

“圣女回熊城已一年多了，我们是应该早立为上！”

“以圣女之智慧确是新一代太阳最好的人选！”

于是厅中又一阵议论，只有无咎和尚九尚有些犹豫地道：“十位城主若是相责起来，只怕是有些不妥吧？”

“长老放心好了，我们可以先让圣女暂代太阳之位，待十位城主来了之后再作决定不迟，只要太阳之位有继承人，也可以稍稍安定一下民心，这也是个权宜之计呀！”轩辕自信地道。

“嗯，轩辕所说甚是，事到如今，我们也只好这么办了。”元贞道。

轩辕环顾了一下众人，见人人没有反对，于是大喜道：“那就设坛让圣女即位吧！”说完他回头转看凤妮，此时凤妮已是热泪盈眶。

圣女拜坛登上了太阳的宝座，虽然只是暂时的，但这与永久性的并无区别，试问谁还能够赶得下凤妮呢？

没有！眼下凤妮有宗庙和轩辕支持，而轩辕又有七大营、八大寨和熊城守军支持，因此有熊实力已经基本上掌握在凤妮的手中，这是毫无疑问的。

十大联城实际上至少有五座已经完全在凤妮的控制之下，剩下的五座至少有两座也可以支持凤妮，其他的三座虽然难说，但就只有三座城池又能翻得了多大的浪头？

熊城以最快的速度飞报十大联城城主回熊城议事，而轩辕更令齐充和杜圣前往蒙络所设的别城，将蒙络的家眷和家将全都接到熊城之内的蒙王府，而别城则另派人去打理。

轩辕此招不谓不狠，只要将别城的蒙王之人置于熊城之内，那样便可以完全控制，若是这些人居于别城作乱，那反而不妙。当然，轩辕已强令齐充，不愿者，除妇孺之外皆缚来熊城，绝无情面可讲。

凤妮并不反对轩辕的做法，现实本身就是残酷的，总会有人在斗争之中牺牲，这是千古不变的至理。同时她也明白，轩辕所为的并非杀人，而是为了更高远的目标。

这几日，轩辕也确实极忙、极辛苦，城内城外许多事情都需要布置，整个熊城的人员安排和一些创世、蒙络旧部的安排极为烦琐，虽然宗庙不遗余力地支持，可是这些事情仍需要轩辕去行动和策划。

轩辕并不能将事情的真相完全透露给宗庙的人得知，因为这件事关系太大，可能会影响凤妮太阳之位，甚至会使熊城内部大乱。因此，轩辕在许多问题之上都动用了自己的人马，并不去动用熊城的兵卫和山海战士。这也是轩辕的资本，有着别人所没有的人力，更是将一切都做得神秘莫测，不露半点痕迹。

轩辕确实是不遗余力地整治有熊的实力，在他准备除掉创世和蒙络之时，便已想好了该如何去安排这一切，而这一切也正按照他的计划发展着，甚至比他想象的还要顺利一些。或许因为这些人也全都是希望有熊族繁荣昌盛，所以才容易接受轩辕的思想吧，这使轩辕很庆幸。若是这些人顽固不化，那只可能以血腥场面收场。

当然，如果能够不流血解决一切问题，自然是最佳的结果，而且也可以为有熊保留更多的实力。不过，轩辕知道，不会每一座城池都会如此容易解决，蒙络的人与创世的人并不相同，至少壬城的兰庆就很难说话，兰彪与蒙络的失踪，定会激恼此人，若一个没有应付好的话，很可能就会发生兵变。

凤妮和元贞更是四处去激励民心，轩辕则奔走于各营寨之间。

釜山有消息传来，蚩尤重创而走，刑天也因此受了伤，东夷诸部亦损失不小，这确是一个非常好的消息。不过，蚩尤的遁走，总会让人的心中有些不安。

吴回返回熊城，与他同回的竟还有叶皇和柔水，这使得叶七、花战诸极为错愕，但轩辕和凤妮却是在意料之中。

吴回乃是创世身边的第一人，这个人说话的分量很重，一个不好，甚至有可能倾覆创世一系的所有人，所以轩辕让叶皇和火烈亲自前往釜山面见吴回。

吴回乃是火神祝融之弟，而叶皇乃是火神的传人，更已是祝融氏的首领，火烈又是祝融的神将，有这几人做吴回的工作，自然会取到让人意想不到的结果。当然，如果吴回不接受要求的话，叶皇和柔水便要联合取其性命，宁可除掉此人，也不能让他在熊城酿出大乱。

轩辕、凤妮、元贞长老诸人领着一干人等迎接吴回返回熊城，难得吴回竟向轩辕点头打招呼，这让齐充和杜修诸人大为错愕，一切都似乎变得有些怪异。不过，绝没有人会怀疑吴回什么。

十位城主陆续齐聚熊城，这似乎是一个决定命运的时刻。

决定有熊命运，因此这可算是一个极大的盛会。这一天，也准备给创世和蒙络吊祭，是以凤妮早早地便守候在宗庙的始殿。因为今天这个日子，她昨夜未曾休息好。

轩辕昨晚并不在熊城，而是安排他的山海战士居于蒙络所设的别城之中。蒙络的家眷和别城之中的所有人全都迁入了熊城的蒙王府，没有人敢作出反抗，那只会换来无情的杀戮，只齐充那架势，竟领了五百战士前去别城，别城之中本就只有两百多人，除了一半是妇孺，哪还敢与齐充和杜圣两大高手作对？

齐充和杜圣的心似乎在一刹那之间全都倾向了轩辕，因为轩辕给了他们权利，给了他们自由和信任。

齐充虽然身为祭司护法，但是却并无权领兵，可轩辕却让他领兵，这对齐充来说是一种肯定，也是一种抬举。所以齐充对轩辕不再存在任何芥蒂，何况轩辕的武功也确实让他心服。

熊城内外，轩辕都布下了重兵，以保证可以应付任何可能的突发变故，其中也包括来自龙族的两百名精锐战士。他已经没有必要再去隐瞒自己的身份，甚至已经想好了与有熊结合的最佳方式，那便是结盟。

龙族战士已经大批北迁，虽仍在范林的大本营之中驻扎着一大部分人手，但是北上的人数也确实不少。

同时之间，轩辕更向陶唐氏送出消息，提出自己结盟的构想。

轩辕与凤妮仔细研究了许多日，包括六大长老及龙族战士的几位首脑人物，只是因为贰负驻于范林未来，但轩辕已派人前往范林向贰负解释他的整个构想。只有这样，他才有可能和平地制止天下间的纷争，同时更是为了对抗强大的鬼方、东夷甚或还有蚩尤等人。

在轩辕的目标之中，远不止有熊族和陶唐氏，更有曾经的五虎族夏后氏、有邑氏、高阳氏和高辛氏。当然，高辛氏依附了少昊，可以减少一个目标。夏后氏则是依附了太昊，如果可以争取过来自然是好，最好连伏羲氏也一起争取过来。

当然，让伏羲氏加入联盟的话，只怕很难，因为太昊居于南方，而且此人野心极大，怎肯乖乖地恪守盟约呢？拥有这样的一个盟友，只可能使得人人自危，甚至是让盟约变质。

轩辕并不想与狼为伍，何况与伏朗之间，他们大概已经没有什么好说的，等待他们的或许只有战争，伏朗的心胸确实太过狭隘。不过，许多事情并不能一概而论，或许到时候会有些意想不到的变故也不是不可能。

当务之急则是稳定有熊，加快大小部落的结盟和相互之间的支持。

第一百一十七章　一统有熊

轩辕虽然昨夜未在熊城之内，但却是最早赶上宗庙始殿，他知道凤妮此刻的心情。当一个人面对新事物之时，总难免会有些不安，而且凤妮这几天因许多事情也是极为疲倦。

凤妮见轩辕大步而来，心情仿佛一下子轻松了许多，轩辕似乎成了她的主心之骨。在她眼里，没有轩辕做不成的事，但在没有轩辕给她出主意的日子，尤其是即将面对她渴盼已久的大事之时，心中总有些不踏实。此刻轩辕返回，她的底气也要足一些。

“办好了吗?”凤妮迎上前悠然问道。

“当然已经办好了，没有任何事情可以改变或影响到我们的布局及我们的将来!”轩辕自信地道。

凤妮笑了，她知道轩辕的答案不会让她失望。

“今日，一切都按计划进行便是，不要有任何的顾忌!”轩辕望了凤妮一眼，突地又笑了笑，问道，“你是不是有些紧张?”

凤妮不好意思地笑了笑，并不否认地道：“我等的这个日子终于来临了，心中自然有些激动。”

“那倒也是，那些城主大概也都已到了大厅，我们该出去了!”轩辕提醒道。

凤妮也觉得是应该如此了，十大联城城主来熊城，便是为了近日所发生的大事，没她主事自然不成，何况她此刻已是有熊族的新一代太阳，虽然只是暂时的，但也不否认地成为了众人的焦点。

凤妮和轩辕并肩行出始殿，走向大厅，而此时突闻有护卫高喊：“壬城城主兰庆到！"

轩辕和凤妮微讶，可能是兰庆刚才去了一趟蒙王府这才赶来，正思忖之间，兰庆已在四名亲卫的相拥之下大步行来。

此人外罩一袭披风，里面一身暗褐色的紧身衣，头戴金扎紧束发髻，腰配宝剑，皮靴高束着裤腿，脚下居然扎有绑带，显得极为威猛迅捷，仿佛踏着一阵轻风。而其修长的身材，以及白皙略显粗犷的脸形，颇有几分潇洒和霸气。

轩辕也禁不住为此人喝彩，也难怪此人能在十大城主之中独领风骚，声望更胜伯夷父，也难怪蒙络能看中他，与其结为亲家，实是因为此人确有一种让人心折的风度和气势。

兰庆远远地便看见了轩辕和凤妮，他的眼中亮起了一团如火一般的光芒，但却有些阴冷肃杀。

凤妮禁不住停下了脚步，她也不知为何会停下脚步。

兰庆大步来到轩辕和凤妮的身边，狠狠地瞪了轩辕一眼，这才将目光转向凤妮，道："兰庆久未向圣女请安，还望圣女勿怪！"说着又向轩辕极为冷淡地道，"想来这位便是轩辕圣士了，果然是英雄出少年，一表人才，真是难得！"

轩辕干笑一声，他哪里听不出兰庆话语之中的敌意？不由道："哪里哪里，有熊能保得住千年基业，凭靠的就是兰城主这样的能人战将，我辈仅是向城主你们学习而已！"

兰庆冷哼了两声，不再搭理轩辕，向凤妮道："圣女请了！"

"城主请了！"凤妮也没有客气，一是因为兰庆对轩辕的不客气惹恼了她，另是兰庆太狂。凤妮此刻虽是代理太阳，但总也算是太阳，兰庆居然还称之为圣女，这本就是对她的一种不敬和藐视，言语间自然有些冷淡了。

兰庆傲然一笑，大步向大厅行去，竟不再理会凤妮，意态之狂，让轩辕也心中大怒。

凤妮与轩辕面面相觑，但他们又能说什么？该面对的，终究要面对。

轩辕却并不在意地笑了笑道："我们进去吧。"

凤妮乍见轩辕胸有成竹的样子，不由得也稍感安心，旋即与轩辕并肩行入大厅。

齐充、七大营、八大寨及杜氏兄弟、吴回诸人尽皆施礼呼道：

“恭迎太阳！”

轩辕目光扫了十大城主，伯夷父与那四名临时暂替的城主自然施礼，另外五人，有两人只是欠了欠身，表情并不是很热情，兰庆则是高昂着头并不行礼，另外两位城主则是见众人都行礼，也便行了礼。

凤妮将一切都看在眼里，心中暗暗欣慰，因为厅中大部分人都已经承认了她太阳的地位，虽然还有兰庆和另外两位城主反对，但她却并不担心。

“众位久等了！”凤妮微微一笑，径直行到太阳的宝座之上，而轩辕的座席则在六大长老的下首。轩辕的下手则是七大营，他们处在凤妮的左列，右列则为十大城主、八大寨主，一共十八人，首位为兰庆，次之方牧，此人也是蒙络的亲信，自小与蒙络一起长大，与兰庆、蒙络三人为知交。再次之便是伯夷父，依次排完十大城主便是八位寨主，每个人的席位分得极为清楚。

轩辕的左列在他之下便是吴回，吴回之后是七大营的统领，再后面则为齐充、杜修、杜圣，刚好一边十八人。整个大厅之中加上凤妮及四名列于凤妮左右的金穗剑士，只有四十一人。

厅中一时静寂异常，在大厅之外有两列八名金穗剑士相守，使得这大厅的气氛极为庄肃。

“今次召众位回熊城议事，实是因为我有熊遭遇了前所未有的危机，希望大家能齐心协力，为我族渡过此难关出上一分力量！”凤妮微微移了移身子道。

元贞也上前补充道：“召集大家聚于此，首先要解决的事便是我们一直悬而未解的太阳之位，希望在今日有个落实，好向我有熊子民有个交代！”

“长老不是已经选出了新一代太阳吗？何用征求我们的意见？我们的意见难道还会有用吗？”兰庆冷笑着讥讽道。

元贞神色一啸，回应道：“兰城主此言差矣，我们推举圣女为太阳乃是顺当时之众人的心意，也是权宜之计，以稳定民心。此刻召众城主回来，也便是想再征求众位城主的意见。当然，如果兰城主认为我们再推举是多此一举的话，那便正式确认圣女为我有熊族第十一代太阳也无不可呀！”

方牧打了个哈哈道：“元贞长老何用动气？兰城主只是认为推选太阳事大，我们应该从长计议……”

“方城主此言则更差矣，从长计议，议至何时？第十代太阳仙逝已有近两年，我们群龙无首已经很长时间了，如果我们如此一拖再拖，将要拖至何年何月？那我们有熊一万余子民、一万余战士，以及十城八寨七宫由谁来统一指挥？若是再不推选出太阳，只怕东夷、鬼方破入我熊城为时不远了！”阳爻长老悠然出声，字字掷地有声，只让方牧一时也无话可说。

“阳爻长老所说甚是，推举太阳之事是刻不容缓，应当立刻进行！”伯夷父沉声道。

兰庆和方牧相视望了一眼，心中暗怒，但此刻他们感到有些力单势薄，竟仿佛被孤立了起来，他们不由得将目光投向另外几位城主，那几人在触及兰庆和方牧的目光之后，竟缓缓地低下了头，只有戊城城主蒙杰欲言又止。

兰庆和方牧心中更火，但是没有其他人的支持，只他们两人自然难以作出什么反驳。兰庆不由得退而求其次地道：“既然大家觉得荣立新一代太阳之事真是刻不容缓的话，那这件事也确应该慎重而行。正如阳爻和元贞长老所说，眼下形势非同一般，就算推选太阳，也要是德高望重、能左右全局、足以服众的人，这样才有可能号召全族之人共同抵抗外敌！”

“兰城主所说极是，若德望不足以服众，那政令则难施行，如何抵抗外敌？因此，太阳之位，应推选出一个德高望重、足以服众的人选才是！”方牧附和道。

“不知道两位城主心目之中，德高望重、足以服众的人选又是谁呢？”轩辕淡淡地反问道。

兰庆和方牧两人不由得一愣，轩辕的这个问题实在是厉害，简直是个烫手的山芋，但他们是说还是不说呢？兰庆和方牧的心中人选自然是指自己，此刻蒙络和创世一死，他们很自信可以成为有熊顶尖人物，但是轩辕这么一问，他们怎能厚颜地说出自己就是这德高望重的人选呢？

兰庆和方牧相互望了一眼，心忖道："这问题可有些棘手，说是自己也不好，不说自己也不好，若提出另外合适的人选却又舍不得，而且那样更会得罪许多的人。"

轩辕悠然一笑，道："怎么？两位城主也没有合适的人选吗？那岂不是说我们这个太阳之位仍要继续空下去？"

"这……"兰庆和方牧同时说了一个字，却不知道该如何反驳，他们都希望由对方的口中提出自己来，可是兰庆和方牧各存私心，都不愿意主动将太阳之位推给对方，一时只好干瞪眼，生闷气。

"太阳继承者何用德高望重？难道说第十代太阳十四岁即位之时就已经很德高望重了吗？第八代、第九代太阳也都是二十余岁继位，其德望虽高，但在当时的有熊来说，德望更高者难道会少？因此，我认为，继承太阳者，不一定非要德高望重之人，而应沿袭旧俗，以王族正统为先，这样方能让族人心安，让众望所归。所以，再也没有比圣女更合适的人选，若是他人，我伯夷父第一个不服！"伯夷父声若洪钟地道。

兰庆和方牧不由得面面相觑，没想到一向低调的伯夷父今日却一反常态，措辞如此激烈。

"伯夷父所说甚是，除圣女之外，余者我甲城诸子民也不会心服！"

甲、乙、丙、丁四城城主纷纷附和表态，七大营八大寨的大部分人也纷纷表态支持圣女凤妮，更表示若是其他人继任太阳之位，他们首先不服，这几乎让兰庆和方牧气得吐血。但众人这么一闹起来，他们也没有办法，众怒难犯，便是此刻提出自己是继任太阳的合适人选，恐怕也只会遭到众人的嘲讽，更不可能有结果。

兰庆和方牧哪里想到凤妮竟有如此强大的号召力？更似是众望所归，便连那曾经忠于蒙络的人也调过头来帮凤妮，至于创世的人，大部分已改为支持凤妮了，这使兰庆、方牧两人又怒又气。如今全场只有六大长老、轩辕和吴回没有发表自己的意见，但他们根本就不必发言，那么多人都已经为他们开口了。

轩辕的嘴角边挑起一丝高深莫测的笑意，让人根本就弄不清深浅。

凤妮心情反倒平静了下来，感激地望了轩辕一眼，这一切，若不是轩辕一手操办，怎么可能会有如此结果呢？竟能使众人归心，全力支持她，这是她往日从未想过的事情，即使往日想过，也没有料到居然能够得到这么多人的支持。她庆幸有轩辕的存在，庆幸自己弃伏朗而选择了轩辕，如此此刻换作是伏朗而非轩辕，那绝不可能出现这样的结果。

是的，轩辕可以让她轻松地坐上太阳宝座，而伏朗则只是希望她控制有熊族，但是在力量上却不肯全力相助，甚至是在未满足其某些条件下，根本就只是拖后腿。可轩辕却是不遗余力，以其超人的智慧和胆量，破开了一层层障碍，这才为凤妮打下了坐上太阳宝座的基础。

轩辕处理事情的手段，确实很高明，也很大胆，除他之外，谁敢置之死地而后生地除掉创世和蒙络呢？而且是同时对付这两个有熊族的支柱人物！可想而知这所需要的魄力勇气是何等之大。但轩辕居然大胆地这么做了，而且做得好。

凤妮庆幸轩辕不是敌人，而是爱人，如果拥有这样一个敌人，确会让人寝食难安。创世和蒙络都太过小看了轩辕，这也便成了他们致命的原因。

事实上，这还有蒙络的失策，他不该抢先出手对付轩辕，而使轩辕动了杀机。可以说，轩辕便是那一刻决定要除掉蒙络的。至于创世，轩辕或是打一开始就要对付那还没什么可说的。而轩辕最妙的便是在处理齐充、杜修和吴回这样一群人时，竟能以特殊的手段使这些人归顺他，而在对付蒙络手下之时恩威并施，也一下子争取了一群蒙络的势力，这才使得他的力量大大地被巩固。

凤妮不能不承认轩辕简直是一个处理政治和争夺权利的天才，抑或，这只是因为轩辕太过幸运。

兰庆和方牧根本就寻求不到支持者，蒙杰本来还有点话想说，但是在众人如此一呼之下，他那点想法也全没了，只好装作没有看见兰庆和方牧投向他的求助目光。他也不想再犯众怒，毕竟兰庆与蒙络大势已去，形势无法挽回。事实上，创世和蒙络的死讯传得太过仓促，而且选定太阳的时间也仓促得他们根本就来不及商议和联络一群支持者。如果给他们一两天的时间，他们也就可以与往日蒙络、创世的旧部联络，商议一个合理的计划来推倒凤妮的地位。只可惜轩辕早算好了这一点，根本就不给他们任何机会，在这种情况之下，他们也唯有承认凤妮继承太阳之位了。

在有熊族历代太阳之中，也有几位女性的先例，因为这本是延续母系氏族的旧传，男女是完全平等的。

“既然大家如此拥戴圣女，那我们立刻行太阳正式入登宝座大礼!”元贞长老大声喝道。

凤妮真正坐上了太阳宝座，成为第十一代太阳后，立刻重新巩固各股力量。

任吴回为有熊族大祭司，杜修为甲城城主，原暂代甲城城主的伯欣则为甲城总管，原总管则调回熊城成为吴回的祭司护法。

齐充则被任命为熊城死士的总教头，杜圣为原蒙络别城的城主，原暂代乙、丙、丁三城的城主为正式城主，庄义则成为八寨主之一。

轩辕则成为熊城护卫的大统领兼山海战士的大统领及有熊军事大总管之职，其地位只在凤妮之下，以前大祭司的许多职权全都由轩辕代理。而宗庙的六大长老则掌管有熊的政务。吴回主管有熊祭神祭天并为各支族培养祭司的职权。

伯夷父为癸城城主并兼有熊军事副总管，协助轩辕治理有熊的整体军事。

一些曾是蒙络和创世的旧部也都受到了封赏，只有兰庆和方牧两人的赏赐最少，余者皆大欢喜。

这些人中，只有轩辕升迁最快，也最为引人瞩目，不仅是山海战士的大统领，更是熊城军的大统领。也便是说，轩辕一人手中至少掌握了有熊族的三千精锐兵力。更何况，轩辕更成了有熊族军事大总管，掌管一切的军事调派，也等于成了有熊对内对外的军事总指挥，这会拥有多大的权力？比之往昔创世大祭司所拥的权力更大、更实在。往昔至少还有一个蒙络与创世对抗，但现在却只有太阳可以左右轩辕，余者皆唯有听命的份儿。

轩辕所统属的，包括十城、八寨、七营及山海战士与护卫军，甚至还包括了宗庙卫队。

当然，十大城、八大寨、七大营的统领都有调动各自兵力的权力，但是在大的决策中，则必须服从轩辕的安排，轩辕甚至掌握着有熊极大的生杀大权。

宗庙则把握着有熊的政治，协助太阳处理各种日常事务、军粮和财物及民众的农作之类，与轩辕的分工极为明确，也极为合理，使得熊城一切都明朗至极，不再会因为职责的人不明而出现治理上的混乱。

凤妮则掌管有熊族的一切，包括军政，她的权力在有熊族是至高无上的，这是沿袭了神族的体制。

木青则被提升为熊城军的副统领，协助轩辕，蛟龙、少典神农则成为山海战士的两大副统领。

如此一来，所有实在的力量全都在凤妮的控制之下，即使是有人想造反也是完全不可能了。除非轩辕要推翻她，但那是不可能的。

叶皇和柔水、火烈及青天诸人受到了热烈的欢迎，因为他们所代表的是共工氏、祝融氏和青云剑宗的使者，更代表着友好。

凤妮按轩辕的计划，趁登位之际便提出了结盟大小诸友族共抗东夷和鬼方两大势力的号召，准备在诸族诸部之间形成一个和平统一而协调的共同体。

凤妮的提议立刻使依附有熊的各部高度称颂，这对于他们来说，等于是提高了他们的地位，同时也明白这是一个非常好也非常有效的措施，问题只是如何能够建立起这样一个部落共同体的联盟，达到相互和平共处，相互协作的目的。

当然，这个提议的本身是无可挑剔的，问题是施行比较困难。这个共同体之间有族大族小之分，如何去分配和组合却让人头大，因此这还需要一个具体的方案。

有熊族的各路统领也都极为赞同此等做法，要知道，有熊数十年来只能隅守一角无法寸进，便是因为形势太过孤立。虽然有熊族的强大是不可否认的，但是没有外部的援助只能够在狭小的范围之中强大，这使得每一个人都感到很无奈。而此刻凤妮一登位，便立刻提出与外界结盟共对大敌的提议立刻便被众人所接受，也使这些人看到了未来的希望。

有熊族的子民虽因创世和蒙络死而沮丧，但是因第十一代太阳即位，使得这些人又恢复了斗志。至少，他们有了信奉的支持，而且他们心目中的英雄一跃成为了有熊族的军事总统帅，也起到了一种安定民心的作用，仿佛只有轩辕才能够让有熊人有战胜东夷和鬼方的信心。就因为轩辕一系列惊人的战绩，包括杀鬼魅、杀曲妙、杀偃、杀奄仲，伤风骚，甚至还让东夷三百快鹿骑全军覆灭，使九黎损兵折将近千……这一些战迹足以在有熊人心目中种下轩辕无敌的形象。

轩辕坐上军事大总管之位，确有人反对，反对最烈的便是兰庆、方牧。蒙杰似乎比较狡猾，虽然有反对之意，却让兰庆和方牧打头阵。至于七大营、八大寨，基本上没有什么反对，因为这些人基本上已经接受了轩辕，甚至是钦慕佩服轩辕，认为轩辕坐这一位置是理所当然。其他的几大城主并没有多大的意见，因为伯夷父支持轩辕，宗庙也支持，甚至连吴回、齐充和杜修也支持轩辕，他们又何必去与凤妮过不去呢？谁不知道轩辕乃是凤妮最宠的人？轩辕与凤妮恋人的关系早已不是秘密，只有可怜的伏朗却换不得半点同情。而且，轩辕的才智武功是有目共睹的，不仅是君子国的重要人物，更与龙族战士、陶唐氏有着极为友好而亲密的关系，可以说，轩辕乃是目前天下最为炙手可热的人物，只有蚩尤的重生才可以与之相媲美。有熊能拥有这样一个武功和智慧都无可挑剔的人才做军事大总管，这当然是有熊万民之幸。

当然，军事大总管一职是往昔有熊族并不存在的头衔，但任何事情总会有一个开始，而凤妮一上任便大有改革的意向，这让已经对阵旧厌倦了的有熊人来说，像是突地注入了一股新鲜的血液，而且这些改革并不是空洞的，而是可以让人看到希望的东西。因此，有熊人对这位新太阳更是信任。

为创世和蒙络吊祭之后，各人都返回了自己的居所，但轩辕却开始秘密地调动战士，他比任何人都清楚眼下的形势和即将可能发生的情况。

事实上，在轩辕返回熊城的路上便已经在筹划着如何布局，如何调派兵力，如何去应付可能和将要发生的事情。

现在轩辕所要做的事情便是如何换回蛟幽，甚至还要随时面对兰庆和方牧的变故。

当然，轩辕更不会忽视另外一些问题，那便是伏朗和跂通的行踪。

庄义和杜圣都提到过伏朗并未回伏羲氏，而且还与四大主祭之风须句在一起，而在凤妮登上太阳之位时，伏朗和风须句居然没有出现在熊城，甚至连来问候一声都没有。由此可见，这两人一定是包藏祸心，或是正在暗中操作着什么。因此，这不能不让轩辕担心。

如果只是伏朗一人，那并不足为惧，问题是风须句可不是一般的人，此人乃是伏羲神庙的大主祭之一，绝不简单，如果要是忽略了此人，很可能便会生出不测之祸。

伏朗对熊城的地形并不陌生，如果此人要在熊城中捣乱子，又是在暗地里，确实能够弄出一些意外来。轩辕很清楚伏朗那狭隘的心性，定然不会就此甘心，而以伏羲氏对有熊的野心，谁能料到他们会做出一些什么事情来呢？

而最让轩辕担心的却是凤妮自身的安全，若是他在凤妮的身边，那还好，至少他的身边有剑奴、木青、青天、陶莹这一群高手，但若他一旦离开凤妮，那凤妮的安全确实有些可虑。就比如三日后于涿鹿交换蛟幽之时，他就不可能照顾着凤妮，而且身边的高手肯定要基本上带走，凤妮周围几乎空虚，单靠那些金穗剑士绝对不够用，这也是一个漏洞。

凤妮再也不是昔日的凤妮，而是一族之主，她身边的亲卫力量仍不够。昔日的太阳自己本都是超级高手，几达无敌之境，而今日之凤妮虽然武功不弱，但是仅与伏朗之流相比，与风须句以鬼魅相比仍有些差距，更别说刑天之流了。因此，她身边的护卫必须重组。

跂通也是个极度危险的人物，不过此人神志失常，虽然武功已惊世骇俗，但是总不会想出什么诡计对付人，因此不是很可怕。可是此人乃是君子国旧圣王，又可能是跂燕的父亲，轩辕自不能坐视不理。何况，若是能将跂通收归己用，那岂不是太妙了？那时，即使是太昊、罗修绝又何足惧哉？以此刻跂通的武功，确有与罗修绝、太昊之辈一战之力，甚至是比他们更可怕，这是轩辕亲自领教过的。当然，轩辕并未与罗修绝等人交过手，并不知道其武功究竟可怕到什么样的程度。

熊城之外，侦骑四出，各营战士都在秘密调动，各堡之人也都在秘调，轩辕确实准备要在涿鹿狠狠地大战一场。当然，这也是以防万一之举。

这几日，花战、黑豆诸人也都未曾停歇过，在涿鹿方圆百里，仔细地察探了一番，将那里的地形绘成图样，河、谷、山、坡也都标了起来，单只这一件事就用了两百多名山海战士。这些人徒步而行，花了数天时间勘察地形地貌，再整理每个人手中的资料，送到轩辕的手中，自然便成了一份完整的地图。

轩辕自釜山回熊城之时，自涿鹿走了一趟，因此知道涿鹿的一些基本地形，却并不十分知全。因此，他必须要一份涿鹿的地形图。

地形图分为四份，一份是高山鸟瞰所绘的涿鹿全图，这是选几座高山，各绘出从这座山头上所看到的局部地形，而后拼凑；一份则是两百名山海战士所总结的局面特征极为详细但整体有些模糊的地图；还有一份是涿鹿略图，简明地标出谷口、道路、森林、河流、高山、沼泽、湖泊的地图；再一份就是涿鹿周围的部落、城池的分布图。

轩辕对这几分地图极为满意，也可见这些人办事确实是很细致，不愧为一群优秀的猎手，而地图之上，还标出了虎叶、蛟梦、叶七三人所领的战士埋伏之地。

轩辕与虎叶父子相认乃是在釜山脚下，当时虎叶闻讯，也自癸城赶到了釜山，于是父子抱头痛哭了一场之后，虎叶也便立刻接受了轩辕的命令。但虎叶却并未入熊城，一直是停留在涿鹿附近，还有蛟梦和叶七，这些人很早便在为立冬之日交换人质作准备。

虎叶、蛟梦以及叶七，无一不是身经百战的人物，而虎叶和蛟梦更曾称雄一方，只要给他们一队人手指挥，绝对会是一个绝佳的将领，这一点轩辕很自信。

虎叶和蛟梦各领两百战士，却是来自君子国的战士和龙族战士，这些人无一不是精锐优秀的好手，更经过了一系列的强化训练，在整体协作之上，比之叶七所领的两百山海战士有过之而无不及。毕竟山海战士受训的时日尚短，不能相提并论。

轩辕甚至自屯马谷再次调来两百五十骑装备齐全的精锐骑兵偷偷地潜到涿鹿附近，再配合轩辕身边陶莹所领的一百多精骑，足可组成一支三百多人的精锐快速支援的战旅。

盖危并没有负轩辕所托，数月之间，在一百名龙族战士的协作之下，竟然逮住了数百匹健马。当然，这数百匹健马相对于满山满谷的野马来说只是一小部分，而以这种骑马套马的方式捕获野马，确实是每次收获极大，现在的问题是要花大部分人力去驯养。当然，龙族战士的大量北迁，使得盖危不再担心无人养马了。

屯马谷的修建，也成了龙族战士新的军事基地，里面已经屯放了四百多骑健马，有的已驯服，有的野性未除，这对于轩辕来说确实是一件极大的喜事。如今他已至少可以组成一支五六百人的精锐骑兵，这些人足以在沙场上纵横无敌，比之东夷快鹿骑和鬼方的风魔骑更具杀伤力，这也是轩辕将来转战天下的资本。不过，轩辕并不欲让人过早地知道他拥有这样一支劲旅，若敌人早知，只怕都会相互效仿，那时你也捕马，我也捕马，到时只怕盖危等人若再想在几个月内捕捉到数百匹野马就没那么容易了，而且敌人也会想出对付劲骑之策，便如轩辕想出对付快鹿骑和风魔骑的办法一样。

轩辕确是想出了对付快鹿骑和风魔骑的办法，那就是每人手中一手持坚盾，一手持锋利的长钩，只要一勾鹿腿，战鹿那瘦腿不断才怪。而对于风魔骑，则以重刀软盾，因为牛足极粗，一勾之下不一定能勾断，反而会激起牛的狂性，因此用重刀斩牛足。

对于这钩法和刀法，是轩辕综合了七大营的攻击特长而作。他本是刀法大家，专创出一套滚地刀法，以近身搏击为目的，不仅刀是武器，而且盾也是武器。刀盾结合，确可使战斗力大大地提升，而且这种新的作战方式是任何一部人所没有的，这也是轩辕统领了山海战士之后才想出来的。这些日子以来，山海战士便苦练这种作战方式。当然，这种作战方式在龙族战士之中也很快传了开来。对于战士，轩辕的要求是越强越好。

事实上，这刀盾战士也可以是对付他战马的奇兵。因此，刀盾结合的打法，必须是绝对的机密，不能有半点外传，否则只会是搬起石头砸自己的脚。

轩辕这一次着实费了很大的苦心，他必须在这一次打一场漂亮的仗，否则的话，有熊族民刚刚兴起的斗志只怕会在这一战之后全部崩溃。因为凤妮新登位，轩辕初为军事大总管，族民对他们的希望有些盲目，只是趋于新事物的向往而已。如果轩辕这一场仗大败，不仅他自己无颜再坐这有熊第二把交椅，只怕还会影响凤妮以及他以后所有的决策。因此，轩辕对于交换人质的这一场仗，只许胜而不能败，这是他不能摆脱也不可能摆脱得了的命运和责任！

“你是不是有些担心？”凤妮悄然行至轩辕的身后，柔声问道。

轩辕倒吓了一跳，他想得太入神了，已至于凤妮来到他依然毫无所觉。

凤妮见轩辕吓了一跳的样子，不由得心中大为怜惜，她知道，这之中至少有一半是为了她。

“不知太阳什么时候进来的？”轩辕微微有些错愕，脸上有些不好意思地道。

“我在你身后站了很久，看你想得这么入神。对了，没人的时候叫我凤妮！”凤妮为轩辕紧了紧已有些松落的披风，温柔得像个小娇妻。

轩辕一笑，一搂凤妮的小蛮腰，让其坐于自己的膝上，微微有些感动地道：“对，你永远都是我的好凤妮，不管你如何改变！”

凤妮欢悦地揽住轩辕的脖子，在他的脸上亲吻了一口，笑意盈盈地道：“轩辕刚才所说的，是凤妮最喜欢听的话，我很害怕自己成了太阳之后，轩辕便会疏远我，不理我！”

轩辕不禁好笑地双手轻捧着凤妮那美得无可挑剔的脸庞，笑道：“傻瓜，怎么会呢？如果有人劝我不要理凤妮，我定会毫不犹豫地揍他一顿。因为，如果轩辕今生若没有凤妮相伴，定会是一个很大的遗憾！”说到这里，轩辕的眼中又闪出了一丝伤感的神情。

“想菲菲了？”凤妮似乎明白轩辕的心思，也不由得有些心痛地问道。

轩辕苦笑着点了点头，长长地叹了口气，再次轻搂着凤妮的小蛮腰，目光有些空洞地望着前方的窗外，伤感地道：“那是我今生最大的一个无法弥补的遗憾，因此，轩辕绝不允许再有另外一个遗憾的存在！”

凤妮眼圈微微有些湿润，她明白轩辕的心思，明白轩辕的感情。对于轩辕来说，雁菲菲在他生命里的分量极重，但究竟有多重，只怕连他自己也说不清楚。

轩辕甚至会怀疑，如果当初没有雁菲菲给他的那种无私、高尚的爱，他还会不会在逆境中挣扎求存？还会不会有勇气面对每一次次生命的挑战？就是因为雁菲菲，使他坚定了自己生存的信念，使他对未来充满了希望。也是雁菲菲那高尚无私的爱让他懂得了如何去爱惜别人，为那些弱者送去温暖，更使他决心要改变这血腥而冷酷的世界，将爱与和平撒向世界的每一个角落。可以说，轩辕的这一生之中，改变他的只有四个人。地祭司让他知道了仇恨、冷酷，让他对邪恶和虚伪充满了憎恨，而同时也学会了虚伪；歧富让他找到了奋起的目标，塑成了他的志向。而另一个人则是雁菲菲，雁菲菲让他明白了仇恨之外、虚伪之外和冷酷之外一切美好的东西，这使他感激世界赐予他的爱，使他思想也有了一个大的转折。正因为这个转折，他才会在日后的日子受到那么多人的拥戴。想当初，若非他宽容地对待叶皇，又如何能受到有邑人的尊重？若非他热情地融入奴隶们的生活，又如何能够得到龙族战士的拥戴？昔日的他，冷酷、另类，甚至有些不近人情，不会对生活充满多少热情，更不喜欢融入大众的生活，我行我素。但是雁菲菲的如火热情和无私高尚的情怀重塑了他，于是得以新生的轩辕充满了人情味。

而最后对轩辕有深远影响的人则是凤妮。

若没有凤妮的出现，轩辕或者还有可能会待在有邑族中，抑或会返回姬水，但是绝对没有今日之成就。

因此，轩辕内心深处无比地热爱着雁菲菲，反倒是蛟幽不那么重要了，而他最感激的人则是歧富和凤妮，同时他也不否认自己深爱着凤妮。所以，在面对凤妮之时，他也便想起了雁菲菲。

“不谈这些了，来！我们来仔细看看这几份地图！”轩辕似乎自回忆中清醒过来，搂着凤妮指向桌面上铺开的几张羊皮地图道。

“咳咳……”两声轻咳使轩辕和凤妮一惊，抬头一看，却是燕琼和褒弱似笑非笑地行了进来，而且手中还端着一碗热参汤。

凤妮俏脸微红，习惯性地欲离开轩辕的膝头，但却被轩辕带住了。

凤妮也便不再挣扎，轩辕却笑道：“琼儿和弱儿来得正好，我这里还有一边膝盖，不知你们谁来坐？”

燕琼将一大碗参汤往桌上一放，与褒弱同时笑了起来，道：“我们都想坐，夫君不是要我俩为一个膝头而争斗一番吧？”

轩辕和凤妮相视望了一眼，也都忍禁不住地笑了起来。

“看来我们荒诞的大总管要多生几条腿了。”凤妮打趣道。

“不要紧，凤妮坐我的膝头，你们俩再坐她的膝头，这样不就可以解决问题了吗？”轩辕故作聪明地道。

“啊……”三女一怔，随即不由得都为之笑了起来。

“好夫君，别逗了，还是将参汤趁热喝了吧。”燕琼最是着紧轩辕的身子。

轩辕看看那么大一碗参汤，不由得皱了皱眉头，道：“这么多，我怎么可能一人喝完？我看还是大家来与我一起喝吧！”

“不，这几日也够你累的了，你是应该好好地补一补了。”凤妮认真地道。

“是啊，妮姐说得很对，这几天你东奔西跑，脑子整日不停地想问题，连觉也睡不好，自然得你一人喝了！”褒弱附和道。

“这、这参汤味道极苦！”轩辕皱眉道。

三女相视一望，不由得也都笑了起来，轩辕竟还有这孩子腔。

“夫君天不怕地不怕，难道还会怕苦吗？”褒弱也倚了过来，轻笑着问道。

“能不吃苦就不吃苦嘛，非得要吃那是没办法，只是你们干吗要本夫君自找苦吃?”轩辕一边解释一边打趣道。

“这可是琼儿的一片心意哦。”凤妮一边提醒道。

“看来，这苦是非吃不可喽。”轩辕无可奈何地摇了摇头，捧起碗一口气便将参汤喝了下去。

“既然夫君为琼儿吃了苦，那琼儿这便还夫君一个公道好了!”说着竟主动自轩辕身后探头送上一个吻，只让褒弱和凤妮也都笑了。

“报大总管，伯夷父求见!”一名金穗剑士在门外禀报道。

轩辕轻哦了一声，凤妮也迅速立起。

“快请!”轩辕向外扬声道。褒弱和燕琼收拾了桌上的汤碗正要退出去，轩辕却道：“叫人把碗送回去，你们便留下好了!”

燕琼和褒弱欢喜地应了一声，雀跃地留在轩辕身边。

此时伯夷父走了进来，一见屋中的架势，先是微微一错愕，但很快又释然而笑，对于眼下的一切他并不怎么见怪。

“伯夷父见过太阳和大总管!”伯夷父极为客气地见礼道。

“都是自己人，不用这么客气，来！我正有事想找你商量呢。”轩辕爽声道。

“哦，我也有重要消息要禀报!”伯夷父认真地道，同时扭头望了望桌面上所铺开的羊皮地图，似有些错愕。

“何事?”轩辕问道。

“我得密探相报，兰庆和方牧两人离开熊城之后密议了一番，然后竟派亲卫前去鬼方！不过，此人被我截了下来!”伯夷父沉声道。

凤妮脸色大变，急问道：“他们想勾结鬼方?”

轩辕却神色不变，哦了一声，问道：“可自此人口中审出一些什么?”

“这是兰庆和方牧给罗修绝的密函。”说着伯夷父自怀中掏出一个以竹筒封存的皮帛递给了凤妮。

凤妮掏出竹筒中的皮帛一看，脸色大变，同时也杀机大起，恼骂道：“好个贼子!”

轩辕接过皮帛仔细看了一遍，冷笑道：“果不出我所意料，我要让他们知道，他们的所作所为，是何等的错误！”

“哦，大总管早就知道他们有谋反之心？”伯夷父问道。

“难道你会看不出？”轩辕笑着反问道。

伯夷父一听，不由得也笑了，因为他确实早就察觉到了兰庆和方牧的不轨之心，这叫英雄所见略同。

“这该怎么办？我们是否立刻派人去将这两个逆贼给拿下？”凤妮愤然道。

“凤妮别急，既然我早料到了这件事，自是早有安排。不出两日，他们两人就会暴病而亡，无药可救！”轩辕哂然一笑，冷酷而淡漠地道。

伯夷父和凤妮皆是一愕，有些不解地望着轩辕，不知道轩辕何以如此肯定。

“难道大总管对他们下了毒？”伯夷父若有所思地问道。

轩辕高深莫测地笑了笑道：“不错，我早料到这两人不会善罢甘休，定会在这几日中寻机谋反。因此，我在辛、壬两城布下了许多暗哨，只要这些暗哨接到命令，兰庆和方牧必死无疑！”

“我还是不明白，如果你是下了毒，又何必用这些暗哨？”凤妮有些不解地问道。

轩辕笑了笑道：“我所下的并不是毒，只是一种奇怪的药物，它对人的身体并无任何害处，但只要服用了这种药物的人在七日之内嗅到另一种香味，这潜于其体内的药物就会立刻转变成为毒物，使人顷刻间死亡！”

“天下竟有如此神奇的药物？”伯夷父简直不敢相信自己的耳朵。

“要是七天之后呢？”凤妮惊奇地问道。

“七天之后那药物自然会失效，即使是闻香也无碍。”轩辕悠然地答道。

“大总管真是奇才，居然能够研制出如此奇药。”伯夷父忍不住赞道。

轩辕摇摇头道：“我可没有这个本领，天下间能研出这种奇药的只有一个人！”

“一个人？那人是谁？”凤妮惊奇地问道。

“歧富！”轩辕并不隐瞒地道。

伯夷父恍然，歧富之名他自然听说过，知道歧富医道举世无双，若这奇药是歧富所研究出来的，那便不足为奇了。

“原来是他！”

“那真是太好了！”凤妮嘘了口气道。

“那大总管何时准备对付这两人？”伯夷父问道。

“很快就可以，另外那个蒙杰我们也要注意一下，此人的心机比兰庆更深沉！”轩辕吸了口气道。

“我知道！”伯夷父点了点头，他赞同轩辕的看法，而事实也确是如此。

“来，我们一起来研究一下这几份地图，我们要与鬼方痛痛快快地大战一场！”轩辕一改话题道。

燕琼和褒弱很乖巧地将地图摊开。

伯夷父也便不再客气……

第一百一十八章　引狼入伏

“目前我所担心的尚是熊城内部的安全!”轩辕淡淡地道。

“熊城内部会有什么可担心的?”凤妮讶然问道。

伯夷父也有些不解，熊城的兵力是最强的，而且政令严明，一切都走上了正轨，轩辕怎会说最担心之处就是熊城呢?

“我所担心的是凤妮的安全。是的，如果此刻有万千万马前来攻打熊城，我们都不足为惧，但怕就怕有人暗中出手对付凤妮，眼下凤妮身边的保卫最为松懈，根本就不够力度!”轩辕吸了口气道。

凤妮望着轩辕，她不明白轩辕何以会说出此话，不由问道:“轩辕是不是想到了些什么?”

轩辕望了望凤妮，又望了望伯夷父，道:“伏朗并未返回伏羲氏，而且风须句也带来不少高手，我担心这几人会趁我前往涿鹿之时偷入熊城对凤妮不利。要知道，只要凤妮有什么闪失，有熊也便算完了!”

“哦，总管原来是担心这件事，不过风须句的确不能小视，此人向来以诡计出名，若是他也来了熊城，而又这么长时间未曾现身，那定有问题。”伯夷父肯定地道。

“是的，我也是这么认为的。伏朗此人的性格，凤妮定比我更清楚，如此离开熊城，他肯定会不甘心。而他对熊城内部又极为熟悉，如果他真的执意要去做一些什么事情的话，可能还真不是很难!”轩辕分析道。

凤妮眉头微皱，她知道轩辕所说的事情确有可能性。而眼下，若轩辕去了涿鹿，她身边便只有一些金穗剑士，如果这些人是与敌人明刀明枪地斗，或许还有效，但是在这敌暗我明的情况下，金穗剑士的警觉性确实还不够。而伏朗在熊城之内待了年余，对熊城之中的地理，甚至是暗道都极为熟悉。因此，这件事情确实让人有些头大。

事实上，洛书和河图的失窃，便已经证明了这些太阳战士并不能对那些熟知熊城内部环境的人起到什么作用，而且在防卫诸方面尚有着许多的漏洞，这不能不让人心忧。

“到时，我们可以多调派些高手对太阳进行保护，即使风须句再厉害也不可能有多大作为，就怕想不到，如今想到了还怕什么？”伯夷父信心十足地道。

凤妮笑了，伯夷父所说的极是，就怕想不到，如果想到了自然不会再有所惧，对症下药，他们又能怎样？

“我们可以让歧伯和吴回大祭司这些高手守卫着妮姐，谁还能够对她构成威胁？”燕琼语带天真地道。

轩辕笑了笑道：“一味防守始终会处于下风，这样反而会增长对手的锐气，我们做的不只是守护，而且还要攻击，要揪出风须句这老乌龟的尾巴！”

燕琼和褒弱不由得被逗笑了，凤妮在莞尔之余不由精神一振，她明白，每每轩辕说得这般轻松之时，便表示轩辕已经成竹在胸，定是有了计划。

“哦，总管可有何妙策？”伯夷父也微有些讶然地问道。

“我要引蛇出洞，只有将风须句和伏朗引到明处，就不怕他们能搅出多大的浪了！”

“如何引蛇出洞？”凤妮也对轩辕的计划大感兴趣，因为轩辕的计策的确很新鲜。

轩辕高深莫测地笑了笑，道：“我要凤妮跟我一起去参加涿鹿一战！”

“什么？”伯夷父失声问道。

凤妮和燕琼诸人也大为不解，凤妮疑惑地道：“如果我去了涿鹿，风须句会出来吗？”

“当然不会出来！”轩辕的话更让人有些莫名其妙。

“那如何引蛇出洞？”凤妮惊奇地问道。

“因为还有一个凤妮会在熊城之中主事，而这个凤妮正是引蛇出洞的诱饵!”

伯夷父和凤妮立刻会意，因为凤妮已经有过一次经历，只是上次并没有弄出一个假凤妮来，若这次真是这样，确可引出伏朗和风须句。

“不过，我要凤妮这两日假装生了病，否则的话，没有哪个巧手能够再易容出一个凤妮来。当然，要将凤妮变成别人倒是简单!”轩辕认真地道。

“没问题，一切都听你的安排!”凤妮得知能与轩辕同去涿鹿，不由得心情雀跃，满口应承。

轩辕笑了，是的，有些问题是必须解决的，他绝对不能拖泥带水，如果伏朗真的要在暗中对付凤妮和有熊的话，他绝不会再顾忌伏朗是不是凤妮的师兄，是不是太昊之子。在这个年代，只有利益之争，而牵涉到整族的利益之时，个人的感情也只有放在一边了。凤妮从来不是一个沉溺于感情的人，因为她心中所装的是整个天下的和平与安宁。

凤妮与轩辕应该是同一类型的人，而雁菲菲则是另外一种类型的人，所以凤妮绝不会因为伏朗是自己的师兄便忘了其敌对的身份。甚至凤妮宁可弃龙歌而保轩辕，那便是因为她心怀天下，个人的感情又算得了什么?

事实上，轩辕并没有隐瞒处理龙歌的方式，甚至是原原本本地告诉也凤妮，但凤妮并不感到很意外。

相反，如果轩辕不能这样做的话，也便不是轩辕了，也便没有其值得人欣赏的手段。正因为如此，轩辕才能如此快地拥有眼下的成就。

轩辕更拥有敏锐的觉察力，看人用人方面精到而准确，他能够清楚地分辨出谁对他有威胁，谁将是可用之人。任何对他有威胁的人都将被他排斥，而每一个能被其运用的人，都能够用到实处，这就是轩辕最厉害之处。当然，轩辕的聪明也是不可否认的。

这几日，轩辕很忙，居然抽不出时间去看小悠远。不过，有云娘带着小悠远，且有陶莹、桃红诸女宠着他，这小家伙也不是十分想念雁菲菲。或许是因为还太小，根本就不懂得什么。也许，这样会更好，若是小悠远懂事了，再见亲娘死去，必定会吵得很凶。

云娘对雁菲菲的死极为痛心，但却很无奈，生老病死，这是谁也难以避免的，只是她实不知如何向上代九天玄女交代，雁菲菲还没有正式成为九天玄女的继承人。

轩辕来见见小悠远，是因为他要出征了，要赶赴涿鹿，所以他想来见见这血脉相连的儿子。

轩辕心中很清楚，何以雁菲菲会给他们的骨肉取名为悠远，“悠远”之谐音即为“幽辕”，小悠远之名本就是她为怀念蛟幽和轩辕所取。因此，轩辕最是疼爱小悠远。这次来看儿子，也是为了告诫自己，一定要全力以赴地救回蛟幽，而完成雁菲菲的遗憾。

看到小悠远，轩辕心中便痛，雁菲菲为了怀念蛟幽和他而取了此名，但是造化弄人，蛟幽和轩辕都好好地活着，而雁菲菲自己却已撒手尘世，这怎叫轩辕心中不伤感？或许，这便是生活的本质所在。

轩辕最后所到之地，仍是冰窖，他就要去完成雁菲菲的遗愿了，自然要来向雁菲菲告别。

兰庆和方牧暴病而亡，再次震动了熊城，但很快宗庙宣读了兰庆和方牧写给天魔罗修绝的信涵，宣布兰庆与方牧乃是通敌奸贼，于是有熊再一次哗然。

所有的人都在猜测兰庆和方牧之死乃是轩辕所为，但对于两人的死，人人称快，这也是投敌卖族的下场。

兰庆和方牧的死，给有熊每人都是一个警告，兰庆和方牧是何等武功，但是却无可抗拒地死去，谁还敢有背叛有熊之心？

当然，现在有熊诸路首领战士已然统一阵线，各依附的部落更是人人振奋，因为凤妮所提出的联盟方案正在拟立，而更让人振奋的是，已经有数大部落愿意与有熊结盟，强部如五虎族之首的陶唐，小部如青云剑宗，甚至还有盛极一时的龙族，包括君子国。若是这些力量一结合，那有熊族再也不会局限于阪泉一带了，而会走向更远之地。西可结君子国与陶唐氏，完全可以组成一道坚固的防线，挡住北部鬼方诸部；南可通共工氏和祝融氏，这样将可扩地千里，声势大壮。因此，有熊族的每个人都充满了希望。

兰庆和方牧的死，对有熊不仅不是一种打击，相反还是一种激励，让人看到了熊城统治者的手段，看到了新任太阳的手段和大总管轩辕的手段，只有他们才能使诸如兰庆和方牧这等谋反的绝世高手死于无声无息。这也表明凤妮和轩辕有能力应付一切可能发生的事情，没有任何人可以对有熊族不忠，同时也更表明了轩辕和凤妮对巩固有熊力量的决心，如兰庆和方牧这样的有熊重臣也毫不犹豫地除掉，这一切自然是足以振奋军心，稳定民心。

壬城和辛城两大城主的位置立刻由兰庆和方牧两人的副手接任，两城中的军心也迅速被稳定。兰庆和方牧的家人全都解返熊城，交由宗庙处理。

有熊历法是无情的，对待叛徒从不会轻恕，凤妮却在这两日抱病，有人怀疑是因为兰庆和方牧的事气病了凤妮，有人也认为太阳是心疼两位重臣的去世才会抱病，总之各种说法皆不一致。不过，第十一代太阳凤妮病了却是不争的事实。许多本该她主持的大事，都由元贞长老和大祭司吴回主持，却并未见到大总管轩辕现身。

吴回随创世多年，对于族中主祭之事并不陌生，事实上没有比他更合适的人选担这一职位，一切都处理得井井有条。虽然吴回与创世相比，权利减小了许多，但其地位也极为尊崇。

也有人说大总管去训练山海战士了，知情者却都明白，轩辕此次乃是去面对鬼方，将与鬼方交换人质，以鬼三交换一个女人，而以刑天的两个神将交换大批的货物，这是一笔很大的交易，或许还不仅于此，更会是一场征战。

没有人会预估结果，也没有人知道将可能发生什么事情，但这一定会是一个让人期待的典故，它或许会平淡而过，抑或惊天动地。每个人都会期待着，祝福着，因为这将是发生在最让人瞩目的年轻英雄、有熊族军事大总管轩辕身上的一场风暴。

只要是有关于轩辕的事，有熊人就有兴趣知道，只因轩辕本身就是一个谜！

涿鹿，晨雾弥漫，气候甚寒，立冬之日，北方犹未下雪，但已有霜冻之状。

东方的太阳足有三竿之高，但那温和的光芒却似乎无法驱散晨雾，自雾色之中看去，太阳呈现出通红的色泽，犹如一个燃烧的火盘。

雾色在近午时之际才慢慢散去，但整个涿鹿如同挂着一层轻纱，给若隐若现的森林和坡地倒也平添了几分朦胧的美。

惊碎涿鹿宁静的是一串马蹄之声，涿鹿的地形并不是很复杂，但却并不像有熊之地那般平整，而是由一堆堆丘陵所组成，再顺一道河谷而形成的狭地。相对来说，地势也还算平坦。

鹤丘之顶，数十骑收紧马缰，迎日而立，势态昂扬，正是轩辕、花战诸人，在轩辕马队之后仍有数十骑战鹿，数十名驱车的战士，整队人马一百五十余众，人人精神抖擞，目眺远方。

远方，有一阵尘土高扬而至，蹄声使地面有节奏地震荡着，是鬼方的高手来临。

轩辕的嘴角边逸出了一丝笑意，他知道，对方终于来了。他有些期待又有些心酸，不知是因为谁。

或许是因为蛟幽。“她现在还好吗？她是否已经改变了许多呢？”轩辕心中想着。事实上，他所想的并不只有这些，还有蛟幽昔日的一颦一笑……

青天和火烈紧跟在轩辕的身后，柔水和剑奴则分立轩辕的左右。叶皇没来，或者是因为他根本就不必来吧。

轩辕表面看上去似乎有些疲惫，或许是因为他这几日所想的问题实在太多的缘故吧。

轩辕的身前有两名金穗剑士和两名君子国的剑手一字排开。

每一个人都是全副武装，长枪、大弓、重刀、坚盾。当然，这一些并非全都背在身上，长枪在马背或鹿背的横钩之上，大弓则在肩上，重刀插于腰间，坚盾在手中。人人小腿之处更扎有两柄小刀，右手持长剑。每个人的装备都像是一支军队。

当然，如轩辕、火烈这样的人并不需要坚盾，但他们并不介意其他的装备。

两辆战车，五十名车卒，当然这并不是用来作战的，而是用来运送货物的。这些步卒也是人人肩负大弓，重刀软盾，车上之人也是手持长枪利钩，军容肃整。由此可见，这些战士无一不是百里挑一的精锐之师。

战车为五牛齐拉，奔驰起来也是迅速至极，只是不甚灵活，但以这一百五十人足以应付许许多多的危机，以此也可看出轩辕对鬼方的重视。当然，天魔罗修绝亲自赶来也是轩辕此举隆重的原因之一。

天魔罗修绝是什么样的人物？谁敢小视？谁能小视？任何的疏忽都有可能造成无可弥补的损失。

与鹤丘相对的乃是虎丘，正是轩辕与天魔罗修绝相约之地。

鹤丘与虎丘乃是涿鹿的两处颇有特色之处，在起伏的丘陵之中，这两处山丘相对峙，相距数十丈，中间为一道狭长的谷地，而在四面又多为小坡、平川。因此，在这种地方交换人质，双方都难耍什么大的阴谋。

当罗修绝立于虎丘之顶时，雾已散尽，但肃杀之意更甚。肃杀之意自是来自这位昔日曾是蚩尤四大战将之首的天魔。据传此人叛离蚩尤之后北入鬼方，更得了天神据比的不世武技，已达到永葆青春长生不死的境界。当然，世上哪会真有长生不死之人？即使当年的女娲娘娘也仅活了五百多年，在躯体老化之后登天而去。

生命虽然是无止境的，但肉体的机能却是有限的，这是任何人也难以改变的事实。当肉体的机能腐朽败化之时，生命便只能以另外一种形式存在。当然，生命能不能以另一种形式存在还得看修行者的修为。

传说之中，天地并非只有一层空间，据传盘古始祖便是因一斧劈开了这层空间封闭的大门，才会繁衍出这样一个花花世界。但是这花花世界却只是众多空间中的一个，若想求得永生，就要像伏羲大神一般悟通天地，找到各层空间的破口，这才能带着肉身进入永生的另一个世界。

不过传说始终是传说，事实是否真的便是如此呢？谁也不无说出一个肯定的回答。因为活在这一层空间里的人永远都不会明白另一层空间的生存形式，永远都无法明了那究竟是如何的一个世界，正如夏虫不知梅花是何种形状一样。但，若当一个人超脱之后，他也无法再向世人禅述其中的境界，如夏虫永远不知冰为何物一般，但等它见到冰，便已死去多时了。

这是一种无奈，是一个矛盾的对立体。

世界因为矛盾才存在，社会因为矛盾才发展，生命因为矛盾才会更丰富多彩。矛盾，本就是构成一切所不可缺少的激素。

此时的天魔一身青鳞甲，头顶更戴着怪异的角盔，如同一只麒麟神兽，散发出凛烈的气势。坐下的奇兽犀渠更是凄号厉叫，更使得天地之间寒意森森。

天魔罗修绝高居犀渠背上，身边是鬼虎和一个体形高挑美艳得有些妖冶的少妇，他们各骑一头青牛。而在三人之后则是一百余荤育部的精锐战士，青一色的胯坐战牛，阵容肃整，气势非凡。

“那女人乃是天魔八妃之一血魔妃子，统领着血鬼部！”轩辕身边的一名金穗剑士低声介绍道。

“哦。”轩辕轻轻点了点头，可以感受得到，那个妖异的美人应该是一个难缠的高手。

“对面可是轩辕小儿?”天魔罗修绝扬声冷哼着问道，声音犹如金石相击，铮然作响。

“对面可是罗修绝老鬼?”轩辕也应声高呼。

青天和火烈大叫痛快，而对面的罗修绝却是脸色大变，他身边的那些高手更是人人锵然拔剑，谁也没想到轩辕会如此不客气地针锋相对。

“好，年轻人果然狂妄不俗，竟敢如此称呼本天魔的，你是第一人!”天魔罗修绝不怒反笑起来。

“天下已非昔日之天下，新旧交替在所难免，轩辕只是第一个，但还不是最后一个!”轩辕也傲然而笑道。

“哦，本天魔就是喜欢狂妄而又有本事的年轻人，今日本天魔来此也就是欲一睹轩辕乃何许人也。听凭寥寥数语，可知轩辕确非凡俗之流。”天魔依然不怒，淡然道。

“多谢夸奖，不过我不觉得需要太多俗套客气之语。请问天魔，蛟幽可曾带到?”轩辕一挥手高声问道，同时立刻有人将鬼三和刑天的两位神将推了出来。

鬼虎一挥手，只见自后面的牛阵之中推出一个长发披肩，一袭素白长裙，在冷风中微微发抖的女人。

那不是蛟幽还是谁？轩辕的心不由抽搐了一下，涌出不知是怎样的一种滋味。

远远望去，蛟幽的半张俏脸被掩于长发之下，长发在冷风之中飘舞，如一道黑帘一般，似有意实无意地挡住了轩辕欲窥全貌的视线。

此时蛟幽所穿的依然是失踪那天的衣裙，朴素简洁的线条，无论是以何种姿势立着，都像是一道绝美的风景，只是此刻这道风景多少有些凄凉之意。

“蛟幽，是你吗？”轩辕高声唤了一声。

那被推出的白裙女子扬了扬脸，扑面的冷风将散漫于脸庞的秀发拂于耳后，还有几缕便紧贴在面庞，却再也无法遮掩其清冷的眸子，雪白的肌肤犹如一尊活了的白玉神女雕像。朴素而清冷，似不沾半点人间烟火，却又给人一种如这个冬天一般萧瑟而惨淡的意境。

这是蛟幽吗？这便是昔日那个如骄阳、如春风、如山间精灵一般的蛟幽吗？这便是昔日那个清纯圣洁而又天真浪漫的蛟幽吗？昔日清新何在？

轩辕的心好痛！是的，此女正是蛟幽，确确实实便是蛟幽，可是他感到蛟幽变了，变得让人心痛，但这不是蛟幽的错，绝对不是！

错的是谁？

是天魔罗修绝？是鬼三？还是轩辕自己？抑或是将蛟幽逼下天台的神农？抑或是……错的到底是谁？谁又能知道？

蛟幽没有回答，她看见了轩辕，眸子之中闪过的只是一种哀伤，只是一种惨淡的凄楚。轩辕的出现和存在竟已经不能够使她激动和欢欣，这确实是一个悲哀的结局。

“人在此，如何交换？”鬼虎高声喝问道。

“好，先将我们所要的货物推下山谷！”轩辕收拾情怀道。

鬼虎挥了挥手，将两大车货物缓缓地放下山坡，而轩辕身边则由二十余人押着胖瘦两位神将行下山坡，同时也是接回那两车货物。

虎丘和鹤丘虽只相隔数十丈远，但如果从坡谷下经过的话，便有百余丈远。

对于人货的交换十分顺利，并无什么波折，因为真正重要的只是鬼三和蛟幽的交换，所以双方谁也不会在这无关轻重的问题上大做手脚，谁都不想让自已的人质惨遭毒手。

那两车货物在被二十名有熊战士稍作翻检清点之后便拉了回来，而且是迅速将两车货物拉离鹤丘，这是事先约好的，否则若战斗起来，一个不好货物还会被对方抢走。

双方对视了半晌，轩辕扭头见那两车货物在两辆战车的战士护送下已走出了百余丈，这才喝道：“可以进行人质交换了！”

花战和木青同时跃下马背，两人一左一右挟住双手被缚的鬼三向山谷下行去。

鬼三不仅仅是双手被缚，而且全身的功力也全都给封住了。

鬼虎欲送蛟幽，却被轩辕喝止，只能由他身后牛群之中的普通战士送出人质。轩辕也不能不防一手，以鬼虎的武功，说不定在交换人质之时要什么花样那可就不妙了。以花战和木青此刻的武功虽然并不惧怕鬼虎，但却顶多只能守住鬼虎的攻势而无丝毫还手之力。若鬼虎解开了鬼三身上的禁制，那岂不是大事不妙？是以，轩辕不许鬼虎作为押送之人。

鬼虎也无可奈何，要知道，鬼三与他可算是亲若兄弟，若是出了一点什么差错，他心中也会不忍，更何况罗修绝极为疼爱鬼三，自不想鬼三出现一点意外，虽然蛟幽对轩辕也很重要，却没有必要拿鬼三的命去赌。何况鬼三对鬼方来说，较之蛟幽对鬼方的用途大多了。罗修绝虽也爱女色，但经历了一百多年，女色对他来说已经不是很重要，重要的反而是一些实质的东西。因此，轩辕提出以鬼三换蛟幽，他毫不犹豫地答应了。

蛟幽的步履沉缓，仿佛是感到极度的疲惫。或许，她的心已经很累了。生命本就是一种负担，如果再让生命背负着责任，那么再轻松的心也会感到疲惫。

木青的心中也有些痛，望着蛟幽一步步地走近，心中更多的是怜惜。这个曾被视为姬水之神的蛟幽，美丽如昔，只是在其目光之中多了一些让他感到陌生的伤感、凄楚和冷漠。木青读不懂蛟幽眸子里的感情，也读不懂那仿佛很空洞的眼神的含义，他能够感受到的，便只有蛟幽的陌生和一种阴冷的意味。

那两个押送蛟幽而来的战士与木青对视了一眼，都显得敌意十足。木青只是冷笑了一声，并没有将这两人放在眼里。

花战往昔并未见过蛟幽，但他此刻也惊于蛟幽那得天独厚的丽质，虽然沉默得有些冷漠，但却更有另一种无法解释的韵味。

蛟幽望了木青一眼，露出了一丝涩然之意。

“快回队!”木青一带蛟幽迅速向鹤丘之顶奔去，花战却是面对虎丘倒退而回，以防敌人偷放冷箭。

蛟幽比鬼三先一步回到自己的队伍之中，因为木青的速度远胜于鬼方那两名押送人质的战士。

鬼虎对木青的身法吸了口冷气，他们差点被轩辕给算计了。以木青的身法，足以列入顶级高手之流，若是在途中对鬼三出手，他们的两名鬼方战士定然难以抗拒，说不定还会将鬼三当场击杀，那可就大大的不妙了，所幸木青没有如此做。

“幽妹!”轩辕激动之下竟自马背上翻下，走上几步，一把搭住蛟幽的肩头，居然欢喜得连眼圈都红了。

蛟幽身子也仿佛激动得颤抖起来，却一句话也没有说出来。

“你终于又回来了……”

“小心!”木青大惊，低喝了一声。

“呀……”轩辕一声惨哼，蛟幽的袖间竟然滑出一柄蓝汪汪的短刃，直刺入轩辕的小腹。

砰……木青一掌击实蛟幽的手腕，再一横勾，以快捷至极的手法击中蛟幽的肩头。

蛟幽也一声闷哼，翻倒在地，那柄短刃仅刺入轩辕腹中三寸许。

花战大惊之下一把扶住轩辕，倒被眼前发生的变故给惊呆了。

火烈飞身而下一把抱起轩辕，一看伤口留下的是黑血，不由得骇然：“这是一柄淬毒的毒刃!”

青天却已飞身抓起蛟幽，一看之下，不由有些气急败坏地道：“她中了巫术!”

“啊……”木青也大惊，更是愤然，这才恍然蛟幽何以会出手杀轩辕。

"哈哈哈……"天魔罗修绝放声大笑，鹤丘之上的忙乱之状，一切都看在他的眼中，怎叫他不笑？

"轩辕，任你奸诈似鬼也料不到本天魔有这一招吧？"

"不要脸的老浑蛋，卑鄙！无耻！下流！"木青和柔水汽得大骂。

"死到临头，就让你们多逞一下口舌之利吧！"

呜……呜……呜……一阵号角之声划破长空，那犀渠凶兽也发出如婴儿一般的怪叫，附和着那一阵号角之声。

"杀！"鬼虎高呼一声，迅速挑断鬼三的束缚，并解开了鬼三被封的穴道。

"撤！"柔水一声低喝，木青诸人迅速上马，一百余骑如潮水般迅速退下鹤丘。而此时，虎丘后三里外的林子之中蹄声大作，鬼方大军如旋风般涌出。

火烈迅速将青天递来的解毒丹喂入轩辕的口中，一边策马飞奔，一边以火劲直逼入伤口，竟硬生生将那一道伤口的血管烧焦，那毒血化为青烟带着腥臭逸出了伤口。

"哼，小小的毒伤怎能难得住我？"火烈不屑地道，轩辕却差点痛昏了过去。

"风魔骑欲合围我们！"柔水低呼了一声。

众人一看，果见近千的风魔骑分成两路，如大剪刀一般向他们的退路合围而至，而在他们的身后，罗修绝跨着犀渠奇兽也追了过来，不过相距近百丈之遥，毕竟他们在越过两座山丘花了一些时间。

风魔骑早就设好了埋伏圈，不过，柔水诸人的战马快极，等他们还没有完全合拢之时便已经杀到。

"杀！"剑奴连射两箭，便已冲入了风魔骑的牛阵之中。

这群有熊族的战士，人人都是百里挑一的好手，箭术高超，几乎每一个人都将轩辕所授的作战方式掌握得极为精到。远处箭攻，近处枪攻，地下刀盾相攻，一切都是攻击的方式，因此众人在一下鹤丘之时便已搭箭在手，对任何可能存在拦截之势的敌人以快箭先下手为强。因此，风魔骑还未曾合围便已有数十人死于乱箭之下，那战牛也有数十头倒地，将那些风魔骑士摔死数人，有的甚至死于牛蹄之下。有熊战士在前进了三四十步之时，所有人整齐划一地挂弓摘枪，以勇不可挡之势直杀入风魔骑的队伍之中。

“杀！杀！”风魔骑迅速会合，但是有剑奴、柔水、青天、火烈诸人在前方开路，遇人便挑，挡者披靡，而且风魔骑与这群快骑呈十字交叉状错过，自然是无法阻住青天诸人。

“杀！杀！”有熊战士气势如虹，那五十骑鹿营战士冲击力不大，但夹在马群之中也颇具杀伤力，首先自风魔骑的缺口杀出。

冲在最前的是青天、剑奴诸高手，留在最后的也是这些高手。

火烈早已将轩辕和蛟幽交给那群鹿营战士。

鹿营虽然正面攻击力不如风魔骑和这些战马，但是在短距离中冲刺逃走却是要优胜一些。因此，这些鹿营战士发挥其长处，保住轩辕和蛟幽能安全突围，而由五十匹战马为其断后。

有熊战士杀出重围，几乎没有什么阻碍，因为对方的风魔骑本身合围之势就有缺口，不过也有五匹战马和十余匹战鹿死去，大多都是中了敌箭，也有的是被敌方高手击杀。但是鬼方的风魔骑一上来便损失了一百多骑，几是有熊战士损失的十倍，因为有熊这一百人之中高手太多，风魔骑哪是对手？有些失去了主人的战牛开始乱奔狂窜。

天魔罗修绝也没有想到轩辕的队伍之中竟有这么多的高手，等他们赶上来之时，轩辕诸人已远在四五十丈开外了。

轰……四下蹄声大起，尘土飞扬，埋伏在虎丘后方的风魔骑和鬼方的鹿骑也迅速掩了上来，更有许多步卒紧随其后。当然，这些步卒为后勤。

天魔竟动用了数千鬼方战士，可见他对轩辕是何等的重视。

当然，天魔此举绝对不单只是对轩辕的重视，他更知道轩辕乃有熊族的军事大总管，如果此战大捷，可以一直追杀轩辕直逼熊城。

要知道，轩辕此战若败北，有熊必会在蒙络、创世新丧之下人人自危，斗志尽失，那时他们攻克十大联城定然容易多了，以其强大的威势甚至可以让十大联城的城主献城而降。要不，也可一路直杀至熊城，十大联城自会出兵来救，他们便可势如破竹而下，取得坚城。因此，天魔这才亲率数千大军而来。

天魔可谓人老成精了，知道此刻乃是攻打有熊千载难逢的绝佳机会，其政局不稳，民心未定，新旧交替，而在熊城之中仍有蒙络和创世的旧势力，这些人必对轩辕和凤妮不满，此刻若错失机会，待轩辕和凤妮政局稳定下来再战之时，恐怕就要付出不止一倍的力量了。而且，眼下轩辕远出涿鹿，更受了伤，可谓是机不可失，精明的天魔当然是倾力而为了。

仅剩的四十骑鹿营战士率先钻入一片树林，而四十余骑战马也随后飞速窜入林中，再还以一轮疾箭，阻住那群风魔骑的疾追之势。

这片林子并不大，仅里余宽，根本就阻不住风魔骑的追势。但遇到林子，这群风魔骑便很自然地缓了一缓，等他们再追入之时，与轩辕的骑队距离又拉长了数十丈，此刻双方相距有百余丈了。

天魔微怒，他领头冲入林子，鬼三、鬼虎和血魔妃子随后跟上，直驰入林中，他们追到林边，却并未遇到林中有何埋伏，众风魔骑不禁大为放心。

“哼，这小子根本就没有料到有今日，怎么可能未卜先知在这里设下埋伏呢?”鬼虎轻蔑地道。

“哈，快看，那两车货物仍在前面!”血魔妃子老远看见了已与青大诸人会合的两辆拖着货物的牛车，只是并没有见到那护送的两辆青牛战车。

“杀!”风魔骑战士一阵欢呼，便向林中冲去。

哗……哗……正当诸人就要冲出林子之时，四周的大树仿佛如着了魔般的倾倒下来，横七竖八地砸落，林中的地面之上更塌陷出一个个陷阱。于是风魔骑不可自制地乱了起来，已有数十骑翻落陷坑，人仰牛翻，更有些战牛被大树砸倒，风魔骑战士就更别说了，被粗枝扫得东倒西歪，有的更是翻落牛背。

天魔的犀渠凶兽一声大吼，竟然窜至林外的一处荒坡上，接着便是许多风魔骑狼狈地窜出林外，损伤虽然只不过三四十骑，却延阻了他们的追击。再看前面，青天诸骑已经消失在另一处山坡之顶。

“追，本天魔倒要看看你们往哪里逃!”天魔罗修绝狠声道。

可他领着五百余风魔骑追了一盏茶时间，竟然没有见到青天诸人的踪影，不由心中大为疑惑，他们就算追不到青天诸人，但也会发现那两辆拖货物的牛车呀?可是眼下连那拖货物的牛车也没有看到，这就有些奇怪了。

天魔罗修绝带缰冲上了一个高坡之顶，四处眺望，虽然他见到了轩辕那只剩下数十人的残余队伍，但却更发现了另一件让他心惊不已的事。在他的后方，尘土飞扬，显然是正在大战。

天魔这才恍然，为何此时后方魔奴所领的风魔骑仍未跟上来，想必定是遇到了袭击。不过他并不担心，因为魔奴所领的是大部队，有足够的应付能力。

一声长啸，天魔依然领人向轩辕逸走的方向追去。

魔奴所领的风魔骑只需翻过一座山坡便可与天魔会合了，可他们刚奔出刚才天魔诸骑中伏的林子，来到荒坡之时，忽闻一声厉吼，自侧方的坡头闪电般冲出一队劲骑，以快捷无伦的速度将魔奴的队伍截成两段，自中间杀过。为首之人正是叶皇和陶莹，这支一百人的快骑全都是战马重枪，横冲而过，简直像是一柄无坚不摧的利刃。风魔骑一时首尾难顾，被杀了个措手不及，等魔奴掉头欲拦截之时，叶皇和陶莹诸人已领着众骑兵如风一般的冲上了另一座坡顶，根本就不作丝毫停留。

魔奴几乎气得吐血，这群人就像是跟他们捉迷藏一般，一触即退，但是却将风魔骑队形打乱，而且还斩杀了近百骑。魔奴根本就无法想象，对方那支快骑竟然有如此的杀伤力，有些人手持重枪，有些人手持轻盾快刀，一挡一劈，几乎是摧枯拉朽一般，而且这些人的配合精准到位，阵形如破山之锥，一进一出丝毫不乱，竟视他所领的一千风魔骑如无物，这怎叫魔奴不怒？

魔奴整队分出五百骑尾随叶皇之后疾追，而另五五百骑则去与天魔会合。

鬼方此次兵分数路，风魔骑为主力，但在虎丘和鹤丘附近的五百骑由天魔自亲统帅，另一路则是由魔奴所率的一千风魔骑为后应，还有一路则也是鹿营战士，以小路直达壬城和辛城之外，与早已伏于那里的步卒会合。

此次，鬼方一共动用了四千多兵力，几乎是有史以来，鬼方动用人手最多的一次。

天魔其实也是很无奈，如果他不如此做的话，再过一段时间，待蚩尤伤好之后，他几乎没有机会再兵伐有熊，光蚩尤就会让他头大。而眼下却是攻克有熊的最好时机，若不赌上一把，今后便再无机会了，是以他这次是百年来调动人马最多的一次，同时更在荤育准备了两千兵将作为后勤，几乎是倾出了鬼方一半的兵力，而且还是亲征，所出的一半兵力都是最精锐的，若如此还战不下有熊，那往后就休想了。

事实上，如果能够征服有熊，便是倾其鬼方的全部力量也在所不惜。

北方凄冷，特别是一到冬天，风沙弥漫，大雪纷飞，草枯叶凋，牛羊也都不得不南移。皆因北方苦寒，刚一入冬便已经冷得人受不了。如果能得有熊之地，便可借西北诸山挡住自北吹来的寒风，而且再向南便是土地肥沃、水草丰茂之地，与鬼方那穷荒僻野的地方相比，简直有着天壤之别。

而且有熊地势险要，有十大联城相环，城坚货丰，若能得有熊，他便可将自己的势力大大扩张，直接与东夷接壤。

到时候，即使是蚩尤伤愈，他也可以联合东夷合力决战蚩尤，相信少昊也不会拒绝。

当然，天魔罗修绝也知道，要夺有熊何其之难，否则鬼方也不用数百年来都受尽风雪之苦了。不过，眼下有熊的重要人物相继而死，新太阳即位仍不足以慑服人心，确实攻克有熊的千载难逢的好机会。

有熊本是高手如云，比之鬼方更为可怕，至第十代太阳，有大祭司创世、蒙王蒙络、死士教头吴回、宗庙的六大长老、十大城主、八大寨主和七大营的大统领，甚至包括创世的四大护法和蒙王府的高手，加起来不下数十人之多，尤其以创世、蒙络、吴回、六大长老和城主兰庆、方牧及伯夷父，无人不是绝世高手。

若非有东夷牵制着不让有熊座大，只怕第十代太阳之时，已经把鬼方给灭了。便是当初天神据比在世之时也被有熊打得七零八落，若非蚩尤，有熊只怕比三苗更为可怕了。

眼下，蒙络、创世、兰庆、方牧，有熊第十代太阳在位时座下最可怕的几大高手都相继死了，罗修绝岂肯放过这个进攻有熊的大好机会？

第一百一十九章　犀渠凶兽

叶皇诸人的速度快极，片刻之间驰出十数里，魔奴却穷追不舍。不过，他们越追越近，似乎战马的速度比不上这群狂奔的战牛。

百丈……七十丈……六十丈……风魔骑开始两翼散开。在这片没有高山，只有坡地丘陵的地方，包围战是极为有效的。魔奴不相信，以己方数倍的兵力会无法对叶皇诸人进行包围。

叶皇的队伍像一条长蛇一般，在山坡谷地之间蜿蜒，而风魔骑则漫成扇形疾追。此地距虎丘近二十里，眼看就要将叶皇诸人合围在一片谷地之中，叶皇诸人竟一下子蹿上了一侧的山丘。

魔奴追袭叶皇是怎么近怎么走，叶皇却只走谷地，而不往高丘顶，所以风魔骑几乎快要将叶皇诸人给堵住了，却没想到叶皇诸人仿佛是慌不择路般向山丘上跑去，而且马速快得让魔奴也有些惊讶。他本以为这些战马之类的东西不方便爬坡，所以叶皇这才尽绕山谷走，而他们的战牛是遇坡过坡，遇谷过谷，好不容易形成合围之势，这些战马竟然又会爬坡了，而且还非常快捷。

魔奴也有些急了，风魔骑自山坡上潮水般的冲下，尾随着叶皇的骑队又向他们所去的山丘上漫去。

魔奴也不得不佩服叶皇所领的那些骑兵，虽然似乎慌不择路，但始终如一条长蛇般一条线地奔行上山，然后又下山，丝毫未改变阵形，这也可见这一百余骑是训练有素的精骑。

叶皇诸骑刚消失在一个山丘之顶，蓦地风魔骑的队伍之中传来了一阵惊呼、惨叫，那如潮水般涌上山丘的风魔骑行在前面的都哗啦落入了陷阱之中。这山丘之上似乎处处都是陷阱，东落一骑，西陷一骑，而此时背部山丘之上却传来一声大吼：“杀！”

箭雨乱飞，一时之间天空仿佛都黑了下来，到处都是箭矢，那群风魔骑本来都心惊于这些陷阱，顷刻间竟被这阵乱箭身得人仰牛翻。此时山丘之顶三步立一人，人人手执大弓，竟然拉长近一里，把整个丘顶全部封锁。

魔奴大骇，他没想到此地竟布下了这么多的伏兵。不过，他也是身经百战之人，一眼便看出这里虽似是满山都是人，实际上也只是在两百余众左右，比之他的兵力仍然要少了许多。不过，他却忽略了此刻风魔骑所伤亡的人数。

“给我杀！”魔奴大吼一声，一人当先，拨开射向他及其坐骑的箭矢，人牛合一便向丘顶冲去。

那群风魔骑虽然被射得焦头烂额，但见首领如此奋勇，也都精神大振，斗志狂升。

“杀……杀……”一时之间喊杀声震天，风魔骑狂呼着毫无畏怯地向丘顶狂冲，一批倒下又上前一批，他们好像忘了对手这要命的劲箭。

陷阱、乱箭，根本就阻挡不了风魔骑的进攻，不过风魔骑也死伤惨重，当他们快冲上丘顶之时，几乎折损了一半。不过，此刻山丘之上的伏兵再也不放箭了，而是扔掉大弓，弯身操起藤盾重刀。

“杀！杀！”山丘之顶的伏兵立刻自丘顶向两边一分，张开一个巨大的缺口。叶皇和陶莹领着那支铁骑倒杀而回，直迎魔奴。

“杀……”虎叶此时也出现在坡顶，一手握盾，一手持刀，向山下的风魔骑无畏地狂扑而下。

“杀……杀……杀……”一时之间，杀气冲霄，人叫马嘶，牛嗥弦响，只杀得天地色变，尘土避日。

轩辕的那数十骑飞速地驰入一道山谷，但却在山谷的另一边时突然停住，全都勒住马首。

天魔罗修绝吃了一惊，在刚要入谷之时猛地打住，他身后的五百风魔骑也全都刹住势子。

鬼虎的心里在发毛，这个山谷地势奇险，两山夹一沟，若是轩辕在这里设有埋伏，只怕他们会讨不了好。这道山谷正是涿鹿有名的三沟连环峡之一的望风沟，乃是三沟连环峡第二险地，仅次于铁门峡。

“师尊，恐怕此地有诈！”鬼虎担心地道。

这哪用鬼虎说？只看轩辕属下那群人的架势也会让人觉得气氛不对劲，天魔自是不怕埋伏，但是他身边的这些人害怕，他可不能让风魔骑轻易折损。

“你与我同去查探一番！”天魔冷哼一声，向鬼虎吩咐道。他自然不想被这什么三沟连环峡给吓着，因为他还要一口气杀到壬城和辛城之下，去与屯于那里的战士会合。如果是平时，他或许会在此地不再追逐，但此刻不同，不过面临这种险地，他却不能不小心行事。

鬼虎明白天魔的意思，一带缰绳，便向一边的山头奔去，以他的武功，即使有埋伏，全身而退是绝没有问题的，而且此地虽然名为三沟连环峡，却并无险山峻岭，只是高高的丘陵形成的山谷，包括后面的虎跃谷和铁门峡。

天魔座下的犀渠凶兽一声尖泣，如飞一般的冲上了一边的山丘之顶，但是根本没有任何埋伏，再扭头之时，轩辕的那一群属下已经跑出老远了。

天魔大恼，他又被人耍了一招，对方根本就没有设什么埋伏，只是故意虚晃了一招，让他疑神疑鬼，这样才能争取更多的时间逃命。否则的话，只怕一出这几道险地就会被追上，而天魔和鬼虎奔上丘顶，这一上一下足够让轩辕诸人跑上几里路。

“追！”天魔在丘顶一挥手，心中有种说不出的窝囊，竟然被一个年纪轻轻的轩辕给耍了。

“铁门峡是三沟连环峡的第二道关，也是最为险要的一道。若是轩辕要布下伏兵，定会选择最为险要的铁门峡。”鬼虎提醒道。

天魔点点头，如果是他，第一道望风沟未布下伏兵，但一定会选择这最险的铁门峡，这样才算是合情合理，杀得敌人连回头都难。

天魔想到了这一点，自然不能不防，但他登上峡顶一望之时，发现轩辕的人马几乎已到了虎跃谷。他们根本就没有在这里稍作停留，这峡谷的两边别说是伏兵，便是一只野兽也没有。

天魔又好气又好笑，自己竟然被这样一个毛头小子给吓着了，还以为轩辕有什么了不起，连这样的要地也没有设下伏兵，真是叫他大失所望，心中忖道："看来这小子还真没有准备跟我交战，只想固守熊城，否则怎么连这样的两处险地都不设伏兵？"

鬼虎也一脸疑惑地下了崖顶，他看到的与天魔所见一般无二，不由道："师尊，我看这小子定是没有准备在这里与我们交战，所以根本就没有设下伏兵，此刻他又受了伤，只顾着仓皇而逃。我看这小子定是想回有熊死守坚城了！"

鬼虎的想法竟与天魔一样，天魔不由得点了点头，道："想来也是这样。"

"我就知道，这小子虽然厉害，但是怎敢与天魔对敌？看来这小子打一开始就只打算坚守有熊，隅守一方，这才是最聪明的战略！"血魔妃子附和道。

天魔微微颔首，事实上对于这个新崛起的年轻人，他并没有非常在意。在他心里想来，天下间现在只有少昊、太昊和蚩尤可以做他的对手，轩辕算什么？只是一个顺时而生的黄毛小子而已，自不配成为他的对手。

当然，轩辕死守坚城，对于一个弱者来说，确实是最佳的办法。凭坚城而守，即使是强如天魔罗修绝之辈，也难以破城而入。而轩辕此刻若真是死守坚城，撑上一段日子，其地位和熊城政局自然便会稳定下来，那可算是一个最好的保存实力的策略。如果是与天魔决战涿鹿，轩辕自不是天魔的对手，那样反而会输得更惨，甚至会让鬼方势力长驱直入，到时轩辕和凤妮的地位自然难保，因此他们又怎敢决战于涿鹿呢？

想到这里，天魔暗骂自己糊涂，暗骂自己太高估了轩辕，心忖："这小子还真不傻，知道以己之长对敌之短，以坚城死守，实会使本天魔难以施展手脚。"

“师尊，这小子此刻受了伤，此时不追还待何时？徒儿定要食其肉、寝其皮，方解我心头之恨！”鬼三在旁插口道。

“三弟的声音怎么了？”鬼虎突然有些讶然问道。

“都是那小子害的，我已饿了两天，又受了风寒，声音自然有变。”鬼三恨恨地道。

鬼虎和血魔妃子恍然，天魔也不以为意，不过他对鬼三的话很赞同。此刻轩辕受了伤，要追击乃是千载难逢的机会，只要路上不耽误，追上轩辕应该没有问题。

“追！今日定要生擒此子，不能让他返回熊城！”天魔断然下令道。他知道，如果轩辕返回了熊城，自然会闭门不战，死守坚城，那时他们很可能错失千载难逢的机会。

天魔领着五百风魔骑，几乎是毫不犹豫地冲进了虎跃谷，他不能让轩辕逃回熊城。

虎跃谷比起前两道峡口，要平缓许多了许多，两边的山丘虽陡，但不是很高，呈一个V字形的开口，但是要比前两道谷口稍长一些。

风魔骑与天魔刚冲入谷中，便听两边的丘顶一阵大吼，巨大的石头和粗木自丘顶翻滚而下，扬起漫天的尘土。

天魔大惊，他怎么也没想到轩辕会在三道峡谷中最不险要的峡谷设下埋伏，这几乎是没有理由的。

呼……呼……天空中不仅落下石头粗木，更落下一团团烈火，这些全都是浸有地龙血的柴禾、木料，一时之间虎跃谷中烟火弥漫，箭雨纷飞，惨叫声、惊嘶声响成一片。

天魔怒吼着向外冲，欲杀出山谷。正在此时，他倏觉身边一道幽风掠起，骇然之下稍一侧身，一道亮弧自他的腰际抹过，那是一柄剑。

天魔狂嚎一声，腰间的青鳞甲竟然无法阻止剑势的穿透，竟直没入五寸。

“你这逆徒！”天魔的武功何其霸道，竟在生死之间，探手夹住了那刺入肉中的利剑，他立刻认出此剑乃是剑中之祖昆吾，而出手偷袭他的人竟是被他换回的鬼三。

鬼三眼里闪过一丝阴冷的笑意，但是他还没有来得及做出下一个动作，天魔的魔爪已经印到了他的胸口。

鬼三低吼一声，右手疾挥，竟不挡天魔攻来的那只魔手，反而化出一道有形有色有质的火一般的刀气，直劈天魔的脖子。

砰……轰……天魔和鬼三同时狂嚎一声，各喷出一口鲜血来。

鬼三拖着昆吾神剑，带着一蓬血雨倒飞出十丈之远才轰然落地。

天魔的腰间血涌如泉，口中又咳出两口鲜血，身子在犀渠奇兽上晃了两晃，竟然又坐稳了。

“师尊!”鬼虎和血魔妃子大惊，这一切发生得太快，快得他们根本就没有反应过来。他们只觉得一道亮光一闪，接着便是鬼三那左手闪动着火一样色彩巨大的气刀斩在天魔的脖子上，而且正是那盔与甲的缝隙之间，然后鬼三的身子便飞了出去。

天魔像是老半天没有回过神来，一手捂着腰间的伤口，一手缓缓上移，轻捂住脖子间被那气刀所劈中的地方，低低嚎了两声，如同瞎了眼的老虎。

“师尊，你没事吧?”

“魔尊!”鬼虎和血魔妃子惊呼道。

“好强的刀气，好强的功力，这不是我教的武功，他不是小三儿!”天魔仿佛是在自言自语地呻吟着，但却也开始恢复了神志。

“师尊……”鬼虎心头害怕了，同时也迅速拨打着射来的乱箭和火团，他感到师尊天魔似乎处在一种从未有过的虚弱状态。自师尊天魔已成金刚不坏之躯后，何曾流过血?何曾吐过血?何曾有人能够让他受伤?倏然之间，他想到了一个人，刚才鬼三那神秘莫测又威猛无俦的一刀仿佛又一次在他眼前晃过。鬼虎禁不住脱口呼道：“他不是三弟，他是轩辕!”

“轩辕?他是轩辕?哈……咳咳……”天魔又咳出了两口鲜血，却笑了起来，笑得有些凄厉，有些欢悦，轩辕果然没让他失望。

是的，轩辕没有让天魔失望，果然是一个无可挑剔甚至是可怕至极的年轻人，居然连天魔竟也着了他的道儿。所以，天魔笑了，已经有一百年了，一百多年没有人让他感到死亡的威胁，他觉得生命是那么的孤单，那样的寂寞。一百多年了，没有人能做他的对手，可是如今轩辕的出现，让他不再寂寞，让他感受到了死亡的威胁。原来，受伤的滋味竟是这样不好受。

天魔知道，这次他真的败了，败在一个后生小辈的手中，可是他不明白何以鬼三竟成了轩辕？不过，他知道此人绝不是鬼三，无论是功力还是眼神，以及这无与伦比的刀法都不是鬼三所能拥有的，只是打一开始他便忽略了仔细打量鬼三，因为一开始他便只注意到那边的轩辕是否中了他的计策，是否被蛟幽刺死。蛟幽没让他失望，但也使他全心欲追杀那个被刺的轩辕，没时间仔细打量身边的鬼三。而刚才鬼虎说鬼三声音变了，仍没有引起他的注意。此刻真相大白，他确实是疏忽大意了，但是他实在没有想到竟会有人在鬼三身上作假，且有如此高明的易容之术。

“撤!”天魔急喘了几口气，低喝道，他知道自己受的伤有多重，他也不能不佩服轩辕的功力，以他金刚不坏之身，竟仍然无法抗衡轩辕这可怕的一刀。

虎跃谷中几乎像是世界的末日乱成一团糟，风魔骑几乎成了相互践踏之势，有的倒退，有的前进，都挤成一堆了。此刻，居然有人重创了天魔，更让这群风魔骑斗志大失，哪里还敢前进？全都倒退。

鬼虎心中却记着那飞落至十丈外的轩辕，在弥漫的烟雾之中，他飞掠而过，赶到轩辕刚才摔落的地方，但那里只有一摊血迹，而轩辕的尸体却是不知去了哪里。

“不可能，不可能!”鬼虎唠念了几句，他不敢相信轩辕中了天魔那样一击居然还能够活着，这简直不可能，如果轩辕死了，那么尸体呢？难道是有人将他带走了？

“鬼虎!”血魔妃子一人护着天魔快骑赶到鬼虎的身边呼道。

“轩辕的尸体不见了。”鬼虎呼了一声，说着跃身上牛，他的身前身后立刻再集合了数十名天魔的亲卫高手。

“看，那里!”血魔妃子突地一指山腰之上，呼道。

鬼虎抬头一望，果见鬼三手持昆吾剑艰难地向山丘之顶爬去，那不是轩辕是谁？雁菲菲死了，昆吾剑落在了轩辕的手里，这人一定便是轩辕，所有人都惊骇不已，包括天魔在内。

轩辕居然没有死，天魔含愤一击是何等威力，轩辕居然还能够爬上半山腰，这段距离至少有三十丈，这确实让他们吃惊。

“我去杀了这小子，此子不除，我们岂有安宁之日？”鬼虎咬咬牙，他深深地感受到来自轩辕的威胁。

天魔点了点头，深表鬼虎的话正确。他虽然重伤在身，尽管败了，但他却不想轩辕活着，这个年轻人实在太可怕了。

鬼虎一声轻啸，如苍鹰般向轩辕掠去，血魔妃子领着一群亲卫高手向来路杀去。

“杀呀……杀……”山头之上涌出了数百名一手持盾，一手持刀的有熊战士，更有几道身影闪电般掠向半山腰的轩辕。

“杀……杀……”青天、柔水等一干高手领着近百名骑兵倒杀回虎跃谷中，真是挡者披靡，只杀得风魔骑狼狈逃窜。

风魔骑哪里还有斗志？全都向来路飞逃而去。

鬼虎眼看便要追上轩辕，但是却自横杀出三人，其中两人将他截住，另一人抱起咳血的轩辕迅速退走。

鬼虎知道眼前的鬼三果然是轩辕，自那红衣女子口中的呼唤便可以听出，而截住他的两女正是当日与刑天胖瘦神将交手的燕琼和褒弱。不过，迅速又有几名好手加入战团，却是少典神农与叶七等人。

鬼虎如何还敢再战？趁这些人尚未将他缠住之时，一声长啸，撤身而退，但退得也很狼狈。

“杀……杀……”

鬼虎是最后一人冲出虎跃谷，身上已拖出了几道伤口，燕琼、褒弱、少典神农、叶七，这些人的剑法无一不是犀利异常，而柔水、火烈、青天这些高手的一身修为更是高深莫测，如果他不是有先见之明，逃得快的话，定会命丧虎跃谷。

冲出虎跃谷，鬼虎才发现包括天魔在内，己方只剩下那么五六十骑突破伏兵的厮杀。不过，柔水诸人却是紧咬不放，一直疯狂追杀。

铁门峡，几乎是块死地，过来的时候不觉得，但返回之时才发现这里的道路竟是如此狭窄，地形竟是如此险要。

鬼虎和十多名天魔亲卫高手断后，倒也能在这狭窄之地阻住柔水等人片刻。

柔水和火烈诸人的武功虽好，人数虽多，但在这峡谷之中，也难以施展开来，大有一夫当关，万夫莫开之势。而且，天魔身边的亲卫高手都是受天魔亲自指点，人人乃顶级高手，也十分棘手不好对付。

鬼虎诸人且战且退，也暗自庆幸这铁门峡的险要。

“杀……杀……”正当鬼虎庆幸之时，铁门峡顶响起了一阵大喝，只见峡顶突地出现了百余道人影，人人推动巨石便向峡中砸，而且自崖顶乱箭齐发，只射得血魔妃子和那群拼命奔逃的鬼方战士叫苦不迭，谁知此处来时没有伏兵，回去之时便有了伏兵，这可真是屋漏又遭连夜雨。

鬼虎心中禁不住诅咒起轩辕来，诅咒轩辕做得太狠，竟要赶尽杀绝，一切都安排得如此巧妙，但他们必须杀出铁门峡。可是，杀出了铁门峡之后又如何呢？还有望风沟，轩辕会不会也在望风沟再设下伏兵呢？鬼虎现在只盼魔奴的救兵快到，只有魔奴的救兵或可解此围。而看眼下的形势，他们能不能够活着见魔奴仍是一个极大的问题。

天魔身边的亲卫高手也受不了这番乱石乱箭的攻击，即使身形保护好了，但坐骑也有问题，人数正一个个地减少着……当鬼虎再与天魔会合之时，一共只剩下三十余人了。

鬼虎简直想大哭一场，五百多名风魔骑竟然伤亡得如此之惨，而且这三十余人身上都或多或少地带了伤，所幸这些幸存者无一不是顶级高手，是天魔的亲卫，是以一时还能撑下去。

当他们杀出铁门峡，又损失了几人，只剩下二十余骑，在柔水诸人的追击之下，仓皇逃命。

柔水、青天、火烈、木青、剑奴及一干金穗剑士和花战诸人，人人都是高手，杀伤力之强几乎让天魔的人感到绝望。不过，这群剩下的幸存者人人都有些至少等同于花战之类的身手，只不过他们被火烧、石砸、箭射之后，锐气大挫，又带伤在身，更敌不过对方的人多，因此只有挨打被杀的份儿。可是这群天魔身边的高手心中明白，他们的劫难并未因为出了铁门峡而完结，因为还有一道望风沟在等待着他们，那之中究竟藏有什么杀机，大概只有轩辕才知道。

魔奴简直气疯了，他竟被一个黄毛小子给缠住，身边的风魔骑士死伤大半，在叶皇的狂攻和虎叶那些使刀执盾战士的狂攻下，风魔骑竟是半点优势也没有。

一头头战牛惨鸣着断足而倒，虽然也让虎叶的人死伤惨重，但风魔骑伤亡更惨，只剩下百余骑了。

"撤!"魔奴心有不甘，但却知道大势已去，因为他发现远方有一队鹿骑正向他们这一方飞驰而来，所打的却是有熊的旗帜，如果他不想全军覆灭的话，便只好撤退了。

叶皇身边的铁骑也只剩下六十余人，而虎叶所领的两百精锐龙族战士却折损了一半，若非因一开始的陷阱和乱箭对风魔骑造成了无可弥补的损失，只怕此刻叶皇的这些骑兵和龙族战士也差不多快完蛋大吉了。不过此刻龙族战士还是斗志昂扬，悍不畏死。

这场厮杀之惨烈确实是难以形容，人与兽斗，人与人斗，兽与兽斗，此刻各方损失惨重之下，几乎是势均力敌。若不是远方有熊的援兵到了，魔奴定然咽不下这口气，会死拼到底，最后鹿死谁手还很难说。不过，魔奴知道，在叶皇的手下占不到多大的便宜，而且这些战马比他们的战牛灵活多了，冲刺的速度也比战牛快捷、稳健、有力。若只是在坐骑的比拼上，他们定会输，因此他绝没有把握除掉叶皇诸人。

叶皇的武功比魔奴并不会逊色多少，而且在战马穿插的过程中，陶莹与叶皇双战魔奴，却是魔奴吃不消的。

地面上，虎叶的刀盾几乎是威猛无俦，而且动作灵活至极，他一人便劈死了十余头战牛，更力杀三十多名风魔骑的战士，血染襟袍，手中之刀正是锋利无比的尊神刀。而他本身就是一个使刀的好手，得此神刀自然是威力倍增。

那些龙族战士的身形也都灵活至极，在战牛之中穿梭自如，如轻风一般，皆因他们的武功是以神风诀为基础，所以在身法之上灵动至极。时而纵跃，时而低身横穿牛腹，几乎是这群风魔骑的克星。

当然，风魔骑也都是强化训练出来的劲旅，人人不管是在地面还是在牛背之上，都是难得的好手，因此尽管龙族战士神勇无比，也死伤不少。

风魔骑也被杀得有些胆寒了，乍听魔奴一呼“撤”便都如旋风一般撤下山丘。不过，此时他们明白了何以叶皇那百余骑在上山时以一字长蛇阵排开，那只是为了避开陷阱，而他们上山之时，是想呈包围之势，谁知道，就因此而中了埋伏，损兵折将。

虎叶等人追杀至山下，便只由叶皇领着六十余骑尾随魔奴身后疾追。

虎叶重整战士，两百人却只剩下八十余人了，战况之惨烈，确实让人心有余悸。这剩下的八十余人带伤的也不少，不过都无甚大碍，还有些伤重的在山丘之顶。

“清理战场!”虎叶一声令下，八十余人迅速返回山丘，扶伤者，拾捡风魔骑所留下的兵刃、甲胄，以及一些活着的战牛。当然，这些战牛的尸体若是能拉得动的话，他们也会毫不客气地拉走，这可是极好的美味。战死的兄弟，就地掩埋，至少，此刻他们已经完成了任务。

此刻，增援的鹿营战士也已赶到，这些鹿营战士都是自七大营中挑选出来的援兵，立刻分出所带来无人乘坐的战鹿给虎叶诸人。他们也是来接应的，虽然只有百余人，但却带了两百余骑战鹿。

虎叶迅速将兵刃甲胄之类的交给一些人，让其就地掩埋，待回头再来取。而他则扬鞭向叶皇追袭的方向赶去。他知道，真正的战斗才刚刚开始，随之而来的，可能会更残酷。不过，自轩辕将尊神刀交给他的那一刻起，他便觉得自己有义务坚持到最后。

虎叶也没想到，他会多个儿子，而且已经长大成人，更成了一代英杰，叱咤风云，这是一个突如其来的消息，也让他感谢上苍，那本来已经沉郁的心，一下子又沸腾起来，洋溢着无限的斗志。他知道，自己欠了轩辕太多的父爱，欠了轩辕及其母姬梦太多，他有些愧对轩辕，但是轩辕却是那么真挚，这使虎叶觉得应以自己的余生去偿还欠了轩辕的父爱。

虎叶自己昔日也是雄心勃勃，但岁月使他壮志渐敛，也知道天地之大，他一人之力是何等的渺小。而现在轩辕竟然能够名震天下，拥有他昔日连想都没有想到过的力量，这使他暗下决心，自己昔日无法完成的愿望，就由他的儿子轩辕去完成。因此，他将不遗余力地去为轩辕之事拼命。或许，在他的心中，这样才会找到父亲的尊严。正因为这样，他与轩辕父子相见之后，立刻便要轩辕给他一件事去做，他认为这是一种偿还父爱的形式，这与虎叶的性格有着不可分割的联系。

叶皇与陶莹双双插起重枪，摘大弓，远远以劲箭相射，却不射人，只射战牛。

那数十名龙族战士也在疾追的同时，搭箭而射。

风魔骑一边逃窜，一边左闪右躲，狼狈不堪。此刻他们斗志已失，这般逃命之下，岂有不成箭靶子之理?

魔奴被射得心头火起，知道想甩掉叶皇的追袭确实很难。不过，所幸涿鹿之地山丘极多，虽然林子不大，但也能够避开一些自后射来的暗箭。

当然，涿鹿的山丘大部分是长长的蒿草，有的则是只有一些长及膝头的矮草，连一棵大树也没有。

这是一片特殊的地带，当年有熊建城之时，伐尽了涿鹿之树，而在有熊与鬼方作战之时，曾经许多次将涿鹿的草木烧绝，有时又有天火自燃，因此使得涿鹿之地大树少了很多，加之北方的寒风吹来，使得这片地方背风的一面草木密些，而迎风的一面树木稀稀朗朗，甚至是连草也长不高。因此，这里便成了最好的天然战场。

这群战马，在追袭的时候便可以看出其体形的优势，比之战牛奔袭的速度快捷许多。其腿长而有力，哪是战牛所能够相比的?

魔奴知道，一开始叶皇诸人之所以逃逸之时不全力以赴，只是想故意引他们入伏，而他们却懵然未觉，还以为战马不如战牛呢。

当然，这也不能够怪魔奴，因为他从来没有应付过这样的一支新鲜的骑兵，对战马的所知极为有限。如今突然之间遇到这样一支劲骑，自然是有些忙乱，甚至判断失误。

轩辕之所以用这支骑兵，正是起到奇兵的效果。否则的话，他凭什么敢与鬼方的风魔骑抗衡？以风魔骑的冲击力，在涿鹿这种丘陵之地，最具冲击力和破坏力，要想在涿鹿决战鬼方，没有能够与风魔骑相抗衡的力量怎能取胜？

魔奴吃亏之处便在于此，他对轩辕的骑兵一无所知，而轩辕对他的风魔骑却有着深入的研究，这个差距足以让魔奴惨败。

魔奴的风魔骑中突地分出三十余骑倒杀而回，他们知道，要甩脱叶皇的追袭是不可能的，若是这样不即不离地被其穷追，那后果只会有一个，等有熊的援兵一到，他们全部完蛋。因此，魔奴不得不分出一批人来阻止叶皇的追击，缠住叶皇诸人，以掩护主将及另一批人的逃走。

叶皇也只不过数十骑，这三十余风魔骑掉头杀回来，倒还真的能够将他们给缠住。

叶皇大恼，但却也没有办法，这三十余风魔骑是抱着决一死战的决心，凶猛异常，不能不让他们全力以赴。而叶皇这仅余的五六十人更不能分开，若是分开，魔奴再杀回来，只怕在援兵未赶到之时便已经将他们各个击破了。因此，叶皇诸人只好眼望着魔奴带着六七十骑绝尘而去，唯有对这群断后的风魔骑痛下杀手了。

对于魔奴来说，此败已经是惨不忍睹了，五百风魔骑竟然被叶皇以少胜多杀得如此惨败，他的脸面可谓丢尽了。不过，这也是没有办法的事，因为他太轻敌了，大意之下而中了叶皇的埋伏。如此有下次，他定不会轻敌。

魔奴确实有些轻敌了，有熊族的创世、蒙络、兰庆和方牧一死，谁还会放在他的眼里？除非伯夷父或是六大长老，而叶皇这个年纪轻轻的年轻人居然也敢在他面前捣乱，怎叫他不恼？同时也更没有将叶皇放在心上。谁知，蒙络、创世、兰庆、方牧死了，有熊还会有这么多的高手。当他发现上当之时，已经后悔莫及了。

望风沟，确是一片死地。

但天魔毕竟是天魔，乃当今罕有的绝世高手，尽管受了轩辕如此致命的一击，居然还能够奋起神威，在最紧要的关头杀得有熊伏兵东倒西歪。

望风沟的伏兵正是蛟梦所领，鬼虎一冲入望风沟之时，便发现望风沟竟已被堵住，四面全是有熊的人，虽然只有两百余众，但却是鬼虎身边人数的近十倍，何况他们屁股后面的柔水等人已经杀死了那几名断后铁门峡的战士，很快要追袭上来了。若是他们不能尽快杀出望风沟，那只会被堵死在望风沟之中，结局唯有一个，那便是死亡！或者是被生擒活捉，连天魔也不能例外。

“此路不通，退出去绕道而行!”鬼虎低吼一声，他知道，若想硬闯过望风沟，那几乎是不可能，蛟梦身边的人个个都身手不俗，而且这些人似乎极精联击之术，相互之间配合极为默契。长短兵刃不一，仿佛是布下了一个个奇阵。尽管血魔妃子诸人苦战，但却只不过前进了数丈而已，而二十余骑又损失了四五骑，如今只剩下十九人了，若再要硬往前闯，只怕根本就杀不出去，即使能够侥幸杀出，谁知道出去之后还会不会有伏兵?

“不，一定要杀出去!”天魔似乎精神一振，低吼道，他伸手夺过一件长兵刃，左挑右刺，竟然也不理那些攻到自己身上的敌刃。

叮……当……天魔身上所穿的青鳞甲是普通兵刃根本无法破入的，事实上，若在平时，他金刚不坏之躯何惧这些破铜烂铁？但是他很不幸遇上了狡猾的轩辕，遇上了剑中之祖的昆吾，即使是金刚不坏之躯，也不能抵挡昆吾的神锋，何况这还是轩辕全力偷袭的一剑?

事实上，天下间能在如此近的距离，在全无防备之下，躲过轩辕全力偷袭一剑的人，确实是不多，恐怕也唯有天魔、太昊、少昊之辈才能够有此能力了。但遗憾的是，天魔躲过了一剑，却无法躲开轩辕的疯狂一刀。

轩辕的武功确实奇诡，刀剑合施本就是他的特长，在剑式被破之时，及时出以掌刀！角度精准，又是倾力而为、同归于尽的打法，天魔虽然武功盖世，也只好自认倒霉了。幸亏轩辕是掌刀而非尊神刀，否则只怕天魔已经身首异处了。

轩辕怎也没有想到自己这全力而发的掌刀只能重创天魔，而无法断其头颅，要知道他这掌刀与真刀实无二致，甚至更霸烈千万倍。他确没想到天魔的躯体已达到了金刚不坏之境，这一刀虽然霸烈，却只能摧毁天魔皮层之下的经脉，而无法让天魔身首分离。不过，天魔的脖子之上留下了一道火烙一般的痕迹。

若不是轩辕的功力也已经达到了超凡入圣的境界，只怕天魔根本就不会受伤。

“攻击这魔头的伤口……”君子国的精锐战士们也看出了天魔的弱点，大呼道，天魔浑身刀枪不入，只好找其伤口攻击。

天魔座下的犀渠凶兽狂叫乱撞，见人就以利角相攻，倒也难以对付。

天魔连挑二十余人，禁不住伏于犀渠背上大口喘息，他已经失血太多，而且在这过度用力之下，他感到一阵头眼发昏，这都是因为轩辕那一掌所斩之处太过阴损。

鬼虎大吼连连，左冲右突，而奋力护着天魔的血魔妃子也是浑身浴血，那本来有些妖异的俏脸此时更为妖异，但却已经不再俏丽，如蓬头之鬼。她手中是一柄怪异的叉，却被蛟梦给缠上了，她想奋力杀出重围，但君子国的战士太多，到处都是，根本就不可能杀得出去，倒是她已渐感力竭，其座下的青牛也负伤累累。

“鬼虎，天魔交给你了！”血魔妃子对天魔倒是忠心耿耿，此刻知道难以幸免，索性不走，缠住蛟梦与一群高手。

昂……血魔妃子的坐骑惨倒于地，血魔妃子勉力跃起，但是天空中有旋舞的飞刀，还有飞过的流矢，一时之间血魔妃子连中数击，惨号着坠落，而且迅速被乱刀所劈。

射中血魔妃子的箭矢，是剑奴的！剑奴诸人终于除掉了那几名为天魔断后的高手，追了上来。他们可是不会对敌人客气，也不管对方是男是女，既然你们能杀害雁菲菲，那我们也自然可以杀天魔的女人。

战争本身就是残酷的，人人都杀红了眼，血魔妃子杀了不下二十余人，其武功不在鬼虎之下，谁还敢对她客气？何况对敌人的客气，便是对自己的残忍。

“血魔！”天魔低嚎，但是他却不能停，如今他身边已经只剩下十人了，可是望风沟还有八十余丈才能够走完。而且，他身边的人个个都已经受伤不轻，之所以能够坚持，只是因为一个信念。

血魔妃子的死，仿佛深深地刺激了天魔的心，他一震之下，竟如同疯兽一般，仿佛一时之间已没有了伤痛，杀得君子国战士、有熊战士和龙族战士纷纷走避，竟无人能够挡其两招。

柳庄和尤扬自不同的方位抽身截向天魔，他们不能放天魔冲出这望风沟，因为鬼方与天魔会合的四百余风魔骑已经赶向这里，如果让天魔与之会合的话，那所有的布局也都白费了。

鬼虎也精神一振，尾随着天魔身后狂杀，他身边的十骑战士一个个地倒下，八人、七人、六人、五人……杀到最后竟只剩下天魔、鬼虎与另外一名天魔亲卫，但是望风沟外的阳光已经十分接近了。

望风沟外的阳光是多么的诱人，便像是天堂中的光辉，不仅如此，鬼虎更看到了远处高扬的尘土。

是的，那是与之会合的风魔骑赶来了，他们就要解脱了。

那些风魔骑可能是并不清楚天魔向哪个方向追，但是他们后来发现了虎跃谷上空的烟雾，这才掉头向这里赶来。

鬼虎此刻才明白，何以天魔坚持要自己从这里杀出，因为这里一定会有自己的救兵，而如果绕道而行的话，他们在轩辕兵力的猛追之下，别想有一个人生还。而且天魔知道自己伤口的鲜血仍在外流，若舍近取远的话，光流血也会让他死去，虽然他有刀枪不入的本领，但是却不能不靠血肉而活。所以，他必须以最快的速度与魔奴会合。他此刻身受重伤之下，想运功止血也是不可能了，而这一路奋力厮杀，更是血流不止。但天魔知道，只要他再坚持片刻，一切的危难便会过去。

"呀……"天魔的最后一名亲卫和他的战牛一起倒下，鬼虎的肩头又多中了一箭，但是他们终于还是冲出了望风沟。

鬼虎几乎痛昏过去，他的伤势已经太重了，若不是想到魔奴接应的人就要到了，只怕他已自牛背上栽了下来。但此刻他唯有紧抱着牛脖子，伏于牛背之上，根本就无力再战，只任由胯下的青牛飞速奔逃。

天魔终于松了一口气，外面的阳光真好，在松气的刹那，他几乎摔下犀渠凶兽的背部。这时，他才感觉眼前一片金星乱溅，伤处更是钻心的剧痛，脖子和胸内如同有一股烈焰在燃烧，那正是轩辕刀气所侵的结果。

天魔知道，这股刀气之中包含有三昧真火的热力，这才能够使他也有些无法消受。在刚才大战之时还不怎么觉得，但是精神一旦松懈下来，自然被这伤势的痛苦袭得难以支撑。

犀渠凶兽似乎能够理解主人的状态，迅速加速，如风般向尘土高扬的地方奔去。

天魔和鬼虎只觉得身后蹄声大作，呼喝之声此起彼伏，而且箭矢自身边不住地滑过，都只是差那么一点点就足以致命。

天魔当然不惧箭矢，所以依然强撑着昂首而驰，勉强吸气压下胸中逆涌的气血。他知道，此刻只要一个普通高手手握利器也能置他于死地。不过，他心中也涌起了无限的希望，因为他看到了远处的山坡上急速奔来的正是自己的风魔骑，他甚至已经感觉到蹄声那惊心动魄的力量让大地在战栗。

第一百二十章　神弓射魔

鬼虎的精神也振作起来了，还有三里路……两里半……两里……好惊心动魄，柔水的骑兵却只剩五六十丈的距离就要追上了。但鬼虎知道，柔水诸人要超越这五六十丈的距离实在是不容易，而他此刻与自己的战士只剩下一里半地了。

天魔的眼中也放出了光彩，他从来没有这一刻这般深刻地体会到生命的可爱，从来没有这一刻这般深刻地体会到死亡的可怕，求生的欲望和生的希望让他振奋，让他欣喜，让他快慰。只有经历了死亡挣扎的人才能真正体会到生的快乐。

轰……嘚嘚……突地蹄声更烈，仿佛天地一刹那之间摇晃起来，四面八方都是震耳欲聋的蹄声。

天魔和鬼虎的脸色都变了，变得如死灰一般难看。

眼看风魔骑就要接近之时，突地自山丘的两旁各杀出一队速如闪电一般的骑兵，直迎向风魔骑。那如虹的气势在高扬的尘土映衬之下，竟有让天地色变的威势。

是轩辕的骑兵！是有熊族的鹿骑！这些人竟然截断了天魔与风魔骑会合的道路。

嗖……鬼虎惊骇若死之时，一支劲箭自其背后准确无误地透入他的后胸。

鬼虎惊天动地吼了一声，一头栽下青牛之背。在这种情况下，他哪还有命在？

天魔如妖兽一般，痛苦地低吼了一声，他心痛，眼看着自己心爱的徒儿死去，他心中有种说不出的悲愤，但却知道，此时他根本就不可能有时间去为之伤悲，因为保命要紧！不过，也就在此时，他感到一股强大的气势紧紧地锁住了他。

天魔吃了一惊，抬头向侧望去，只见一骑骏马背上迎风而立着一衣裙飘舞的女子，而强大的气势正是自此女的身上散发而出。

天魔吃惊的不是这个立于马背之上的女人，而是这个女人手中的一张极为奇异，仿佛注满魔力的大弓。

弓背晶莹，弯角碧绿，弦丝金黄，弦上之箭乌黑发亮，所有的气势和杀机全都凝集于此箭之上。

啸……那女人一松手，乌黑的箭矢化成一道虚光，仿佛将整个天地撕裂了一般，发出尖锐刺耳至极的弦响。

在听到声音之时，天魔只感到胸前如被巨雷劈中一般，一股无可抗拒的力量透过青鳞甲，直入体内，而后他身不由己地被这股力道带离了犀渠凶兽的背部。

“魔尊……”一声凄厉的嘶吼和震天的蹄声是天魔在人世间最后所听到所感到的信息。然后，他便失去了所有的知觉。

一代魔尊便如此不明不白地含恨而去，结束了他一生的正是神族十大神器的极乐神箭！而那足踏马背、迎风而立的女子正是极乐神箭的新主人——满苍夷！

天下间，也只有极乐神箭才能够有此威力，穿透天魔的躯体。

天魔做梦也不会想到，他竟会就这样惨败于一个后生小辈之手，而且还败掉了自己的生命。

天魔败了，不是败在武功上，更非败在兵力之上，他败于轩辕的智慧，败在他的轻敌和大意上，这便是聪明一世，糊涂一时，仅一时的糊涂而败掉了全部。

罗修绝并不了解轩辕的性格，事实上，轩辕绝对不会是一个喜欢死守之人，只会进攻！因为他明白，进攻才是最好的防守。在轩辕所有的记录之中，基本上都是主动进攻，占着主动。所以，他绝对不会像蒙络和创世之流那般死守阵地，只是他会巧妙地给人制造错觉。

只要是正常人，便定会以为要设伏兵定是在最险要之地，包括天魔也这么认为。三沟连环峡之中，轩辕却偏偏选择最不危险的一道虎跃谷伏击，这让所有人都感到极度的意外。事实上，在轩辕这样安排伏兵之时，连伯夷父和凤妮都不赞同，认为最好的伏击之地是铁门峡，但轩辕却定要将伏兵设于虎跃谷，而且还高深莫测地不予解释。

事实证明，轩辕的布置是如此的绝妙，简直是无可挑剔，而天魔正是因为轩辕这种反常的布置而尝到了有史以来最惨的败迹。

天魔之死，那群风魔骑全都看在眼里，所有的人在刹那之间都几乎呆住了。天魔在他们的心目中几乎等同于神，但是这个不死的神居然在他们的眼下死去，可想而知，这对他们的打击是何等的巨大？

这两组横杀而出的骑兵正是轩辕自屯马谷所调来的两百五十骑中的两百骑，由跂云和郎大各领一百骑，自两个方向截杀而出。而这两组骑兵之后，各夹有熊的一百鹿营战士，兵合一处，足有四百骑。而此时柔水诸人的数十骑也自望风沟中杀出，及一些步卒，一时之间，气势如虹！而风魔骑则因目睹天魔和鬼虎身死，人人锐气尽丧，斗志大减，哪里还有恋战之心？竟被杀得七零八落。

有熊族也有所谓的鹿营，但只是专门驯鹿的营地，若要组军的话，却还需自各营中抽调人手。

有熊族因有坚城死守，反而不如东夷和鬼方那般重视骑兵。因此，有熊最怕的便是与东夷的快鹿骑和鬼方的风魔骑在平川丘陵上作战，而有熊的骑兵也无法发展，所驯的战鹿倒是有一千余骑。这一次轩辕自各营中抽调了总数在五百人的兵力充实鹿营听候调动，这些人虽然比之鬼方的风魔骑和东夷的快鹿骑差，但是在紧要时刻却可成为速援之师，而且能够助涨骑兵的威势。因此，轩辕此次也动用了这基本上不怎么重视的有熊骑兵。

事实上，这些骑兵也起到了许多的作用，让其跟在战马之后厮杀，竟然也勇悍无比。

风魔骑在郎大和跂云的铁骑冲击之下，阵脚大乱，而有熊鹿骑则趁乱摸鱼，大杀特杀。最为让风魔骑心惊的是柔水等高手可怕的杀戮，几乎是没有人能够与这些高手相抗衡，虽然这些风魔骑中也有高手，但却没有轩辕一方多。而满苍夷是一个根本就不需借助战马的人，简直如幽灵般，自这头战牛背上落到那头战牛背上，她所到之处，根本无人能阻。

风魔骑被杀得大败而退，被柔水诸人苦苦追杀了三十余里，最后仅剩数十骑狼狈而逃，刚好与魔奴那几十骑会合，加起来不到一百骑败逃回鬼方。

叶皇和柔水两路人马会合，合兵五百余骑，战马共损失了近百骑，战鹿却损失了两百余骑，但骑士的伤亡仅两百余人，可谓是大战告捷。

“立刻撤兵返回熊城！”满苍夷抖出轩辕的大令，阻止众骑继续狂追魔奴诸残兵。

叶皇和柔水皆带住缰绳，他们不明白轩辕何以不直接挥军北进，直取荤育。

军令不可违，虽然众人斗志高昂，更欲长驱直入，但却不能不尊轩辕的号令，此战主帅仍是轩辕！

“灵鸠！”此时突然有人低呼了一声，同时一声尖啸。

一声鸠鸣，黑影自天空疾落而下，一只巨鸠落于一人肩头，此人正是始鸠部的一人。

“有首领的急令！”那汉子忙解下灵鸠脚上所系的帛布，跃下马便递予了叶皇和满苍夷。在龙族战士的眼里，满苍夷和叶皇才是首领，而有熊族的人是附庸。

事实上，这次战斗的主帅是轩辕，但各组的统领却是分由叶皇、柔水、陶莹、虎叶、蛟梦、叶七与另外一名有熊刀营的统领李季担当。不过，轩辕在事先已经定下密令，骑兵会合后，轩辕不在，叶皇可代理一切。而满苍夷则是特殊命令传达人，若有特急命令，则以灵鸠传信。

叶皇一看帛布上所书，立刻下令道：“陶莹、剑奴、叶七听令！”

陶莹、剑奴和叶七神色一肃，齐应道：“在！”

“你们三人速领两百骑自南面绕过三沟连环峡，伏于熊岭南侧的小道附近，若见鬼方败兵，立即封堵，不得有误！”

陶莹、剑奴和叶七三人对视了一眼，都看出了彼此的喜色，然后大应一声：“明白！”立刻领着人马而去。

“虎叶、火烈听令，你二人领人马一百，伏于熊岭北侧，遇到鬼方败兵立即冲杀!”叶皇吩咐道。

虎叶并不会摆任何姿态，事实上，他对轩辕的一切安排几乎是佩服得五体投地，无论是哪一道算计都是那么精准有效，一切的结果仿佛早在轩辕的意料之中，这怎不让他佩服？更为有这样的儿子深感骄傲和自豪。作为父亲，能够鞍前马后地为儿子出力，那也是一种幸福，是以他欣然领命而去。

“苍夷领五十骑，伏于公羊沟，只要能袭杀对方的主帅，便立刻撤回熊岭!”叶皇又扭头吩咐道。

满苍夷其实也过目了那帛布之上的命令，因此知道这是轩辕所设下的几路伏兵，只是主将则由叶皇亲自安排，她自不会再有任何异议。

事实上，此刻无论是有熊战士，还是龙族战士和君子国战士，都似已融为一体，都对轩辕的安排敬若神明，丝毫不加怀疑。试想，除轩辕之外，谁能够以至少比鬼方少一倍的兵力打败鬼方的风魔骑？而且轩辕所布下的是步骑相杂的战士，而鬼方全都是精锐的风魔骑。能以这种良莠不齐、东拼西凑的兵力几乎让两倍于己的风魔骑全军覆灭，而己方却伤亡如此之轻微，这不能说不是一个奇迹。更何况，便连与太昊、少昊并称三大无敌高手不死神话之一的天魔也惨死于此战之中，如此骄人战绩足以惊天动地，名震洪荒！是以，每个人对轩辕所发布的命令敬若神明，更是斗志昂扬。

熊城之中的气氛非常紧张，谁都在担心涿鹿此战究竟会带来什么样的后果。事实上，有熊族之中，所有的人都不敢真的相信只凭轩辕就能够战胜天魔罗修绝。

熊城之中虽然对轩辕抱着极大的期望，但他们比谁都清楚天魔罗修绝的可怕，这个不死的魔头简直是一个神话。近百年来，他已很少亲自出手，但今日却亲自出手，这怎不让人担心？

是的，尽管轩辕也是个极优秀极勇敢而极机智的高手，但没有人会相信，轩辕的武功可以与天魔相提并论，就算轩辕真的能够击杀鬼魅，战刑天，杀奄仲和偃金，但是天魔罗修绝怎是鬼魅、奄仲之流所能相比的？当今之世，只有太昊、少昊、蚩尤堪成其敌，余者皆如何能比？何况轩辕只是应时而起的后生小辈。

即使是蒙络、创世在世之时也不敢与天魔正面交锋，而轩辕此次调动的人手不过三千，他能够与天魔抗衡吗？

想到天魔大败轩辕，而后长驱直入熊城，便不能不让人心寒。要知道，天魔对有熊的威胁是百余年来未变的，轩辕所带来的斗志却只是一时的。在许多人冷静下来之后，便不能不思索轩辕与天魔之间的差距。

其实，不仅仅是熊城之中的人担心，便是熊城之外的有熊子民何尝不在担心？虽然这些人热爱自己的英雄，但是却是无能为力，只能在家里祈祷，甚至有些人已准备好了行囊，准备在一听到坏消息之后，立刻携带妻小远去。与其在此等待凶残的鬼方人来掠杀，倒不如早早离开，他们对十大联城也都没有了信心。

七大营、八大寨中所有战士何尝不心急？不担心？但是他们早受过轩辕的严令，不能擅自离职，不仅如此，还要对任何出入熊城路口的人严加盘查。七大营虽然各被轩辕调走了三百人，每个寨也调走了五十人，但是七大营仍然有着强大的力量。轩辕交给他们的命令是，任何企图不走八寨而越寨至熊城的人，都要予以逮捕，反抗者格杀，非有熊子民者格杀。

轩辕给他们所下的两道格杀令，使得七大营明白了事情的严重性。在这种大战前夕，他们确实不敢有丝毫的懈怠，那可不是开玩笑的。

轩辕基本未调动熊城护卫军，只是自当中抽调出两百人用于城外巡逻，协助七大营加强熊城的防守。

熊城之内的一切都依旧，但人人都知道，这只不过是一种外在的假象，人人内心紧张是免不了的。不过，熊城之中有六大长老和大祭司吴回等人坐镇，也能稍安人心。要知道，即使轩辕失手，熊城凭其坚城也可以守住，加上各方的人手，熊城之中至少还有三千可战的精锐战士。可以说，精锐全都在这座重城里，还算是能够安定人心。

不过，太阳生病却是熊城之人的一大心病，在这种要命的时候，太阳凤妮居然生了病，自然让人有些着急。尽管宗庙解释，太阳只是因为累了，稍染风寒，休息一两天就没事，却仍不能让人释怀。

十大联城并没有动静，但并不是表示一点也不担心。

十大联城中的各路人物都心悬得极紧，所以他们在等待结果，等待轩辕战捷的消息。

伯夷父虽然是一个极为稳重的人，但他此刻也有些不安了。他在等待轩辕的消息，这是他与轩辕所约定的，也是轩辕再三叮嘱的。无论轩辕传回的是好消息还是坏消息，他都必须遵行。

事实上，最担心的人仍是伯夷父，他比任何人都清楚轩辕此刻身边的力量。熊城内还以为轩辕的身边会有三千人左右，但伯夷父却十分明白，轩辕真正调出城外的人手仅一千五百人，而真正与天魔交手的人数却是千人不到。或许加上一些来自龙族的战士，君子国的战士等外援，十大联城之外的总兵力也仅在两千左右。此刻，有熊真正的人手却掌握在伯夷父的手中。

整个有熊，最清楚轩辕一切布置的只有四个人，一个是轩辕自己，一个是太阳凤妮，一个是伯夷父，另一人却是叶皇。

伯夷父身为有熊军事副总管，自然清楚轩辕在熊城外所布下的每一支属于有熊族的战士力量，他唯一不十分清楚的便是来自龙族战士和君子国的战士，因此他比别人更多了许多的担心。

伯夷父深知天魔的可怕，更知道鬼方风魔骑是如何的凶悍，而且此刻鬼方所动用的兵力数量，他也知道了一个大概，几乎是倾其精英，这情况得自鬼方内部的密探所报，鬼方至少是动用了五六千人手，其中仅风魔骑就出动了一大半，足足出动了一千七百余骑，仅有一千骑尚留守在鬼方。另外，鬼方鹿骑增援队也出动了六七百骑，步卒更是三千以上，可见鬼方确实是准备大举进袭有熊，而且是下了狠心，以轩辕这千余战士又如何能在涿鹿之地与天魔抗衡呢？论武功，有熊没人是天魔的对手；论实力兵力，轩辕更不足以与天魔抗衡。虽然轩辕一副胸有成竹的样子，但伯夷父知道轩辕自己心头的苦处。

凤妮也很明白轩辕心头的苦处，但轩辕却是不能不赌上这一把，而且伯夷父和凤妮也难以相助。他们明白轩辕之所以不全领三千多战士，而留下伯夷父屯兵两千于壬、辛两城之间，听命而动的意图。

轩辕绝对不是一个好战而无谋的娃娃，更不会忽略任何可能存在的危险，这自轩辕对伯夷父和凤妮的叮嘱可以看出来。

在轩辕出征之前，便再三叮嘱伯夷父和凤妮，如果他有什么不测，则留守的二千战士只能坚守不出，绝不可以分一兵一卒相救和支援，同时立刻下令坚守十城，小心防范东夷和鬼方的进攻偷袭，甚至包括太昊的三苗军，只有死守坚城这才能够暂时稳住有熊。同时再立刻派人联盟陶唐氏，结盟君子国，合兵龙族战士，以解有熊之围，更要极力稳定军心和民心。

当然，如果在轩辕侥幸获捷的情况下，则让伯夷父倾所有兵力，结辛、壬两城与甲城三城的兵力，全力出击驻于辛、壬两城城外的鬼方战士，与轩辕预伏于辛城外西北十五里处的八百战士分四面夹击悄悄潜伏在辛、壬两外之外的鬼方步兵。

鬼方的兵力调动自然无法瞒过轩辕，要想探得鬼方兵力的分布，只要以灵鸠去探便可，而且很快就会得到精准的答案。因此，鬼方虽是秘密行事，但是仍然在轩辕的算计之中。而且，鬼方内部已经被成功地按插了轩辕的人手，一些重要的情报早就已经送到了轩辕的手中。

伯夷父怎会不知道轩辕所分析的问题呢？若是轩辕有失，东夷定也会趁此机会来偷袭有熊，至少也会是与鬼方平分有熊，那时熊城人心大乱，军心动摇，伯夷父若不及时安排的话，有熊很可能在措手不及的情况下被瓜分。若那时伯夷父领兵而出的话，或许能够将鬼方驻于辛、壬两城外的军团击败，但那时候恐怕也来不及安排后事了。

这也是轩辕为何会抽调七营八寨的兵力而不动十大联城的原因。轩辕不动十大联城的实力，是怕东夷偷袭，不动熊城护卫军，是想在万一的情况下，熊城仍有稳守的力量。在这种四面危机的情况下，根本就不能够作大的调动，更不能顾头不顾尾。这就使得轩辕若想痛快地打一仗，却不能调动太多的兵力；不痛快打一仗，又无法完成雁菲菲的遗愿，这便是轩辕的苦处。

伯夷父和凤妮都明白轩辕的这些无奈，但是他们也无法改变这种局面。因此他们只有企盼，并为轩辕祈祷，也是为有熊族祈祷。他们害怕听到坏消息。如果把轩辕此刻兵力分布情况告诉宗庙的六大长老，那熊城只怕会翻了天。所以，轩辕只让有限的四人知道了他这次兵力的布置，这也是一种保密的手段。

“灵鸠传信到!”

伯夷父如触了电一般弹了起来，而其身边的另一人比他更紧张。

“快，拿给我看一下!”伯夷父身边那名打扮成卫士模样的人急不可奈地叫道。

伯夷父望了他一眼，不由得苦笑着摇了摇头。

那冲进来报信的人正是龙族战士韩雁，他讶异地看了一眼伯夷父，又看了看那护卫模样的人，手中的竹筒不知道给谁，因为伯夷父没说，而那卫士也有些奇怪。

“先给他好了!”伯夷父道。

韩雁讶异地打量了那卫士一眼，有些不服气地将信筒递了过去。

那卫士接过竹筒，迫不及待地抽出竹筒中的布帛抖手一看，霎时兴奋得几乎是欢呼道:“是轩辕的字，没错，是轩辕写的!”

伯夷父和韩雁顿时傻了，像是在梦里一般，只剩下那卫士有些激动地将帛书送到伯夷父的面前，重复着“是轩辕写的，这是真的”这句话。

半晌，伯夷父方捋须放声大笑起来，像是突然如获至宝一般。

韩雁一时也兴奋雀跃，但他却有些骇然地望着那卫士，疑惑地问道:“你是圣女?不，不，你是太阳!”

伯夷父和那卫士突然相视望了一眼，原来凤妮高兴之下，竟忘了掩饰声音。半晌，两人才再次开怀大笑。

“传我命令，点烟为号，立刻出击!”伯夷父大喝一声。

辛、壬两城城门大开，两城各分出一半兵力合而自西侧翼进袭。甲城只留下伯欣以一百人留守城中，而杜修则率四百早已安排好的战士自东侧翼而出。于是，伯夷父领兵两千，全力冲杀而出。

狼烟升起，自数十里之外也看得清清楚楚，鬼方的步卒也自然都看清了，同时更明白有熊有变，也禁不住都紧张起来了，他们不清楚有熊究竟在弄什么鬼，但是却在小心戒备着。

鬼方战士确实估对了，片刻之间他们便已看到壬城和辛城方向尘土飞扬，显然是有大批人马杀来。正当他们准备应战之时，蓦地，在他们营地的后方响起了一阵惊天动地的喊杀声，同时更是蹄声四起。两路快骑如旋风般的杀了出来，一路是叶皇的快马回袭，另一路则是轩辕早已安排好的那八百战士之中的二百骑快鹿。他们与叶皇自两个不同的角度，如一把剪刀般直入鬼方战士的营地。

叶皇和柔水犹如猛虎出闸，见人就杀，见营就挑，不作丝毫的停留，只让鬼方兵卒措手不及。他们虽然也在营地周围布下了警哨，但等警哨将消息传出之时，叶皇的劲骑与有熊鹿骑已经杀到。

原来，叶皇在下令安置好一切后，立刻领着一百五十骑飞速赶回，路上并没有半点停歇。而此时，刚好看到壬城之外燃起的狼烟，也便再不犹豫挥军杀到。

鬼方虽然在十大联城外驻扎了两千余步卒和五百鹿骑战士，但是他们根本就未曾料到自己的背后竟会杀出这两路奇兵，而且速度如此快捷，等鬼方那五百鹿骑战士反应过来时，叶皇和另一组有熊鹿骑已经杀入了鬼方战士的阵营之中。

鬼方五百鹿骑大惊，迅速追截叶皇和有熊鹿骑，他们不追还好，这一追截，立刻更将鬼方战士的阵营搅得大乱。

叶皇一看，哪还不乐？于是一带马首，领着一百五十骑在鬼方战士的营阵之中横冲直撞。这些鬼方战士哪里能挡？叶皇所到之处，敌人纷纷走避，本来这些鬼方战士还在防备有熊方面的袭击，此刻几乎是乱了套，虽然仍然对有熊方面防守着，但已人心大乱。

“杀……杀……杀……”伯夷父乘青牛首先杀到，跟在他身后的是五十名伯夷族的勇士，人人跨乘青牛，见人就杀，如同凶神。

“杀……啊……”四面八方全是有熊战士，有熊的战士如潮水般涌来，鬼方已乱了阵脚的阵形哪里经得起这四面八方强烈的冲击？一时之间不知究竟是应付哪一方好，在气势之上顿时蔫了一半，人人不知如何是好。几路主帅一时之间也调整不过来，虽然他们极力想呼喝鬼方的战士镇定，但是，哪一方刚镇定，叶皇的劲骑便冲向哪一方，几乎让那几路统帅气得鼻子冒烟。而叶皇和柔水的联手之击，根本没有人能够相阻，如同摧枯拉朽一般直来直去。

“天魔已死，降者不杀！天魔已死，降者不杀……”一阵巨吼再次自鬼方营地的后方响起，一队百人左右的骑兵再冲过来，为首之人竟高举着一根大竹竿，竹竿上再横绑一个竹杈。

鬼方战士不看则已，一看全都魂飞魄散，只见竹竿之上所挑的不是天魔罗修绝的袍甲又是什么？包括天魔那顶形似麟角的头盔，这怎不叫鬼方战士魂飞魄散？他们怎么也没有料到，被他们敬为神明的天魔竟然也死了，若不是死了的话，怎么会被别人取去盔甲？

再次杀来的人正是少典神农，他们所乘的坐骑全都是缴自风魔骑的战牛，只看这声势，这架势，纯粹便是欲惑乱鬼方的军心。

“天魔已死……天魔已死……天魔已死……”

呼喊之人不再只是少典神农那一百骑，叶皇诸人立刻明白少典神农这一手的用意，也不由得跟着高呼起来，一边高喝一边冲杀。

“天魔已死，降者不杀……”这声音便如空气一般，在战场的上空弥漫开来。

有熊战士无不精神大振，斗志狂升，人人喊着相同的口号，悍不畏死地狂杀。相反，再看鬼方战士，所有人的斗志几乎已经消减了大半，连天魔都被人给杀了，他们哪还有心思再战？有些人立刻不战而逃！而且，有熊的兵力比他们强大，人数比他们多，他们哪还有心恋战？

那几路鬼方的统帅也一个个心凉了半截，这次他们之所以来此埋伏，便是等候天魔调遣的，可是此刻对手连天魔也杀了，那他们还在这里待着干什么？当然，他们知道如果这样败下去，只怕很难逃过被追杀的命运，于是他们大呼让属下镇定，稳住阵脚，但此刻队形已被叶皇所领的劲骑冲得七零八落，哪里还能够再稳住阵脚？这些鬼方战士自顾着逃命去了，甚至有些鬼方战士也惊慌地呼叫：“天魔死了，天魔死了……”仿佛天魔死了便是世界的末日一般。

兵败如山倒，哪里还能够挽回？这些鬼方统帅也只好暗叹一口气，领着自己部落的人逃命为上了。也有些人便索性弃械投降，反正天魔一死，鬼方已算是完了一半，何必再苦守那苦寒的塞北呢？

伯夷父领着人马一路追杀二十里，鬼方战士不死即降，那些步卒根本就难以逃逸，自然大多数降伏，只有少数脱离了大部分散而逃。

而鬼方那些鹿骑战士因速度快，他们逃在最前面，后面又有步卒断后，因此一口气跑了四十余里，奔到了公羊沟。正当他们刚要松一口气时，突然自沟中杀出一队人马，一阵乱箭之后竟不战而退。

鬼方的鹿营战士大惊，已成惊弓之鸟的他们，哪还敢自公羊沟逃走？而三沟连环峡似仍有狼烟，他们更没有胆量自那里逃，于是只好带着两百余残兵向熊岭方向奔逃，而此刻鬼方也只有这条路可逃了，他们别无选择。

但是，这些人刚到熊岭脚下，自侧旁又窜出百余轻骑，狂杀而至，只杀得他们又是措手不及。虽然对方只有一百余轻骑，但是人人气势如虹，尤其是那些战马更是横冲无忌，正是虎叶和火烈的一百战士。

鬼方鹿骑不仅是疲兵，更是斗志全消，哪敢交战？双方一触之下，便立刻败走，此刻他们只想快点逃离这个鬼地方赶回荤育部。

但火烈和虎叶又怎会放过这些人呢？尾随急追，一路杀到熊岭，这群鹿骑只余一百五六十人。而正在此时，又是一阵高呼，在熊岭前往荤育的必经之路口横立十余骑，而在路两侧的山坡之上有近两百余骑人人手持大弓瞄准了正狼狈逃来的一百余名鬼方鹿骑。

道路之上，一老一少正是剑奴和陶莹，二人立马横枪，意态大有不可一世之状。在他们身边各立了五名手持大弓的龙族战士，人人箭已上弦，不仅如此，人人皆摆好了连珠出箭的架势，每个人的手上至少夹住了三支利箭。

一时之间，熊岭上杀气冲天。

踏踏……那些仓皇逃命的鬼方鹿营战士皆带住缰绳，事实发展到这份上了，他们哪里还会不明白已到了绝境？对方早就在这里等着他们呢，也早就算好了他们会自此经过。

“来者下鹿，降者不杀，反抗者格杀勿论！”

希聿聿……一阵马嘶自鬼方鹿骑后面响起，正是虎叶的那些追兵。

鬼方战士不由得放眼四望，根本就不可能再有退路了，已被有熊战士四面包围，而且自剑奴和陶莹身上所散发出来的杀气也可以知道这些人全都是高手，如果不降的话，这一阵乱箭将会让他们变成刺猬，不由皆相视苦笑。

“我降！”不知是谁最先跃下鹿背高呼道。

“降者扔下兵刃走到一边去！”剑奴轻喝，声若洪钟。

哗……叮……当……立刻有数十人响应，皆弃兵刃，下得鹿背投降。

“谁降，我杀了谁！”其中一人怒吼一声，挥刀便将身边那降卒斩死。

嗖嗖……那人正欲再斩第二人，便已如同刺猬一般被射落鹿背。而这些人箭一出，第二支箭又上弦，上弦的速度之快，确实是惊人至极。

鬼方战士更是骇然，哪里还敢再反抗？尽皆下鹿背而降。

伯夷父与蛟梦合兵一处，完全把欲逃返荤育的鬼方步卒给包围了，蛟梦所领的人正是三沟连环峡中伏击天魔的步兵，这些人虽然伤亡极大，但仍有三百余可战之人，而且这些人全都是严格训练的精锐战士，对包围这些鬼方残兵败将还是绰绰有余的。何况，鬼方战士到了这份上哪里还有多少人？哪里还有多少战斗力？在性命受到威胁之时，他们只好乖乖地投降了。而后陶莹等人与蛟梦会合，方知轩辕受伤不轻，根本就不能亲自来参战，而是被人抬着发号施令督战。

陶莹又是心痛又是怜惜，差点没急哭起来，直到歧富说没事，她才稍稍放心。

轩辕诸人迅速返回有熊，不再乘胜追击直捣鬼方，这让许多人都有些失望和不解，如此好的机会，如果全力出击，说不定真的能够一举夺下鬼方的荤育，从而降伏鬼方诸部，但轩辕何以不如此呢？许多人都极为不解。

轩辕返回熊城，天魔的尸体也运往了熊城，这可不得了！

熊城内外的子民和战士都几乎快要高兴得发疯了，所有的人心都稳定下来，取而代之的是热烈的欢迎。有熊所有的子民，无论是老人还是小孩都走出家门，奔向相告，到处高声呼喊着凤妮和轩辕的名字，有些人则高呼万岁，所有人都似陷入了歇嘶底里的欢喜和兴奋之中。

街头，有些人甚至是伏地大哭，旋而又立身大笑，再忽而与一个陌生人相拥再放声大哭，再相视大笑，那种场面只让人感到又好笑又感动，人人都在发疯。

有些人脱下外衣不住地抛着，男女们牵手高歌，甚至有些人来到熊山之顶的天台上跪着向太阳之神叩首、颂赞……一切的一切，无不是表示着有熊人的狂喜，城里城外全都是沸腾一片，那种场面是无可形容的。所幸的是轩辕诸人返回熊城的时候，这些子民没有得到消息，否则只怕轩辕根本就进不了熊城，会被有熊族多情的女郎们吻死。

事实上，有熊数百年来，都没有这样大的胜利，都没有这般让人欣喜若狂的时刻。这个结果是谁也没有想到的，便是宗庙的长老们也都一个个忘形兴奋不已，那种欢喜是无法自制的。

轩辕竟能将完全不可能的事变成可能，而且还杀了天魔罗修绝，每个人都认为，如果轩辕能够战胜已是一个奇迹，而轩辕不仅仅是战败了罗修绝，还杀了对方，这更是奇迹之中的奇迹。每一个人都在呼唤轩辕的名字，只有轩辕才能够给他们制造出这种奇迹中的奇迹，只有轩辕才能为他们带来一波又一波激动人心的事迹，只有轩辕才能够给他们带来好运，只有轩辕才能将现实变得如梦一般完美……每个人都在为他们心目中的英雄、心目中的神祝福和欢呼。

轩辕此战不仅大败鬼方，杀天魔，杀鬼虎，更使一千七百余风魔骑全军覆灭，而那些在熊城外准备伺机而动的鬼方战士，除少数几十人漏网之外，尽皆覆灭，降者近千，这是何等的战绩？

有熊此战共折损了六百余人，轩辕所调来的龙族战士和君子国战士也折损了两百余人，但这点伤亡又算得了什么？比起鬼方的伤亡，这已是好得不能再好了。

战争本身就是残酷的，而此战有熊收获之大，绝对难以想象。单是牛尸就有八百余头，活着的战牛也有数百头之多，获战鹿两百余骑，刀箭器械之类更是多不胜数，更有许多粮草战车。

八百余头牛尸能杀多少肉，这是无法想象的，不过死者的家属可以每人分得半头牛肉，另外有熊族再加一些物品，以作为精神上的抚慰。而为自己的族人献身，这是一件光荣而值得骄傲的事，亲人虽然悲痛，但他们生活在这种大集体之中，不会担心老了无人眷养，人人也深明大义，不会悲怨，生与死，那是太平常不过的事。

各城的兵力依然是各回各城，轩辕已下严令，各城之中只能小庆，不能大庆，同时在小庆之时更要加强城内城外的防护。

山海战士依然驻于熊城之外，但却建立了如别城一般的小城。山海战士此役折损人数最多，竟有三百余人战死，这些人与龙族战士及君子国战士所出的力最大，主要是对付鬼方的风魔骑，与之近身相搏而战死。因此，山海战士的奖励最丰，死者家眷的抚慰也更多一些。

死者的家眷反而不是太过悲蹙，因为他们的儿子是与轩辕并肩作战，而且是与天魔的骑队直面拼杀而死，这是何等值得骄傲的事？即使是死，也不冤。

降兵则分散在各处等待处理，但这却要等候轩辕发落。不过，轩辕已经说过，不能虐待降卒，要以普通人的态度去对待他们。此时，这些人已交由七大营看管。这次所有的参战战士也都受到了前所未有的欢迎，各寨的战士人人都羡慕这些能参与战斗的战士，都羡慕这些人能与轩辕一起作战。

于是轩辕如何神机妙算巧安排，如何设计杀天魔，全都成了众人议论的话题，更被有熊人说得神乎其神，仿佛轩辕像活神仙一般，能算通天地，算到天魔的死期……

一时之间，有熊族上到八十老头，下至刚懂事的小孩，人人都将轩辕敬若神明。若是轩辕此刻叫他们去死，他们很可能还都乐呵呵地就去自杀了。

军中的战士和十城八寨七营的头领也无不对轩辕敬若神明，宗庙和祭司府的人亦同样如此。一些本来对轩辕不看好和不满的人，此刻全都拜服，只要轩辕一声令下，他们绝对都会毫不犹豫地为之拼完最后一滴血！

轩辕的伤势颇重，天魔那一掌之猛确实让他吃不消，即使有太虚神甲也不太管用。

当然，如果不是太虚神甲护体，此刻轩辕只怕早已命丧虎跃谷了。

这次轩辕出征能够获胜，的确有些侥幸的成分，同时也不能不说，这是轩辕孤掷一注的结果。如果轩辕不是以命搏命，对天魔那击来的一掌丝毫不避，反而果断地以全身功力去斩天魔的脖子的话，只怕此战的结果便很难说了。

轩辕也没有想到，自认为几乎是无坚不摧的一掌，竟然无法将天魔击下犀渠凶兽之背，更没有一举击毙天魔，这简直让他有些不敢相信这是真的。不过，天魔最终还是死了。

轩辕知道，幸亏有个满苍夷，唯有以满苍夷的速度才能够追到天魔的前方，唯有神族十大神器才能对天魔构成威胁。因此，轩辕获胜的第一件事便是向满苍夷下令，定要袭杀已经重伤的天魔！

轩辕此次的行动实有些冒险，但他却不能不赌。

试问，谁能与天魔正面为敌呢？若是正面交手，只怕三个轩辕，四个轩辕也难以击杀天魔。是以，轩辕将自己化装成鬼三，而再找来熟知他，也熟知蛟幽的蛟龙代替他，于是便上演了一曲真假轩辕的好戏，确实够绝。

蛟龙再见蛟幽，自然不会比轩辕见蛟幽时镇定。因此，便连有熊战士都以为蛟龙是真正的轩辕。当然，柔水、青天诸人知悉内情，而且都是极为配合轩辕的计划。

天魔果然上当，他甚至还来不及对鬼三辨别真伪就开始对轩辕进行追袭，而这，正是轩辕所要赌的结果。

轩辕赢了！也便大获全胜。

蛟龙所受的伤并不十分重，当然，如果不是火烈当即将毒素逼了出来，蛟龙只怕也已经死了，他可没有轩辕那万毒不侵的体质。而木青那及时的一掌也救了蛟龙，否则日后蛟幽即使苏醒过来，也将会终生遗憾。

轩辕此刻只是居于西宫之中不想出去，他也走不了，只怕没有十天半月，伤势休想痊愈，即使有歧富这样的圣手在一旁也不可能令他极快地康复。

天魔的修罗鬼手和神厄寡煞魔功已经达到了出神入化的绝顶之境，可不是鬼三诸人所能相比的。虽然这一击被太虚神甲卸去了一大半功力，但是却仍对轩辕的内腑造成了一时难以修复的损伤。否则，以轩辕的体质，有什么伤能够让他躺上十天半月？

要知当时刑天的全力一击，在太虚神甲相护之下，轩辕根本就没有受伤。

脱下太虚神甲，轩辕惊骇地发现，自己的胸膛之上竟有一只乌黑发亮的爪印，而且爪印更肿胀了起来，如同一只乌黑发亮的鬼手搭在他的胸膛之上。

“啊……”

一边的燕琼和褒弱诸女全都骇然惊呼。

轩辕的脸色也变了，这种结果似乎比他想象的还要严重。

歧富亦倒抽了一口凉气，低喝道：“快去准备热水和金针！”

“歧前辈，这不会有事吧？”陶莹花容失色地惊问道。

“死不了，我轩辕的命大着呢！”轩辕毫不在乎地道。

歧富皱了皱眉头道：“以轩辕的体质而论，绝无性命之忧，但恐怕不是一时所能痊愈的。”

“那会不会有什么损伤，或是……”桃红也担心地问道。

歧富望了桃红一眼，嘘了口气道：“恐怕会对他的功力有所影响，即使是伤愈之后，可能只能发挥出平时功力的五六成。”

“啊……”众人全都吃了一惊，目光不由得皆投向了轩辕，只是并没有言语。

轩辕望了众人一眼，反问道：“你们都这么望着我干什么？又死不了，即使只剩下一半功力，我也照样能对付得了你们几个。”说到这里，他不由笑了起来，但似乎牵动了伤处，痛得嘴角都咧到一块儿了。

“看你，还有心情开这种玩笑。”陶莹责怨道，同时找了一件衣衫为轩辕披起来，立刻将他当成了一个病人看待。

轩辕伸手揽住桃红和陶莹的小蛮腰，深深地吸了口气道："何不开开心心的呢？这个世上，要想活得好，并不是全靠武功，最重要的还是要看脑子。还有一点便是运气，而我的运气已经够好了，居然受了天魔一击仍然能够好样地活着，这若传扬出去，足够我们骄傲大半辈子，我们应该感到知足了。试问现在天下谁敢小视我们？即使是我功力全失，也足以凭今日之威势稳住所有不怀好意之人的心思！"

"可是……"桃红说着叹了口气，她也不知道该说什么好，不过她觉得轩辕的话也有道理，战胜敌人并不一定全靠武功，最重要的还是脑子。若说到武功，有熊族谁能是天魔之敌？论及兵力，有熊族并不比鬼方强，但结果是天魔却获此惨败，这确实是一个值得人去思索的问题。

"金针，热水……"燕琼和褒弱匆忙将这些歧富所要的东西拿了过来。歧富接过金针，却以一块帛布沾上热水，轻轻地敷在那黑爪印之上。

"你要忍着点，我要封脉切皮！"歧富叮嘱轩辕道。

轩辕点了点头，他知道歧富此话的意思，也知道那将会是怎样的一种结果。众女都大为紧张，不知道这会是什么样的场景。